국어과 **선생님**이 뽑은

한국문학읽기
한국고전읽기
세계문학읽기

국어과 선생님이 뽑은

춘향전

dskimp2004@yahoo.co.kr 엮음

북·앤·북

국어과 선생님이 뽑은 춘향전

사랑 사랑 사랑 내 사랑이야···

초판 1쇄 | 2008년 5월 15일 발행

지은이 | 작자 미상
옮긴이 | 이정민
엮은이 | dskimp2004@yahoo.co.kr
교 정 | 이정민
디자인 | 인지숙
일러스트 | 김한결 · 이혜인 · 주승인
펴낸이 | 이경자
펴낸곳 | 북앤북

주소 | 서울 마포구 망원1동 380-57
전화 | 02-336-9948
팩시밀리 | 02-337-4315
등록 | 제 313-2008-000016호

ISBN 978-89-89994-39-8-04810
잘못된 책은 구입하신 서점에서 바꾸어 드립니다.

이 책에 수록된 작품의 표기는 '한글 맞춤법'의
규정을 원칙으로 하되 작가 특유의 문체나
방언 등은 원본에 따른다.

사랑 사랑 사랑 내 사랑이야 …

 에게 드립니다

춘향전 미리보기

단오날 그네를 뛰는 춘향이의 모습에 반한 이몽룡은 춘향과 백년
가약을 맺고 행복한 날들을 보낸다. 그러나 남원 부사가 임기를
끝내고 서울로 돌아가자 두 사람은 어쩔 수 없이 이별을 하게 된다.
춘향은 이몽룡이 과거에 급제하기를 바라며 하루하루를 지낸다.
이때 고을에는 악명 높기로 소문난 변학도가 신임 사또로 온다. 오래
전부터 춘향의 얘기를 들은 변학도는 춘향에게 수청을 들 것을
명하지만 춘향은 거절한다. 이에 분노한 변학도는 춘향을 옥에
가두고, 자신의 생일날에 처형할 것을 계획한다. 한편 서울로 간
이몽룡은 과거에 급제하여 남원에 내려온다. 잔치가 한창인
변학도의 생일날 암행어사 이몽룡은 변학도의 직분을 파하고 꿈에
그리던 춘향과 만나 행복하게 살았다.

춘향전 핵심보기

'춘향전'은 신분을 초월한 사랑과 정절(貞節)을 주제로 한 작품이다. 전래의 열녀 설화, 암행어사 설화, 신원 설화 등이 결합하여 판소리 창으로 불리다가 소설화한 것으로 보인다. 사설의 서사적 구조나 서술이 예술성이 높고, 청중 들의 사랑을 가장 많이 받아 온 마당으로 우리나라 고전소설 중 최고의 걸작으로 평가받고 있다.

이 작품은 순수한 연애와 평등사상을 고취한 반봉건적 문학으로 해학과 풍자적인 면도 보인다. 또한 사실적인 표현으로 생동하는 인물을 창조하여 고전 소설의 위상을 한 단계 끌어 올렸다는 평가를 받는다.

춘향이가 광한루에 가까이 다가오니

도련님이 좋아란 반기며 자세히 살펴보았다.

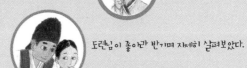

달과 꽃같이 아름다운 자태가
세상에 비길 데 없고

붉은 입술과 흰 이가 반쯤 열려 별도 같고 옥도 같다.

춘향전

사랑 사랑 사랑 내 사랑 이야 …

때는 숙종대왕 즉위 초였다. 성덕이 넓으시니 성자
성손이 대대로 계승되어 금고옥적(왕의 권위)은 요
순시절과 같고, 의관문물은 우왕과 탕왕 시대에 버
금갔다. 좌우로 기둥과 초석 같은 신하들이 보필하
고 나라 안팎은 용맹한 장수들이 지키며, 조정의
덕이 방방곡곡에 퍼지고 굳은 기운이 온 나라에 어
렸다. 충신이 조정에 가득하고 효자와 열녀가 집집
마다 있으니 아름답고 아름답도다! 날씨가 순조로
워 풍년이 들어 백성의 생활이 풍요롭고 곳곳에서
격양가가 울려 퍼졌다.

이때 전라도 남원부에 월매라고 하
는 이름난 기생이 있었는데 일찍
퇴기하여 참판하던 성가 양
반을 모시고 세월을 보
내다가, 나이 사십이 되도
록 자식 하나 없는 것이 한
이 되어 깊은 수심에 병이 될 듯하였다.
어느 날은 크게 깨달아 옛 조상을 생각하면서, 성
참판께 공손히 말씀드렸다.

"제가 전생에 무슨 은혜를 지었는지 이생에 부부가
되어 창기(娼妓) 행실을 다 버리고 예절도 숭상하고
길쌈질도 힘썼건만, 또한 무슨 죄가 깊어 혈육이
없으니 조상의 제사를 누가 받들며 죽은 뒤 장사를
어찌 지냅니까? 명산대찰에 치성을 드려 자식을 낳
게 되면 평생의 한을 풀 것이니 당신의 뜻은 어떠
한지요?"

성참판이 말하였다.

"자네 신세 생각하면 그 말이 당연하지만 빈다고 자
식을 낳을 수 있다면 자식 없을 사람이 있겠는가?"

하니 월매가 대답하였다.

"천하대성 공자님도 이구산에서 빌었고 정나라 정
자산은 우형산에서 빌어 나셨으니, 우리 동방 강산
에 명산대천이 없겠소? 경상도 웅천 주천의는 늦도
록 자녀가 없어 최고봉에 가서 빌었더니 대명천자
나시어 대명천지 밝았으니 우리도 정성이나 드려
봅시다."

공든 탑이 무너지며 심은 나무 꺾일까. 이날부터
목욕재계 정히 하고 명산승지를 찾아다녔다.

오작교를 나서서 좌우 산천을 둘러보니 교룡산은 서
북쪽을 막아 있고 동으로 긴 수풀 우거진 곳에 선원
사가 은은히 보이며, 남으로는 지리산이 웅장한데
그 가운데 요천수는 한 줄기 길고 푸른 물결을 동남
으로 둘렀으니 인간세상이 아닌 듯하였다. 푸른 수
풀을 헤치고 산수를 밟아 들어가 지리산 반야봉에
올라서서 사면을 둘러보니 명산대천이 완연하였다.
상봉에 단을 모아 제물을 상에 차려놓고 엎드려 천
신만고 빌었더니 산신님의 덕이신지 오월 오일 갑
자에 꿈을 하나 얻었다.

상서로운 기운이 공중에 어리고 다섯 빛깔이 영롱
하더니 한 선녀가 청학을 타고 오는데 머리에는 화
관을 쓰고 몸에는 채의를 입었다. 선녀의 월패소리
쟁쟁한데 손에는 계수나무 가지를 들고 당에 오르
며 두 손을 맞잡고 허리를 굽혀 공손히 말하였다.

"저는 낙수의 신으로 화한 복희씨의 딸 복비로서,
선경의 복숭아를 진상하러 옥경(옥황상제가 사는 곳)
에 갔다가 달나라의 광한전에서 적송자를 만나 회
포를 푸느라 늦게 돌아오자 옥황상제께서 크게 노
하셨습니다. 저를 인간세상에 내치셔서 갈 바를 모
르다가 지리산 신령님께서 부인 댁으로 가라 하기
에 왔으니 어여삐 받아 주십시오."

하며 품으로 달려드는데 학의 높은 소리에 놀라 깨
니 꿈이었다.

황홀한 정신을 진정하여 성참판과 꿈 이야기를 하고는 하늘이 도와 남아를 얻을까 기다렸다. 그 달부터 태기가 있어 열 달이 지난 어느 날, 향기가 방에 가득 차고 오색 구름이 영롱하며 혼미한 중에 해산하니 옥 같은 딸이었다.

오랫동안 바라던 남아는 아니었지만 그 사랑스러움을 어찌 다 형언하리. 이름을 춘향이라 부르면서 손안의 보옥(寶玉)같이 길러 내니 효행이 비할 데 없고 인자함이 지극하였다. 칠팔 세부터는 서책에 재미를 붙여 예와 정절을 갖추자 온 마을에 효행을 칭송하지 아니하는 사람이 없었다.

이때 서울 삼청동에 이한림이라는 양반이 있었는데 대대로 명문 가문이요, 충신의 후예였다. 어느 날 전하께서 충효록을 올려 보시고 충효자를 가려 지방 수령을 임용하시는데 이한림을 과천 현감에서 금산 군수에 이어 남원 부사를 제수하셨다. 이한림이 임금의 은혜에 감사하며 남원부에 부임하여 백성의 사정을 잘 살펴 다스리자 사방에 일이 없고 고을의 백성들이 모두 칭송하였다.

때는 놀기 좋은 봄날. 뭇 새들은 짝을 지어 날아들며 온갖 춘정을 나누고 수양버들 가지의 꾀꼬리는 벗을 불러 지저귄다. 나무들은 숲을 이루고 두견새, 접동새 날아다니니 일 년 중 가장 좋은 시절이었다.

사또 자제인 이도령의 나이는 열여섯인데 풍채는 두목지, 문장은 이태백이요 필법은 왕희지에 버금

갔다. 하루는 이도령이 방자를 불러 물었다.

"이 고을 경치 좋은 곳이 어디냐. 시흥춘흥 도도하니 절승경처 말하여라."

방자 놈이 여쭈었다.

"글공부 하시는 도련님이 경치 좋은 곳은 찾아 무엇 하오."

이도령 이르는 말이,

"무식한 말 말아라! 자고로 문장재사에게 절승강산 구경은 풍월작문의 근본이다. 신선도 두루 놀며 널리 유람하니 어찌 부당하다고 하겠느냐. 세상 만물의 변화가 놀랍고 즐겁고 고운 것이 글 아닌 게 없단다. 시의 천자라 할 만한 이태백은 채석강에서 놀았었고, 적벽강 추야월에 소동파가 놀았었고, 심양강 명월에 백낙천이 놀았었고, 보은 속리 문장대에서 세조 대왕이 노셨으니, 나 또한 아니 놀지 못할 것이다."

방자가 도련님의 뜻을 받아 사방 경개를 말씀드렸다.

"서울의 자하문 밖 칠성암, 청련암, 세검정과 평양의 연광정, 대동루, 모란봉, 양양의 낙선대, 보은의 속리산 문장대, 안의의 수승대, 진주의 촉석루, 밀양의 영남루는 어떠한지 모르겠으나, 전라도로 말하자면 태인의 피향정, 무주의 한풍루, 전주의 한벽루가 좋기는 하나, 남원의 경처 들어보시오. 동문 밖을 나가시면 장림 숲 천은사가 좋고, 서문 밖을 나가시면 관왕묘의 천고 영웅 엄한 위풍이 옛날

그대로이고, 남문 밖을 나가시면 광한루 오작교와
영주각이 절승경처이고, 북문 밖을 나가시면 푸른
하늘에 깎아지른 듯 서 있는 금연꽃 같은 산봉우리
와 기암 둥실한 교룡산성이 좋으니 결정하시오."
도련님이 말하였다.
"네 말로 들어보더라도 광한루 오작교가 경개인 것
같구나. 구경 가자."
도련님이 사또 전에 들어가서 공손히 여쭈었다.
"오늘 날씨가 화창하고 따뜻하여 잠깐 나가 풍월음
영 시 운목도 생각할 겸 성이나 한 바퀴 돌아보고
자 합니다."

사또가 크게 기뻐하여 허락하며 말하
였다.
"남주의 풍물을 구경하고 돌아
오되 시제를 생각하라."
도령이 대답하였다.
"말씀대로 하겠습니다."
하고 물러나와 방자에게
나귀를 준비시켰다.

말등자 딛고 선뜻 올라 통인(관청의 잔심부름 하는 이) 하나 뒤를 따르게 하여 삼문 밖을 나와 광한루에 성큼 올라서서 사면을 살펴보니 경개가 매우 좋다.

적성산 아침에는 늦은 안개가 떠 있고 녹수에 저문 봄은 화류동풍이 둘러 있다.

어느 곳을 바라보니 한 미인이 두견화 질끈 꺾어 머리에도 꽂아 보고 함박꽃도 질끈 꺾어 입에 함쑥 물어 보며, 곱게 수놓은 비단 적삼을 반만 걷어 청산유수 맑은 물에 손발도 씻고 물 머금어 입 안도 헹구며, 조약돌 덥석 쥐어 버들가지의 꾀꼬리를 희롱한다. 버들잎도 죽죽 훑어 물에 훨훨 띄워 보고, 백설 같은 흰 나비는 꽃술 물고 너울너울 춤을 춘다.

광한루 진경도 좋거니와 오작교가 더욱 좋다. 과연 호남의 제일가는 성(城)이로구나! 오작교가 분명하다면 견우직녀는 어디 있는가. 이런 절승지에 풍월이 없을 수 없어 도령이 글 두 귀를 지었다.

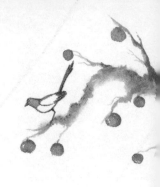

고명오작선(高明烏鵲船)
광한옥계루(廣寒玉階樓)
차문천상수직녀(借問天上誰織女)
지흥금일아견우(至興今日我牽牛)

높고 밝은 까막까치의 배요
옥 계단이 놓인 아름다운 광한루라
빌어 묻노니 천상의 누가 직녀인가?
지극한 흥으로 오늘은 내가 견우일세.

그때 월매의 딸 춘향이 또한 시서음률이 능통하니
천중절을 모를 것인가.
그네를 뛰려고 향단을 앞세우고 내려오면서 춘향은
난초같이 고운 머리 두 귀를 눌러 곱게 땋아 금으
로 봉황을 새긴 비녀를 정제하였고, 엷은 비단 치
마를 두른 허리는 가는 버들이 드리운 듯 아름답고
고운 태도로 가만가만 장림 속으로 들어간다.
초록 장옷 남빛 홑치마 훨훨 벗어 걸어 두고, 그넷
줄을 섬섬옥수 넌지시 들어 양 손에 갈라 잡고 흰

버선 신은 두 발길로 선뜻 올라 버들 같은 고운 몸
을 단정히 놀리며,
"향단아 밀어라." 한다.
한 번 굴러 힘을 주고 두 번 굴러 힘을 주니 발 밑
에 가는 티끌은 바람 따라 펄펄 날리고 머리 위의
나뭇잎은 몸을 따라 흔들흔들 오고가며 녹음 속의
붉은 치맛자락이 바람결에 내비치니, 앞으로 얼른
나아가는 양은 가벼운 제비가 떨어지는 도화를 찾
으려 쫓는 듯하고, 뒤로 번듯 물러나는 양은 광풍
에 놀란 나비가 짝을 잃고 돌이키는 듯하였다.
"얘, 향단아. 그네 바람이 세어 어지럽다. 그넷줄
붙들어라!"

그넷줄을 붙들고 한창 이리저리
노닐 적에 시냇가 반석 위
에 옥비녀가 떨어져 쟁쟁
하였다.
"비녀, 비녀!"
하는 소리는 산호비녀가 옥
쟁반을 구르는 듯하고, 그 모

습은 너무 아름다워 세상 인물이 아닌 듯하였다.

그 즈음에 도령이 춘향을 발견하였다.

"통인아."

"예."

"저 건너 화류 중에 오락
가락 희뜩희뜩 어른어른
하는 게 무엇인지 자세
히 살펴보아라."

통인이 살펴보고 여쭈었다.

"다른 갓이 아니오라 이 고을 기생 월매의 딸 춘향
이란 계집아이입니다."

도령이 엉겁결에 감탄하였다.

"매우 좋다. 훌륭하다!"

통인이 말하였다.

"제 어미는 기생이나 춘향이는 도도하여 기생 구실
마다하고 여공재질(바느질이나 길쌈 등 여인이 갖추
어야 할 기술)과 문장을 겸하여 여염집 처자와 다름
이 없습니다."

도령이 허허 웃고 방자를 불러 분부하였다.

"들은 즉 기생의 딸이라니 급히 가 불러오라!"

방자 놈이 여쭈었다.

"눈처럼 흰 피부와 꽃처럼 아름다운 얼굴로 남쪽 지역에 유명하여 수령들이나 양반 오입쟁이들도 여러 번 보려 하였지만 이루지 못하였고, 미색과 덕행, 문필과 화순심(和順心)과 정절로 천하의 절색이요 덕이 높은 여자라 황공한 말씀입니다만 불러오기 어렵습니다."

도령이 크게 웃으며,

"방자야, 네가 물건마다 임자가 있음을 모르는구나. 형산의 백옥과 여수의 황금도 임자가 각각 있느니라. 잔말 말고 불러와라."

하고 말하였다.

방자가 분부를 듣고 춘향을 부르러 건너갔다.

"여봐라. 애, 춘향아!"

하고 부르니 춘향이 깜짝 놀라,

"무슨 소리를 그렇게 질러 사람을 놀라게 하느냐!"

"얘야, 말도 마라. 일 났다!"

"일이라니 무슨 일?"

"사또 자제 도련님이 광한루에 오셨다가 너 노는 모양을 보고 불러오란다."

춘향이 화를 낸다.

"네가 미친 자식이로구나! 도련님이 나를 어찌 알 아서 부른단 말이냐. 네가 내 말을 종달새 삼씨 까 듯 하였나 보다."

"아니다. 내가 네 말을 할 리도 없고, 잘못 했으면 네가 했지 내가 했느냐? 네가 잘못한 까닭을 들어 봐라. 계집아이 행실로 그네를 뛸 양이면 네 집 후 원 담장 안에 줄을 매고 남이 알까 모를까 은근히 하는 게 도리이고 당연한데 광한루 구경처에 그네 를 매고 뛰니 외씨 같은 두 발길로 흰 구름사이를 노닐 때 홍상 자락이 펄펄, 백방사 속곳 갈래가 동 남풍에 펄렁펄렁, 박속 같은 네 살결이 흰 구름사 이로 희뜩희뜩하는 것을 도련님이 보시고 너를 부

르시는데 내가 무슨 말을 한단 말이냐? 잔말 말고
건너가자!"

춘향이 대답하였다.

"네 말이 당연하나 오늘이 단오날이다.
비단 나뿐이 아니라 다른 집 처자들도
여기 와서 함께 그네를 뛰었으며, 그
뿐 아니라 내가 관아의 기생도 아닌
데 여염집 사람을 오라 가라 하며
부를 리도 없고 부른다고 해서
갈 리도 없다. 당초에 네가 말
을 잘못 들은 것이다."

방자가 속으로 성가시게 되어 광한루로 돌아와서
도련님께 여쭈었다.

"기특한 사람이다. 말인즉 바른 말이지만 다시 가
서 말을 전하되 이리이리하여라."

방자가 전갈 듣고 춘향에게 건너갔더니 그 사이에
제 집으로 돌아가버려 집으로 찾아가니 모녀간에
마주 앉아 점심을 먹으려던 참이었다.

방자가 안으로 들어갔다.

"너 왜 또 왔느냐?"

"미안하다. 도련님이 다시
전갈하시기를, '내가 너를
기생으로 생각해서가 아니
라, 들어 보니 네가 글을 잘
한다기에 청하는 것이다. 여
염집에 있는 처자를 부르는 것이 괴이
(怪異)히 들리겠지만 의심쩍게 여기지 말고 잠깐 다
녀가라' 하시더라."

연분이 되려고 그러했는지 춘향의 너그러운 품성에
갈 마음은 나지만 모친의 뜻을 몰라 대답 없이 앉아
있는데, 춘향 모가 나서서 정신없이 말을 하였다.

"꿈이라 하는 것이 모두 허사가 아니구나. 간밤에
꿈을 꾸었는데 난데없는 청룡 하나가 연못에 잠긴
것을 보아 무슨 좋은 일이 있을까 하였더니 우연한
일이 아니다. 또한 들으니 사또 자제 도련님 이름
이 몽룡이라 하니 꿈 몽(夢)자, 용 룡(龍)자 신통하
게 맞는구나. 그러나저러나 양반이 부르시는데 아
니 갈 수 있겠느냐? 잠깐 다녀와라."

춘향이 그제야 못 이기는 체 일어나 광한루로 건너
가자 도련님이 난간에 반쯤 기대어 느긋하게 기다
리고 있었다.

춘향이가 광한루에 가까이 다가오니 도련님이 좋아
라 반기며 자세히 살펴보았다.

달과 꽃같이 아름다운 자태가 세상에 비길 데 없고
얼굴이 조촐하니 청강에 노는 학이 설월에 비치는
것 같으며 붉은 입술과 흰 이가 반쯤 열려 별도 같
고 옥도 같다. 연지를 품은 듯, 치마의 고운 태는
어린 안개가 석양에 비치는 듯, 푸른 치마 영롱하
여 무늬는 은하수 물결과 같다.

춘향이 고운 걸음걸이를 옮겨 천연히 누각에 올라
부끄러이 서 있자 도령이 통인을 불러 말하였다.

"앉으라고 일러라."

춘향의 고운 태도와 단정히 앉는 거동을 살펴보니
하얀 바닷물결 위에 비가 내린 뒤 목욕하고 앉은
제비가 사람을 보고 놀라는 듯하며 별로 단장하지
않고도 그대로 첫째 가는 미인이다. 얼굴을 보니

구름 사이로 비치는 달과 같고 붉은 입술이 반쯤 열린 것이 물에 떠 있는 연꽃 같았다.

춘향도 눈길을 잠깐 들어 이도령을 살펴보니 금세의 호걸이요 인간 세상의 기남자(奇男子)였다. 이마의 한가운데가 높으니 젊은 나이에 공적을 쌓고 명성을 얻을 것이요, 오악(五嶽, 이마, 턱, 코, 좌우 광대뼈를 말함)이 밝게 빛나니 보국충신이 될 것이라 보고 마음속으로 흠모하여 아미(미인의 눈썹)를 숙이고 무릎을 단정히 하고 앉아 있었다.

이도령이 물었다.

"성현도 동성끼리는 결혼하지 않는다 일렀으니 네 성은 무엇이며 나이는 몇 살이냐?"

"성은 성(成)가이옵고 나이는 십육 세입니다."

이도령 하는 말이,

"허허, 그 말 반갑구나. 네 나이 들어보니 나와 동갑 이팔이라. 성자(姓字)를 들어보니 하늘이 정해준 인연임이 분명하다. 부모님은 모두 계시냐?"

"편모슬하입니다."

"몇 형제나 되느냐?"

"육십이 된 모친의 무남독녀 나 하나요."

"너도 남의 집 귀한 딸이구나. 하늘이 정하신 연분
으로 우리 둘이 만났으니 만년락을 이뤄 보자."

춘향이 고운 눈썹을 찡그리며 붉은 입술을 반쯤 열어 고운 음성으로 말하였다.

"충신은 두 임금을 섬기지 않고 열녀의 두 남편을 섬기지 않는 정절은 옛글에 있으니, 도련님은 귀공자요 소녀는 천첩이라 한 번 정을 준 후에 버리시면 일편단심으로 독숙공방에서 홀로 누워 우는 원한은 어찌합니까? 그런 분부 마십시오."

이도령이 말하였다.

"네 말을 들어 보니 어이 아니 기특하랴. 우리 둘이 인연을 맺을 때에는 금석뇌약(쇠나 돌처럼 굳은 약속) 맺으리라. 네 집이 어디쯤이냐?"

춘향이 말하였다.

"방자에게 물으시지요."

이도령이 허허 웃었다.

"내 너더러 묻는 일이 허황하다. 방자야, 춘향의 집을 네가 일러라!"

방자가 손을 넌지시 들어 가리켰다.

"저 건너 동산의 소나무 정자 대나무 수풀 사이로 은은히 보이는 게 춘향의 집입니다."

이도령이 보고 말하였다.

"담이 정결하고 송죽이 빽빽하니 여자의 절행을 알겠구나."

춘향이 일어나며 여쭈었다.

"세상 사람들의 마음씀씀이가 고약하니 그만 놀고 가겠습니다."

도련님 그 말을 듣고,

"기특하다. 그럴 듯한 말이다. 오늘 밤 퇴령(관아의 퇴근) 후에 너의 집에 갈 것이니 부디 괄시나 마라."

춘향이 대답하였다.

"나는 모르겠습니다."

"네가 모르면 쓰겠느냐. 잘 가거라. 오늘 밤에 상봉하자."

누각에서 내려와 집에 돌아가니 춘향 모가 마중 나
와 있었다.

"애고, 내 딸 다녀오느냐. 도련님이 무엇이라 하시
더냐?"

"무엇이라 하긴요? 조금 앉아 있다가 가겠노라 일
어나니 저녁에 우리 집에 오신다 합니다."

"그래, 어찌 대답하였느냐?"

"모른다 하였지요."

"잘 하였다."

하고 춘향 모가 대견해하며 말한다.

한편 도련님은 춘향을 잠
깐 만에 보내고 나서 도저
히 잊을 수 없어 만사에 뜻
이 없고 다만 춘향이 생각뿐
이었다. 말소리가 귀에 쟁쟁하
고 고운 태도가 눈에 삼삼하여
해가 지기를 기다리다 지쳐 방자를
불러 묻는다.

"해가 어느 때나 되었느냐?"

"동에서 아침 해가 떠오릅니다."

도련님 크게 화를 내며,

"이놈! 괘씸한 놈! 서로 지는 해가 동으로 도로 가랴? 다시금 살펴봐라!"

방자가 다시 여쭈었다.

"해가 떨어져 황혼이 되고 달이 동산에 솟아오릅니다."

입맛이 없어 저녁밥도 거르고 누워서 엎치락뒤치락하였다.

퇴령을 기다리며 서책을 보려고 중용, 대학, 논어, 맹자, 시전, 서전, 주역, 고문진보, 통사략, 이백, 두시, 천자문까지 내놓고 글을 읽는데,

"시전이라. 암수 정다운 징경이 새가 물가에 노닐다. 아름다운 여인은 군자의 좋은 짝이로다. 아서라. 이 글 못 읽겠다."

대학을 읽는데,

"대학의 도는 밝은 덕을 밝히는 데 있고 백성을 새롭게 하는 데 있다. 재춘향이로다. 이 글도 못 읽겠다."

주역을 읽는데,

"원은 형코 정코 춘향이코 딱 댄코 좋고 하니라. 이 글도 못 읽겠다. 남창은 옛 고을이고 홍도는 새 고을이로다. 옳다, 이 글은 되었다."

맹자를 읽는데,

"맹자가 양혜왕을 뵈니 왕이 말하기를 노인장께서 천리 길을 멀다 않고 찾아주시니 춘향이 보시러 오셨습니까?"

하고, 사략을 읽는데,

"태고라. 천황씨는 이(以) 쑥떡(木德을 잘못 읽음)으로 왕하여 태평한 세상을 섭제에서 일으키니 무위이화라 하여 형제 십이 인이 각 일만 팔천 세하다."

방자가 듣다가 여쭈어 본다.

"도련님, 천황씨가 목덕으로 왕했단 말은 들었으되 쑥떡으로 왕했단 말은 금시초문이오."

"이놈아, 네가 잘 모른다. 천황씨는 일만 팔천 세

를 살던 양반이라 이가 단단하여 목떡을 잘 자셨겠
지만 시속 선비들이야 목떡을 먹겠느냐? 공자님께
서 후생을 생각하여 명륜당에 현몽하셔서, 시속 선
비들은 이가 부실하여 목떡을 못 먹으니 물씬물씬
한 쑥떡으로 하라 하여 삼백육십 주 향교에 알리고
쑥떡으로 고쳤단다."

방자가 듣고서 말하였다.

"도련님, 하느님이 들으시면 깜짝 놀라실 거짓말도
하겠소!"

또 적벽부를 들여 놓고,

"임술년 가을 칠월 십
육 일에 내가 나그네와
더불어 적벽 밑에서 배
를 띄우고 노닐 때 맑

은 바람은 가볍게 불어 오고 물결은 잔잔하였다.
아서라. 이 글도 못 읽겠다."

천자를 읽는데,

"하늘 천(天) 따 지(地)"

방자가 듣고는 여쭈었다.

"도련님, 아이처럼 천자는 웬일이오?"

"천자라 하는 글이 삼경과 사서의 본문이다. 양(梁)나라 주사봉 주흥사가 하룻밤 동안에 이 글을 짓고 머리가 희어져 책 이름이 백수문(白首文)이다. 낱낱이 새겨 보면 피똥 쌀 일이 많지."

"소인 놈도 천자 속은 압니다."

"네가 알더란 말이냐?"

"알기를 이르겠소."

"안다 하니 읽어 봐라."

"예. 들으시오! 높고 높은 하늘 천, 깊고 깊은 따지, 휘휘 칭칭 감을 현(玄), 불타다 누를 황(黃)."

"에, 이놈! 상놈은 꼭 그렇지. 이놈 어디서 장타령하는 놈의 말을 들었구나. 내 읽을 테니 들어라. 천개자시생천하니 태극이 광대 하늘 천(天), 지벽어축시하니 오행 팔괘로 따 지(地), 삼십삼천공부공의 인심지시 감을 현(玄), 이십팔수 금목수화토지정색 누를 황(黃), 우주 일월이 순환하니 옥우쟁영 집 우(宇), 연대국도 흥성쇠 왕고래금의 집 주(宙), 우치홍수 기자초에 홍범구주 넓을 홍(洪), 삼황오제 붕

(崩)하신 후 난신적자 거칠 황(荒), 동방이 장차 계명(啓明)키로 눈부신 하늘의 붉은 해가 번듯 솟아날 일(日), 억조창생 격양가의 강구연월의 달 월(月), 마음이 선뜩한 초승달에 시시(時時)로 불어 십오 일 밤에 찰 영(盈), 세상만사 생각하니 달빛과 같은지라 십오야 밝은 달이 기망부터 기울 측(仄), 이십팔수 하도낙서(주역의 기원이 된 그림) 벌인 법(法) 일월성신 별 진(辰), 애달프게도 오늘 밤에는 기생집에서 자겠구나, 원앙금침에 잘 숙(宿), 절대가인 좋은 풍류 나열춘추에 벌일 열(列), 어렴풋한 달빛 야삼경에 만단정회 베풀 장(張), 오늘 찬바람이 쓸쓸히 불어오니 침실에 들어라 찰 한(寒), 베개가 높거든 내 팔을 베어라, 이만큼 오너라, 올 래(來), 에후로혀(휘감아 당겨) 질끈 안고 님 다리에 드니 설한풍에도 더울 서(暑), 침실이 덥거든 음풍을 취하여 이리저리 갈 왕(往), 불한불열 어느 때냐 엽락오동에 가을 추(秋), 백발이 장차 우거지니 소년다운 풍채와 태도를 거둘 수(收), 낙목한풍 찬바람 백설강산에 겨울 동(冬), 오매불망 우리 사랑 규

중심처에 갈무리할 장 (藏), 연꽃이 어젯밤 이슬비에 윤기가 흐르니 불을 윤 (潤), 이러한 고 운 태도 평생을 보고도 남을 여(餘), 백년기약 깊은 맹서 만경창파 이룰 성(成), 이리저리 노닐 적에 부지세월 해 세 (歲), 조강지처불하당 아내 박대 못하니 대전통편 (현행법을 묶은 책) 법중 율(律), 춘향 입과 내 입을 한데다 대고 쪽쪽 빠니 법중 려(呂)자가 이 아니냐. 애고, 애고, 보고 싶구나!"

이도령이 소리를 크게 질러 말한다.

이때 사또가 저녁 진지를 잡수시고 식곤증이 나서 평상에서 잠깐 졸다가 애고, 보고 싶구나 소리에 깜짝 놀라시어 통인을 불렀다.

"이리 오너라!"

"예."

"책방에서 누가 생침을 맞느냐, 아픈 다리를 주물렀느냐? 알아보아라."

통인이 이도령에게 여쭈었다.

"도련님 웬 목통이오? 고함소리에 사또께서 놀라서 무슨 일인가 하시니 뭐라고 말씀드립니까?"

"딱한 일이다. 남의 집 늙은이는 소리를 듣지 못하는 이농증도 있더니만 귀 너무 밝은 것도 예삿일 아니구나."

그렇기는 하지만 도련님도 대답할 말을 찾는다.

"이대로 여쭈어라. 내가 논어의 '아아, 슬프다. 내 늙어서 오랫동안 주공을 꿈에 보지 못했도다'란 대목을 보다가 나도 주공을 보면 그래 볼까 하여 흥치로 소리가 높았다고 그렇게 여쭈어라."

통인이 들어가 그대로 여쭈니 사또께서는 도령의 남을 앞서고자 하는 기운이 있음을 크게 기뻐하였다.

"이리 오너라. 책방에 가서 목낭청을 조용히 오시라 하여라."

낭청 양반이 하도 고리타분하게 생겨먹었는데 들어
오면서 무언가 꺼림칙한지 근심이 담쏙 들은 표정
이었다.

"사또, 그새 심심하지요?"

"아, 거기 앉소. 할 말이 있네. 우리 피차 옛 친구
로서 동문수업하였지만, 아이 적에 글 읽기같이 싫
은 것이 없는데 지금 우리 아이의 시흥을 보니 어
떻게 기쁘지 않겠는가?"

이 양반은 부지불식간에
대답하였다.

"아이 때 글 읽기같이 싫은
게 어디 있으리오."

"읽기가 싫으면 잠도 오고 꾀를 부리는
데 이 아이는 글 읽기를 시작하면 읽고 쓰고 불철
주야하지!"

"예. 그렇다."

"배운 바 없어도 필재가 월등하게 뛰어나지!"

"그렇지요. 점 하나만 툭 찍어도 높은 봉우리에서
돌을 떨어뜨린 것 같고, 한 일(一)을 그어놓으면 천

리를 뻗는 구름이요, 갓머리(宀)는 작두첨(새 머리 같은 점을 찍음)이요, 필법을 논하면 풍랑이 일고 천둥과 번개가 치는 것과 같고, 내리그어 치는 획은 노송이 절벽에 거꾸로 매달린 격이라. 창 과(戈)로 이르면 마른 등나무 넝쿨같이 뻗어갔다 도로 채는데 성난 쇠뇌의 끝 같고, 기운이 부족하면 발길로 툭 차올려도 가만히 보면 획은 획대로 되옵디다."

"글쎄, 들어보게. 저 아이 아홉 살 먹었을 때 서울 집 뜰에 늙은 매화나무를 두고 글을 지으라 하여, 잠깐 사이에 지었는데도 정성을 들인 것과 매한가지니 한번 보면 곧 외우겠더라. 조정의 당당한 명사가 될 것이네."

"장래에 정승을 할 것입니다!"

사또가 너무 감격하였다.

"정승이야 어찌 바라겠나마는 내 생전에 급제는 쉬

할 것이고 급제만 하면 육품 벼슬에 출세야 범연히
하지 않겠나?"
"아니오. 그리 할 말씀이 아니라 정승을 못 하면
장승이라도 되지요!"
사또가 호령하였다.
"자네, 뉘 말로 알고 대답을 그리 하나?"
"대답은 하였으나 뉘 말인지 몰라요."
그렇게 말했지만 그게 또 다 흰소리였다.

그때 이도령은 퇴령 놓기를 기다리다 지쳐 있었다.
"방자야."
"예."
"퇴령 놓았나 보아라."
"아직 아니 놓았소."
조금 있다 하인 물리라는 퇴령 소리가
길게 났다.
"좋다, 좋다. 옳다, 옳다. 방자야, 등
롱에 불 밝혀라."
통인의 뒤를 따라 춘향의 집을 건너가

는데 자취 없이 가만가만 걸으면서 당부한다.

"방자야, 사또께서 거처하는 방에 불 비친다. 등롱
을 옆에 껴라."

삼문 밖을 나서서야 마음을 놓는다.

오늘 밤 적막하여 애인을 만나기 좋은 계절이 아니
냐. 춘향의 집 앞에 당도하니 사람의 발길이 끊어
지고 밤은 깊은데 월색은 삼경(三更)이라.

이때 춘향이 칠현금
을 비껴 안고 남
풍시를 타고 있다
가 침석에 졸고 있으
니, 방자가 개가 짖을까
염려하여 가만가만 춘향의
방 영창 밑에 살짝 들어왔다.

"얘, 춘향아. 잠들었나?"

춘향이 깜짝 놀라,

"네가 어찌 오냐?"

"도련님이 와 계시다."

춘향이 이 말을 듣고 가슴이 울렁울렁 부끄러움을

못 이기어 문을 열고 나오더니 방을 건너가서 저의
모친을 깨웠다.

"애고, 어머니! 무슨 잠을 이다지
깊이 주무시오?"

춘향 모친이 잠을 깨어 황망히 말
한다.

"아가, 무엇을 달라고 깨우느냐?"

"누가 무엇을 달랬소?"

"그러면 어찌 불렀느냐?"

엉겁결에 정신없이 대답한다.

"도련님이 방자를 모시고 오셨다오."

하여, 춘향의 모친이 문을 열고 방자를 불러 다시
묻는다.

"누가 와야?"

방자가 대답하였다.

"사또 자제 도련님이 와 계시오."

춘향 어미는 그 말을 듣고 향단을 불렀다.

"향단아, 뒤 별초당에 등촉을 밝혀 자리를 마련해
라!"

당부하고 춘향 모친이 밖으로 나왔다.

세상 사람들이 다 춘향 모를 일컫더니 헛말이 아니라 외탁을 하여 춘향 같은 딸을 낳았구나. 춘향 모의 나이가 반백이 넘었는데도 소탈한 모양이며 단정한 거동이, 표표정정(굳세고 강건한 모양)하고 살결이 토실토실하여 복이 많아 보였다.

숫스럽고 점잖게 신발을 신고 나와서는 가만가만 방자 뒤를 따라온다.

도련님이 거닐면서 주변을 돌아보며 무료히 서 있을 때 방자가 돌아왔다.

"저기 춘향의 모친입니다."

춘향의 모가 나오더니 두 손을 모으고 반듯하게 섰다.

"그새에 도련님 문안이 어떠합니까?"

도련님이 조금 웃으며 물었다.

"춘향의 모친이라지? 평안한가?"

"예. 겨우 지냅니다. 진정 오실 줄을 몰라 영접이
부족합니다."

"그럴 리가 있나."

춘향 모가 앞서서 인도하여 대문
중문 다 지나서 후원을 돌아가
보았다.

오래 묵은 별초당에 등롱을 밝혔
는데 버들가지 늘어져 불빛을 가린 모양
이 구슬발이 갈고랑이에 걸린 듯하였다.

오른편의 벽오동은 맑은 이슬이 뚝뚝 떨어져 학의
꿈을 놀래는 듯, 왼편에 서 있는 반송은 바람이 건
듯 불면 늙은 용이 꿈틀대는 듯하였다. 창문 앞에
심은 파초, 일난초, 봉미장은 속잎이 빼어나고 어
린 연꽃이 물 밖에 겨우 떠서 옥로를 받쳐 있으며,
대접 같은 금붕어는 때때마다 물결쳐서 출렁 툼벙
굼실 놀 때마다 조롱하고 새로 나는 연잎은 받을
듯이 벌어지고, 높이 솟은 세 봉우리 석가산은 층
층이 쌓여있다. 계단 아래 학두루미는 사람을 보고
놀라서 두 죽지를 떡 벌리고 긴 다리로 징검징검

끼룩 뚜르르 소리하며 계수나무 밑에는 삽살개가
짖는다.

처마에 다다르니 그제야 춘향이 저의 모친의 영을
받들어 창문을 조금 열고 나오는데, 둥글고 밝은
달이 구름 밖에 솟아난 듯 황홀한 저 모양은 말로

설명하기 어렵도다! 부끄러이 당에서 내려와 천연히 서 있는 거동은 사람의 간장을 다 녹인다.

도련님이 웃으며 춘향더러 물었다.

"피곤하지 아니하며 밥이나 잘 먹었냐?"

춘향이 부끄러워 대답을 못하고 묵묵히 서 있자 춘향 모가 먼저 당에 올라 도련님을 자리로 모신 후에 차를 권하고 담배를 올리니 도련님이 받아 물고 앉아있었다.

도련님이 춘향의 집에 오실 때에는 춘향에게 뜻이 있어 온 것이라 오기 전에는 할 말이 많을 듯 했는데 들어가 앉고 보니 공연히 헛기침만 나고 오한증이 들면서 아무리 생각해도 별로 할 말이 없었다.

그리하여 무료히 춘향의 방 안을 둘러보며 벽을 살펴보니 꽤 좋은 세간 기물들이 많이 놓였는데 용장, 봉장, 가께수리(서랍이 많이 달린 궤) 등 이럭저럭 그림장도 붙어 있고 그림도 많이 있다. 서방 없는 춘향이요, 공부하는 계집아이가 세간 기물과 그림이 왜 있을까 싶은데 춘향 어미가 유명한 명기

(名妓)라 딸에게 주려고 조금씩 장만한 것이었다. 조선의 유명한 명필 글씨도 붙어 있고 그 사이에 붙은 명화(名畵)는 다 던져두고라도 월선도란 그림이 있었는데 월선도 제목들이 이러했다.

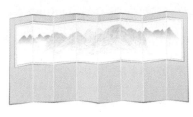

옥황상제가 붉은 빛 부절 군신조회 받던 그림, 청련 거사 이태백이 황학전에 꿇어앉아 황정경 읽던 그림, 백옥루 지은 후에 상량문 짓던 그림, 칠월 칠석 오작교에 견우 직녀 만나는 그림, 광한전 달 밝은 밤에 약을 찧던 달 속의 항아 그림들을 층층이 붙여 광채가 찬란하였다.

또 한 곳에는 부춘산 엄자릉이 관직을 마다하고 흰 갈매기를 벗을 삼고 원숭이와 학을 이웃 삼아 양가죽 옷을 떨쳐 입고 가을 동강 칠리탄에 낚싯줄 던지는 그림을 역력히 그려 놓았으니 가히 선경이라 하겠으며 군자가 짝을 맞아 노닐 곳이로다!

또 춘향의 책상 위에 글 한 수를 지어 붙였다.

帶韻春風竹(대운춘풍죽)
焚香夜讀書(분향야독서)

운치를 띠었구나, 봄바람의 대나무야.
향을 피워 밤에 책을 읽네.

"기특하구나. 이 글의 뜻은 부친을 대신하여 남장
을 하고 전쟁에 나가 열두 해만에 돌아온 효녀 목
란의 절개로다!"
이렇듯 치하하자 춘향 어미가 말하였다.
"귀하신 도련님이 누추한 곳에 찾아주시니 황공 감
격합니다."
도령이 그 말 한 마디에 말문이 열렸다.
"그럴 리가 있는가? 우연히 광한루에서 춘향을 잠
깐 보고 연연(戀戀)히 보내어 꽃을 찾는 벌, 나비의
취한 마음으로 오늘 밤 여기에 왔거니와, 자네 딸
춘향과 백년언약을 맺고자 하는데 자네의 마음이
어떠한가?"
춘향 어미가 여쭈었다.

"말씀은 황송하나 들어 보오. 성참판 영감이 남원에 좌정하였을 때 수청을 들라 하여 관장의 영을 못 어기어 모셨으나 석 달 만에 서울로 올라가셨는데 뜻밖에 잉태하여 낳은 게 저것입니다. 그 연유로 서신을 올렸더니 젖줄 떨어지면 데려가련다 하시다가 그 양반이 갑자기 세상을 떠나시는 바람에 보내지 못한 채 저것을 기르는데, 어릴 때 잔병조차 많았습니다.

그래도 칠세에 소학을 읽혀 수신제가 화순심을 낱낱이 가르치니 씨가 있는 자식이라 만사를 달통이요, 삼강행실이 누가 내 딸만 하겠소. 가세가 부족하여 재상가와는 부당하고 선비와 서인과는 아래위로 못 미쳐 혼인이 늦어져서 밤낮으로 걱정이기는 합니다. 도련님 말씀은 잠시 동안 춘향과 백년가약 한단 말씀이나 그런 말씀 하지 마시고 그냥 노시다 가시지요."

이 말은 진심이 아니라 이도령이 춘향을 얻는다 하여 뒷일을 미리 대비하여 하는 말이었다.

이도령은 기가 막혔다.

"좋은 일에는 마가 낀다더니 춘향도 혼인 전이요 나도 장가 전이라 피차 언약이 이런데 육례는 못한다 하더라도 양반의 자식이 일구이언을 할 리 있나?"

춘향 어미가 이 말을 듣고 말하였다.

"또 내 말 들으시오. 고서에 이르기를 신하의 속마음을 아는 데는 임금만한 이가 없고 자식의 속내를 아는 데는 부모만한 이가 없다 하니 내 딸 마음 내가 알지.

어려서부터 간절한 뜻이 있어 행여 신세를 그르칠까 조심이요, 일부종사하려는 철석같이 굳은 뜻이 청송과 녹죽과 전나무가 사계절을 다투는 듯하고, 뽕밭이 푸른 바다가 되더라도 내 딸 마음이 변할까, 백옥 같은 내 딸 마음에 청풍인들 미칠 것인가.

다만 옛 뜻을 본받아 받들고자 할 뿐인데 장가도 들지 않은 도련님이 욕심을 부려 인연을 맺고 부모 몰래 깊은 사랑 금석같이 맺었다가, 소문이 무서워

내 딸을 버리면 옥결 같은 내 딸 신세는 무늬 좋은 거북껍질이나 고운 진주 구슬이 깨어진 듯, 청강에 놀던 원앙새가 짝 하나를 잃은 듯하게 되니 내 딸은 어떻게 될 것인가? 도련님의 속마음이 말과 같다면 깊이 헤아려 주십시오."

도령이 더욱 답답하여 말하였다.

"그것은 두 번 염려하지 마소. 내 마음 헤아려 보면 특별하고 간절한 마음 흉중에 가득하여 분수와 의리는 다를망정 저와 내가 평생기약 맺을 때 전안(혼인에 기러기를 상에 놓는 예) 납폐(신부 집에 비단을 보냄)를 안한다고 해서 바다같이 깊은 내 마음이 춘향 사정을 모르겠는가?"

이렇게까지 이야기하니 청실홍실 육례 갖춰 만난다 해도 이보다 더 확실할까.

"내가 저를 첫 아내로 여길 테니 시하(부모 조부모 모시는 처지)라고 염려 말고 장가 전이라 해도 염려 마소. 대장부가 한번 먹은 마음을 박대하겠소? 허락만 해 주소."

춘향 어미가 이 말을 듣고 잠자코 생각하다가 몽조가 있어 연분이 될 것임을 짐작하고 흔연히 허락하였다.

춘향 모가 말하였다.

"봉(鳳)이 나니 황(凰)이 나고, 장군 나니 용마 나고, 남원에 춘향 나니 이화춘풍 꽃답다. 향단아! 술상 준비하였느냐?"

"예!"

대답하고는 술과 안주를 차리는데 안주 등을 보니 대양푼 가리찜, 소양푼 제육찜, 풀풀 뛰는 숭어찜, 포도동 나는 메추리탕에, 동래 울산 대전복은 대모로 꾸민 장도로 맹상군의 눈썹처럼 어슷비슷 오려놓고, 염통산적, 양볶이와 꿩다리, 적벽지방의 대접 분원사기에 냉면까지 비벼놓고, 날밤, 찐밤, 잣송이며 호두, 대추, 석류, 유자, 말린 감, 앵두, 탕기와 같은 청실리(푸른 배)를 치수 있게 괴어 놓았다.

술병들을 볼 것 같으면 티끌 없는 백옥병과 벽해수

상 산호병과 엽락금정 오동병과 목이 긴 황새병, 자라병, 당화병, 쇄금병, 소상동정 죽절병, 그 가운데에는 천은주전자, 적동자, 쇄금자를 차례대로 참으로 잘 갖추었다.

술 이름을 보면 이적선(이태백) 포도주와 안기생 자하주와 산림처사 송엽주와 과하주, 방문주, 천일주, 백일주, 금로주, 팔팔 뛰는 화주(소주), 약주, 그 중에 향기로운 연엽주를 주전자에 가득 부어 청동화로 백탄 불에 냄비 냉수 끓는 가운데 주전자를 둘러 불한 불열로 데워 금잔, 옥잔, 앵무배(앵무새 부리 술잔)를 그 가운데 놓았으니, 옥경의 연화 피는 듯, 태을선녀가 연엽선 띄우듯, 대광보국 영의정이 파초선 띄우듯 둥덩실 띄워 놓고 권주가 한 곡조에 일배일배 부일배라.

이도령이 놀라며 물었다.

"관청도 아닌데 상차림을 이렇게 잘 구비하였는가?"

춘향 모가 대답하였다.

"내 딸 춘향이를 곱게 길러 요조숙녀 군자호구 가려서 부부간 금슬로 평생 동락하게 되면, 사랑에 오는 손님들 영웅호걸 문장들과 죽마고우 벗님네와 즐기실 때 미리 보고 배워 두지 못하면 밥상 술상을 대령할 수 없습니다. 아내가 불민하면 가장의 낯을 깎을 수 있음을 염려하여 내 평소에 힘써 가르쳐 아무쪼록 본받아 행하라고, 돈 생기면 사 모으고 손으로 만들어서 눈에 익고 손에도 익게 잠시도 쉬지 않고 시켰습니다. 부족하다 마시고 입맛대로 잡수시오."

앵무배에 술을 가득 부어 도령에게 주니 술잔을 받아 들고 탄식하였다.

"내 마음으로는 육례를 행해야 하나 그러질 못하고 개구멍서방으로 들고 보니 이 아니 원통하랴! 얘, 춘향아. 그러나 우리 이 술을 혼인 술로 알고 먹자."

한 잔 술 부어 들고,

"첫째 잔은 인사주요 둘째 잔
은 합환주다. 이 술을 근원근
본 삼을 것이다. 순임금이 아
황 여영을 귀하게 만난 연분
이 지중하다 하였으니 월하노
인이 맺어준 우리 연분, 삼생
가약(전생, 현생, 후생의 언약) 맺

은 연분, 천만년이라도 변치 아니할 연분, 대대로
삼정승과 육조 판서 자손이 많이 번성하여 자손,
증손, 고손들을 무릎 위에 앉혀 놓고 죄암죄암 달
강달강 백세상수하다가 마주 누워 한날한시에 죽게
되면 천하에 제일 가는 연분이지!"
술잔을 들어 잡순 후에 춘향 모친께도 권하였다.
"향단아, 술을 부어 너의 마누라께 드려라. 장모,
경사 술이니 한 잔 먹소."
춘향 어미가 술잔을 들고 일희일비하며 말하였다.
"오늘이 여식의 백년지고락을 맡기는 날이라 무슨
슬픔이 있을까마는 저것을 애비 없이 섧게 길러 지
금을 맞으니 영감 생각이 간절하여 비창합니다."

이도령이 일렀다.

"이미 지나간 일은 생각지 말고 술이나 먹소."

춘향 모친이 서너 잔 먹은 후에 도령이 통인을 불러 술상을 물려주면서 말하였다.

"너도 먹고 방자도 먹여라."

통인과 방자가 상 물려 먹은 후에 대문 중문 다 닫고 나서 춘향 어미가 향단을 불러 자리를 마련하였다. 원앙금침에 잣나무 열매 모양의 베개와 샛별 같은 요강이 자리를 잡았다.

"도련님, 평안히 쉬십시오. 향단아 나오너라. 나하고 함께 자자."

둘 다 건너갔다.

춘향과 도련님이 마주 앉았으니 그 일이 어찌 되겠는가. 저녁 무렵의 어스름한 햇빛을 받으며 삼각산 제일봉에 봉학이 앉아 춤추는 듯 두 활개를 구부려 들고, 춘향의 섬섬옥수를 겨우 겹쳐 잡고 의복을 공교하게 벗기려다 두 손을 놓더니 춘향의 가는 허리를 담쏙 안고는 이른다.

"비단 치마를 벗어라."

춘향이가 처음 일일 뿐
아니라 부끄러워 고개
를 숙이며 몸을 비트는
데, 이리 곰실 저리 곰
실 푸른 물 위의 붉은
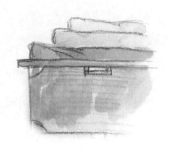
연꽃이 산들바람을 만나 흔들리듯 동해의 청룡이
굽이를 치는 듯 도련님은 치마 벗겨 제쳐 놓고 바
지 속곳 벗기면서 무한히 실랑이한다.

"아이고, 놓아요! 좀 놓아요!"

"에라, 안 될 말이다!"

실랑이 도중에 옷끈을 끌러 발가락에 딱 걸고서 끼
어 안고 진득이 누르며 기지개 켜니 옷이 발길 아
래로 떨어진다. 옷이 활딱 벗어지니 형산의 백옥이
이보다 더 하겠는가. 도련님이 춘향의 거동을 보려
고 슬그머니 손을 놓았다.

"아차차, 손 빠졌다!"

춘향이가 이불 속으로 달려든다. 도련님이 왈칵 좇
아 들어와 저고리를 벗겨내어 도련님 옷과 모두 한

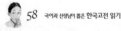

데다 둘둘 뭉쳐 한편 구석에 던져두고 둘이 안고 마주 누웠으니 그대로 잘 리가 있나. 골즙 낼 때 삼승이불이 춤을 추고 샛별 요강은 장단을 맞추어 청그렁 쟁쟁, 문고리는 달랑달랑, 등잔불은 가물가물, 맛이 있게 잘 자고 났구나. 그 중에 진진(재미가 좋은)한 일이야 오죽하랴.

하루 이틀 지나자 어린 것들이라 신맛이 간간 새로워 부끄럼은 차차 멀어지고 이제는 실없는 말로 놀리기도 하고 우스운 말도 하며 자연 '사랑가'가 되었구나. 사랑으로 노는데 똑 이 모양으로 놀던 것이었다.

"사랑, 사랑, 내 사랑이야. 동정호수의 칠백 리 월하초에 무산같이 높은 사랑, 아득한 하늘처럼 크고 넓은 바다같이 깊은 사랑, 옥산전의 가을 산봉우리에서 밝은 달을 구경하는 사랑, 일찍이 춤을 배울

적에 퉁소를 불어 보던 사랑,
느릿느릿 떨어지는 해와
달빛 주렴 사이로 복
숭아꽃과 오얏꽃이
피어나는 사랑, 고운
초승달이 미소를 머
금고 고운 자태를 지닌
사랑, 달 아래 삼생연분 너와 내가 만난 사랑, 허
물없는 부부의 사랑, 동산에 내리는 꽃비의 목단화
같이 펑퍼지고 고운 사랑, 연평 바다의 그물같이
얽히고 설킨 사랑, 은하 직녀의 비단같이 올올이
이은 사랑, 청루미녀(기생)의 이불같이 솔기마다 감
친 사랑, 시냇가 수양버들처럼 청처지고 늘어진 사
랑, 남창북창의 곡식같이 담불담불 쌓인 사랑, 은
옷장, 옥 옷장 장식처럼 이모저모 잠긴 사랑, 영산
홍록 꽃나무가 봄바람에 넘노나니 황봉백접 꽃을
물고 즐긴 사랑, 녹수청강에 원앙새가 마주 둥실
떠 노는 사랑, 매년 칠월칠석날 밤에 견우직녀 만
난 사랑, 육관대사 제자 성진이가 팔선녀와 노는

사랑, 역발산 초패왕이 우미인을 만난 사랑, 당나라 당명황제가 양귀비를 만난 사랑, 명사십리 해당화같이 연연히 고운 사랑, 네가 모두 사랑이로구나, 어화 둥둥 내 사랑아, 어화 내 간간 내 사랑이로구나.

여봐라, 춘향아. 저리 가거라, 가는 태를 보자. 이만큼 오너라, 오는 태를 보자. 빵긋 웃고 아장아장 걸어라, 걷는 태를 보자. 너와 나와 만난 사랑 연분을 팔자 한들 팔 곳이 어디 있나. 생전의 사랑이 이러하는데 어찌 사후 기약이 없을 것이냐.

너는 죽어 될 것 있다. 너는 죽어 글자가 되되 땅 지(地)자 그늘 음(陰)자 아내 처(妻)자 계집 녀(女)자 변이 되고, 나는 죽어 글자 되되 하늘 천(天)자 하늘 건(乾) 지아비 부(夫) 사내 남(男) 아들 자(子) 몸이 되어 계집 녀(女) 변(邊)에다 딱 붙이면 좋을 호(好)자로 만나 보자. 사랑, 사랑, 내 사랑이야.

또 너 죽어 될 것 있다. 너는 죽어 물이 되되 은하수, 폭포수, 만경창해수, 청계수, 옥계수 큰 강을 던져 두고 칠년 가뭄으로 가물 때도 항상 넉넉하게

마르지 않는 음양수란
물이 되고, 나는 죽
어 새가 되되 두
견새도 되지 말
고 청조(서왕모의
사자), 청학, 백학이며
대붕조 그런 새가 되지 말고 쌍거쌍래 떠날 줄 모
르는 원앙새가 되어 녹수에 원앙격으로 어화둥둥
떠 놀거든 나인 줄 알려무나. 사랑, 사랑, 내 간간
내 사랑이야."

"아니, 그것도 나 아니 되려오."

"그러면 너 죽어 될 것 있다. 너는 죽어 경주 인경
(통행금지 종)도 되지 말고 전주 인경도 되지 말고
송도 인경도 되지 말고 서울 장안의 종로 인경 되
고, 나는 죽어 인경의 망치가 되어 삼십삼천 이십
팔수를 응하여 길마재의 봉화(烽火) 세 자루 꺼지고
남산의 봉화 두 자루 꺼지면 인경 첫 마디 치는 소
리 뎅뎅 칠 때마다 다른 사람 듣기에는 그저 인경
소리로만 알아도 우리 속으로는 춘향 뎅 도련님 뎅

이라 만나 보자꾸나. 사랑, 사랑, 내 간간 내 사랑
이야."

"아니, 그것도 나는 싫소."

"그러면 너 죽어 될 것 있다. 너는 죽
어 방아의 절구가 되고, 나는 죽어 방
아의 공이가 되어 경신년 경신월 경
신일 경신시에 강태공 조작(지신 재앙
을 막는 글) 방아가 그저 떨거덩 떨거
덩 찧거들랑 나인 줄 알려무나. 사랑,
사랑, 내 간간 사랑이야."

"싫소. 그것도 내 아니 되려오."

"어째서 그러느냐."

"나는 어찌 이생이나 후생이나 항시 밑으로만 되라
니까 재미없어 못 쓰겠소."

"그러면 너 죽어 위로 가게 하마. 너는 죽어 맷돌
윗짝이 되고, 나는 죽어 밑짝 되어 이팔청춘 홍안
미색들이 섬섬옥수로 맷돌을 잡고 슬슬 두르면 하
늘은 둥글고 땅은 네모난 격으로 휘휘 돌아가거든
나인 줄 알려무나."

"싫소. 그것도 아니 되려오. 위로 생긴 것이 부아 나게만 생겼소. 무슨 년의 원수로서 일생에 한 구멍이 더하니 나는 아무것도 싫소."

"그러면 너 죽어 될 것 있다. 너는 죽어 명사십리 해당화가 되고, 나는 죽어 나비 되어 나는 네 꽃송이 물고 너는 내 수염 물고 봄바람이 건듯 불거든 너울너울 춤을 추고 놀아보자.

사랑, 사랑, 내 사랑이야. 내 간간 사랑이지. 이리 보아도 내 사랑 저리 보아도 내 사랑. 이 모두 내 사랑 같으면 사랑 걸려 살 수 있나. 어화 둥둥 내 사랑 내 예쁜 내 사랑이야. 방긋방긋 웃는 것은 꽃 중의 왕 모란화가 하룻밤 세우(細雨) 뒤에 반만 피고자 한 듯 아무리 보아도 내 사랑 내 간간이로구나. 그러면 어쩌잔 말이냐. 너와 나와 유정하니 정자로 가서 놀아보자. 소리를 한가지로 하여 정자 노래나 불러보세."

"들읍시다."

"내 사랑아 들어봐라. 너와 나와 유정하니 어이 아
니 다정하리. 출렁대는 긴 강물이 아득함에 원객
정, 강의 다리 위에서 이별을 못하고 강가의 나무
가 멀리 머금은 정, 한나라 태조 유방의 희우정,
삼태육경 백관 조정, 불도를 닦는 도량청정, 각시
친정, 친구 간에 통하는 정, 어지러운 세상을 평온
하게 진정, 우리 둘이 천년인정, 달은 밝고 별은
드문 소상동정, 세상만물 조화정, 근심걱정, 사연
을 하소연하여 인정, 음식투정 복없는 저 방정, 기
린토월(전주의 기린봉에 솟아오른 달) 백운정, 너와
나와 만난 정, 진실한 정을
논의하면 내 마음은 원
형이정, 네 마음은 한
조각 의탁한 정, 이
같이 다정하다가 만
일 파정하면 복통절정
이 걱정되니 진정으로 원

정하자는 그 정자다."

춘향이 좋아라고 하는 말이,

"정(情) 속은 아주 잘 되었소. 우리 집 재수있게 안
택경(터주를 위한 경문)이나 좀 읽어주오."

도련님 허허 웃으며 이어간다.

"그뿐인 줄 아느냐? 또 있지. 궁자 노래를 들어보
아라."

"애고, 얄궂고 우습다. 궁자 노래가 무엇이오."

"네 들어 보아라. 좋은
말이 많이 있다. 좁은 천
지가 열리는 궁, 뇌성벽
력 풍우 속에 해, 달, 별
이 풀려 있어 엄장하다
창합궁, 성덕이 넓으시니

백성을 다스리는 일이 어인 일인가, 주지객이 구름
같이 모여들던 은왕의 대정궁, 진시황의 아방궁,
천하를 얻게 된 까닭을 물을 적에 한태조의 함양
궁, 그 곁에 장락궁, 반첩여의 장신궁, 당명황제 상
춘궁, 이리 올라 이궁, 저리 올라 별궁, 용궁 속의

수정궁, 월궁 속의 광한궁, 너와 나와 합궁하니 한 평생 무궁이라. 이 궁 저 궁 다 버리고 네 양각(두 다리) 사이 수룡궁에 나의 힘줄 방망이로 길을 내자꾸나."

춘향이 웃으며 말하였다.

"그런 잡담은 마시오."

"그게 잡담이 아니다. 춘향아, 우리 둘이 업음질이나 하여보자."

"애고, 참 잡상스러워라(난잡하고 상스러움)! 업음질을 어떻게 하여요?"

업음질을 여러 번 한 것처럼 말하는 것이었다.

"업음질은 천하 쉽단다. 너와 나와 활씬 벗고 업고 놀고, 안고 놀면 그게 업음질이지!"

"애고, 나는 부끄러워 못 벗겠소."

"에라, 요 계집아이야. 안 될 말이다. 내 먼저 벗으마."

버선, 대님, 허리띠, 바지, 저고리 활씬 벗어 한편 구석에 밀쳐놓고 우뚝 서니 춘향이 그 거동을 보고 뼁긋 웃고 돌아서며 말하였다.

"영락없는 낮도깨비 같아요."

"오냐, 네 말이 옳다. 천지만물이 짝 없는 게 없구나. 두 도깨비 놀아보자."

"그러면 불이나 끄고 놀아요."

"불이 없으면 무슨 재미가 있겠느냐. 어서 벗어라, 어서 벗어라."

"애고, 나는 싫어요."

도련님이 춘향의 옷을 벗기려 하며 넘놀면서 어루 더듬는다. 만첩청산 늙은 범이 살찐 암캐를 물어다 놓고 이는 없어 먹지는 못하고 흐르릉 흐르릉 아웅 어르는 듯, 북해흑룡이 여의주를 입에다 물고 빛이 고운 구름 사이를 넘노는 듯, 단산의 봉황이 대나무 열매를 물고 오동 속에 넘노는 듯, 청학이 난초를 물고서 오송간에 넘노는 듯하였다.

춘향의 가는 허리를 후리쳐 담쏙 안고 기지개 아드

득 떨며, 귓밥도 쪽쪽 빨며, 입술도 쪽쪽 빨면서,
주홍색 같은 혀를 물고, 오색단청 순금 옷장의 쌍
거쌍래 비둘기같이 꿍꿍 끙끙 으흥거리다 뒤로 돌
려 담쏙 안고, 젖을 쥐고 발발 떨며 저고리, 치마,
바지, 속곳까지 활씬 벗겨 놓아 춘향이 부끄러워
한편으로 가리고 앉아 도련님이 답답하여 가만히
살펴보니 얼굴이 상기되어 구슬땀이 송실송실 앉았
구나.

"얘, 춘향아. 이리 와서 업혀라!"

춘향이 부끄러워하였다.

"부끄럽기는 무엇이 부끄러워. 이왕에 다 아는 바
니 어서 와 업혀라."

춘향을 업고 추스리며 묻는다.

"어따! 그 계집아이 똥집 한번 무겁다! 네가 내 등
에 업히니까 마음이 어떠냐?"

"한껏 좋지요."

"나도 좋다. 좋은 말을 할 것이니 네가 대답만 하
여라."

"말씀에 대답할 테니 해 보시오."

"네가 금(金)이지?"

"금이라니 당치 않소. 초나라와 한나라 간에 벌어졌던 전쟁에 기이한 계책을 꾸민 진평이가 초나라 항우를 잡으려고 황금을 사만이나 흩었으니 금이 어디에 남아 있겠소?"

"그러면 진옥이냐?"

"옥이라니 당치 않소. 만고영웅 진시황이 형산의 옥을 얻어 이사의 명필로 '명을 하늘로부터 받았으니 오래 살 것이며 길이 번창하리로다.' 라는 옥새를 만들어 후손에게 영원히 물려주게 하니 옥이 어떻게 될 것이오?"

"그러면 네가 무엇이냐. 해당화냐?"

"해당화라니 당치 않소. 명사십리도 아닌데 해당화가 되겠소?"

"그러면 네가 무엇이냐? 밀화 금패의 호박과 진주냐?"

"아니, 그것도 당치 않소. 삼태육경 대신재상 팔도의 관찰사 수령님네 갓끈, 풍잠(망건의 장식품)을 다 하고서 남은 것은 서울, 지방의 이름난 기생들의 가락지를 허다하게 만드니 호박, 진주는 부당하오."

“네가 그러면 대모(바다거북), 산호냐?”

“아니, 그것도 내 아니오. 대모간 큰 병풍을 산호로 난간을 하여 광리왕(남해의 해신) 상량문에 수궁보물이 되었으니 대모, 산호는 부당이오.”

“그러면 네가 반달이냐?”

“반달이라니 당치 않소. 오늘 초승달이 아닌데 맑은 하늘에 반달이 어떻게 되겠소?”

“네가 그러면 무엇이냐? 날 홀려 먹는 불여우냐? 네 어머니 너를 낳아 곱고 곱게 길러 내어 나만 홀려 먹으라고 생겼느냐? 사랑, 사랑, 내 사랑이야. 내 간간 내 사랑이야. 네가 무엇을 먹으려느냐. 생률 숙률을 먹으려느냐? 둥글둥글 수박 꼭지 대모장도 드는 칼로 뚝 떼고 강릉 백청(흰 꿀)을 두루 부어 은수저로 붉은 점 한 점을 먹으려느냐?”

“아니, 그것도 내사 싫어요.”

“그러면 무엇을 먹으려느냐. 시금털털한 개살구를

먹으려느냐?"

"아니, 그것도 내사 싫어요."

"그러면 무엇을 먹으려느냐? 돼지를 잡아 주랴, 개를 잡아 주랴. 내 몸을 통째로 먹으려느냐?"

"여보, 도련님. 내가 사람 잡아먹는 것 보았소?"

"에라, 요것 안 될 말이로구나. 어화 둥둥 내 사랑이지. 얘, 그만 내리려무나. 모든 일은 다 품앗이가 있단다. 내가 너를 업었으니 너도 나를 업어야지."

"애고, 도련님은 기운이 세어서 나를 업었지만 나는 기운이 없어 못 업겠소."

"업는 수가 있단다. 나를 들어서 업으려 말고 발이 땅에 자운자운(닿을 듯 말 듯)하게 뒤로 잦힌 듯하게 업어다오."

도련님을 업고 툭 추어 놓으니 짐작이 틀렸구나!

"애고, 잡상스러워라!"

이리 흔들 저리 흔들 한다.

"내가 네 등에 업혀 있으니 마음이 어떠하냐? 나도

너를 업고 좋은 말을 하였으니 너도 나를 업고 좋은 말을 하여야지."

춘향이에게 말하라 이른다.

"좋은 말을 할 테니 들
으시오. 부열이를 업은
듯, 주나라 재상 강
태공을 업은 듯, 사육
신을 업은 듯, 생육신을 업
은 듯, 일(日)선생, 월(月)선생, 고운 최치원 선생을
업은 듯, 제봉 고경명을 업은 듯, 요동백을 업은
듯, 송강 정철을 업은 듯, 충무공을 업은 듯, 우암
송시열, 퇴계 이 황, 사계, 명재를 업은 듯, 내 서
방이지, 내 서방. 알뜰 간간 내 서방.

진사급제를 토대로 직부주서, 한림학사 이렇게 된
연후에, 부승지 좌승지 도승지로 하여 팔도방백 지
낸 후, 내직으로 의정에 뽑히어 대제학, 대사성, 판
서, 좌의정, 우의정, 영의정, 규장각 하신 후에 내
직 삼천, 외직 팔백, 명만일국의 대신이 되어 주석
지신 보국충신 모두 헤아리니 내 서방 알뜰 간간

내 서방이지."

춘향은 이도령이 권하는 대로 좋은 말들을 하였다.

"춘향아, 우리 말(馬)놀음이나 좀 하여보자."

"애고, 참 우스워라. 말놀음이 무엇이오?"

말놀음 많이 해 본 것처럼 말한다.

"천하에 쉽지. 너와 나 벗은 김에 너는 온 방바닥을 기어 다녀라. 나는 네 궁둥이에 딱 붙어서 네 허리를 잔뜩 끼고 볼기짝을 내 손바닥으로 탁 치면 흐흥거려 퇴김질로 물러서며 뛰어라. 야무지고 힘 있게 뛰게 되면 탈 승(乘)자 노래가 있단다.

타고 놀자, 타고 놀자. 헌원씨는 방패와 창을 익혀 치우를 탁녹야에서 사로잡아 승전고를 울리면서 지남거를 높이 타고, 적송자는 구름 타고, 여동빈은 백로를 타고, 이적선은 고래를 타고, 맹호연은 나귀

를 타고, 태을선인은 학을 타고, 대국천자는 코끼
리를 타고, 우리 전하는 연(임금이 타는 수레)을 타
고, 삼정승은 평교자를 타고, 육조판서는 초헌을
타고, 훈련대장은 수레를 타고, 각 읍 수령은 독교
를 타고, 남원부사는 별연을 타고, 해질 무렵의 강
에서 어옹들은 일엽편주를 거칠 것 없이 타고, 나
는 탈 것이 없으니 금야삼경 깊은 밤에 춘향 배를
넌지시 타고 홑이불로 돛을 달아 내 기개로 노를
저어 오목섬에 들어가 순풍에 음양수를 시름없이
건너가고, 말을 삼아 탈 것 같으면 걸음걸음은 없
을 것이냐? 마부는 내가 되어 네 말고삐를 잡아 부
산스럽게 걷는 걸음으로, 뚜벅뚜벅 걷는 걸음으로
걸어라, 기총마 뛰듯 뛰어라!"

온갖 장난을 다 하니 이런 장관이 또 있으랴. 이팔

이팔 둘이 맺은 마음은 세월 가는 줄 몰랐다.

이때 뜻밖에 방자가 왔다.
"도련님, 사또께서 부르시오."
도련님이 들어가 뵈니 사또가 말씀하셨다.

"이봐라. 서울서 동부 승지 직함의 교지가 내려왔다. 나는 처리할 일의 마무리를 하고 갈 것이니 너는 아녀자들을 모시고 내일로 떠나거라."

도련님이 부교를 듣고 한편은 반가우나 한편으로 춘향을 생각하니 가슴이 답답하여 사지에 맥이 풀리고 간장이 녹는 듯 두 눈에 더운 눈물이 펄펄 솟아 얼굴을 적시는 것을 사또가 보시고 물었다.

"너 왜 우느냐? 내가 남원에서 평생 살 줄로 알았더냐? 내직으로 승진되니 섭섭히 생각 말고 치행등절(행장을 차리는 등의 절차)을 급히 차려 내일 오전으로 떠나거라."

겨우 대답하고 물러나왔다.

자식들은 누구나 모친께 허물이 적으므로 내아에 들어가 울면서 춘향의 말을 청하다가 꾸중만 실컷 듣고, 춘향의 집을 향해 가는 동안 설움은 기가 막히나 노상에서 울 수는 없어 속에서 두부장 끓듯 하였다.

춘향의 집 문 앞에 당도해서 통째, 건더기 째, 보시기 째 왈칵 쏟아져 놓는다.

"어푸, 어푸, 어허!"

춘향이 깜짝 놀라서 왈칵 뛰어 내달아 나왔다.

"애고, 이게 웬일 이오? 댁에 가시더 니 꾸중을 들으셨 소? 노상에 오시다 가 무슨 분함을 당 하셨소? 서울서 무

슨 기별이 왔다더니 상복을 입으시오? 점잖으신 도 련님이 이것이 웬일이오?"

춘향이 도련님의 목을 담쏙 안고 치맛자락을 걷어

얼굴에 흐르는 눈물을 이리 씻고 저리 씻으면서 달래었다.

"울지 마오. 울지 마오."

도련님은 기가 막혀 우는데 울음이란 것이 말리는 사람이 있으면 더욱 우는 법이었다.

춘향이 화를 내며 말린다.

"여보, 도련님. 우는 모양 보기 싫소. 그만 울고 내력이나 말하오!"

"사또께서 동부승지 관직으로 가신단다."

춘향이 좋아하며 묻는다.

"댁의 경사인데 왜 운단 말이오?"

"너를 버리고 가야 할 터이니 내 아니 답답하냐."

"언제는 남원 땅에서 평생 사실 줄로 알았소? 어찌 나와 함께 가기를 바랄 것이요. 도련님 먼저 올라가시면 나는 예서 팔 것 팔고 추후에 올라갈 것이니 아무 걱정 마시오. 내 말대로 하면 군색하지 않고 좋을 것이요. 내가 올라가더라도 도련님의 큰댁으로 가서는 살 수 없을 것이니 큰댁 가까이 방이나 두엇 정도 되는 조그마한 집이면 족하니 염탐하

여 사 두시지요. 우리
식솔이 가더라도
공밥은 먹지 아
니할 터이니 그
렁저렁 지내다

가 도련님, 나만 믿고 장가를 안 갈 수 있소? 부귀
를 누리며 임금의 은총을 받는 재상가의 요조숙녀
골라서 혼정신성할지라도 저를 아주 잊지는 마십시
오. 도련님이 과거해서 벼슬이 높아져 외직을 가면
신래마마(문과에 급제한 사람과 그 첩)를 치행할 때
마마로 내세우면 무슨 말이 나겠습니까. 그리 알아
조처하오."

"그게 이를 말이냐. 사정이 이래서 네 말을 사또께
는 못 여쭈고 대부인 전께 여쭈니 꾸중이 대단하시
며 양반의 자식이 부형따라 지방에 왔다가 기생집
에서 첩을 얻어 데려간다면 앞날에도 지장이 있고
조정에 들어 벼슬도 못한다더구나. 불가불 이별이
될 수밖에 없다."

춘향이 이 말을 듣더니 갑자기 성이 나서 얼굴빛이

변하며 머리를 흔들어 대고, 눈을 씰룩대며 붉으락 푸르락 눈을 간잔조롬하게(가늘게) 뜨고 눈썹이 꼿꼿하여지면서 코가 발심발심하며 이를 뽀드득뽀드득 갈며 온몸을 수숫잎 틀 듯하고 앉더니,

"허, 이게 웬 말이오!"

왈칵 뛰어 달려들며 치맛자락도 와드득 좌르륵 찢어 버리고 머리도 와드득 쥐어뜯어 싹싹 비벼 도련님 앞에다 던지면서 성내었다.

"무엇이 어쩌고 어째요! 이것도 쓸데없다!"

명경, 체경, 산호로 만든 죽절을 방문 밖에 탕탕 부딪치며 발을 동동 구르고 손으로 바닥을 치며 돌아앉아 자탄가로 울며 말하였다.

"서방 없는 춘향이가 세간살이 무엇 하며 단장하여 누구에게 사랑을 받을까? 몹쓸 년의 팔자로구나. 이팔청춘 젊은 것이 이별할 줄 어찌 알랴. 이 몸을

부질없고 허망한 말로 전정(前程) 신세 버렸구나.
애고, 애고, 내 신세야!"
천연히 돌아앉아 또 말한다.
"여보, 도련님! 방금 하신 말씀 참말이요, 농말이
요? 우리 둘이 처음 만나 백년언약 맺을 때 대부인
과 사또께서 시키시던 일입니까? 핑계가 웬일이요!
광한루에서 잠깐 보고 밤 깊어 인적이 끊어진 야삼
경에 내 집에 찾아와서 도련님은 저기 앉고 춘향이
나는 여기 앉아 날더러 하신 말씀, 말로 맹세하는
것은 마음으로 맹세하는 것만 못하고, 마음으로 맹
세하는 것은 그 맹세를 실천하는 것만 못함이라고
지난 오월 단오날 밤에 내 손을 부여잡고 우둥퉁퉁
밖에 나와 별빛이 깜박깜박하는 맑은 하늘을 천 번
이나 가리키며 만 번이나 맹세하
여 정녕 믿었었는데, 말경에
가실 때에는 톡 떼어 버리
시니 이팔청춘 젊은 것
이 낭군 없이 어찌 살까.
침침공방 기나긴 가을밤

에 서로 그리워함을 어떻게 하나. 모질도다. 모질도다. 도련님이 모질도다! 독하도다. 독하도다. 서울 양반 독하도다! 원수로다. 원수로다. 존비귀천 원수로다!

천하에 다정하게 부부의 정이 유별하더니 이렇듯 독한 양반이 이 세상에 또 있을까. 애고, 애고. 내 일이야!

여보, 도련님. 춘향의 몸이 비천하다고 함부로 버리셔도 그만인 줄 알지 마오. 이 기박한 춘향이 입맛을 잃어 밥도 못 먹고 불안하여 잠도 못 자면 며칠이나 살겠소? 상사병이 들어 애통해 하다가 죽게 되면 슬프고 원망스러운 내 혼신이 원귀가 될 것이니 존중하신 도련님은 그것이 재앙이 아니오? 사람의 대접을 그리 마오. 죽고지고, 죽고지고! 애고, 애고. 서러운지고!"

한참 이리 자지러지게 서러워 우는데 춘향의 모친은 아무것도 모르고 중얼거린다.

"애고, 저것들이 또 사랑싸움이 났구나. 어, 참 아니꼽다. 눈구석에 쌍가래톳 설 일 많이 보네."

하지만 아무리 들어도 울음이 너무 길었다. 하던
일을 밀쳐 놓고 춘향의 방 영창 밖에서 가만가만
들어보니 아무리 들어봐도 둘의 이별이었다.

춘향 모는 놀라고 기가 막혔다.
"허허, 이것 참 큰일 났다!"
두 손뼉을 땅땅 마주치며 소리를 지른다.
"허, 동네 사람 다 들어 보오. 오늘로 우리 집에
사람 둘 죽습니다."
마루에 성큼 올라 영창문을 열어
우르르 달려들어 주먹을 겨누
며 소리를 친다.
"이년, 이년. 썩 죽어라! 살
아서 쓸데없으니 너 죽은 시
체라도 저 양반이 지고 가게.
저 양반 올라가면 누구의 애간장
을 녹이려나? 이년, 이년. 말 들어라! 내 항상 이
르기를 나중에 후회하기 쉬우니 도도한 마음은 먹
지 말고 여염집 사람을 가려서 형세나 지체가 너와

비슷하고 재주나 인물이 모두 너와 어울리는 봉황의 짝을 얻어 내 앞에서 노는 양을 보면 너도 좋고 나도 좋지. 도덕이 높아 교만하여 남과 특별히 다르더니 잘 되고 잘 되었다!"

두 손뼉을 꽝꽝 마주치면서 도련님 앞에 달려들었다.

"나와 말 좀 하여 봅시다. 내 딸 춘향을 버리고 간다 하니 무슨 죄로 그러시오. 춘향이 도련님을 모신 지 거의 일 년이 되었는데 행실이 그르던가, 예절이 그르던가, 침선이 그르던가, 언어가 불순하던가, 잡스런 행실을 가져 노류장화 (누구라도 꺾을 수 있는 길가의 꽃. 창부) 음란하던가, 무엇이 그르던가? 이 봉변이 웬일인가?

군자가 아내를 버릴 때는 칠거지악 아니면 못 버리는 줄 모르는가. 내 딸 춘향이 어린 것을 밤낮으로 사랑할 때는 안고 서고 눕고 자며, 백년 삼만 육천 일을 헤어지지 말자고 주야장천 어르다가, 말경에 가실 때는 뚝 떼어 버리니 버들가지가 천만 개인들

가는 춘풍을 어이 하며, 낙화되고 낙엽이 되면 어느 나비가 다시 올까. 백옥 같은 내 딸 춘향의 꽃같이 아름다운 얼굴과 몸도 부득이 세월에 늙어져서 홍안이 백수되면 시호시호 부재래(시절이여, 시절이여, 다시 오지 않는구나)라. 다시 젊어지지는 못하니 무슨 죄가 무거워 허송백년할 것인가?

도련님 가신 후에 내 딸 춘향이 님을 그리며 달이 맑고 밝은 야삼경에 첩첩수심 어린 것이 낭군의 생각이 절로 나서, 초당전 꽃밭에서 이리저리 거닐다가 불꽃 같은 시름의 상사병이 가슴에 솟아나와 손으로 눈물을 씻고 후유 한숨을 길게 쉬고, 북쪽을 가리키며 서울에 계신 도련님도 나와 같이 그리워하시는지, 무정하여 아주 잊고서 일장 편지도 아니하시는지, 긴 한숨 끝에 눈물은 얼굴과 옷을 적시고 제 방으로 들어가서 의복도 아니 벗고 외로운 베개 위에 벽만 안고 돌아누워 주야장탄 우는 것은 병 아니고 무엇이오?

시름상사 깊이 든 병을 내가 구하지 못하고 춘향이 원통하게 죽게 되면, 칠십 먹은 늙은 것이 딸 잃고 사위 잃고 태백산 갈가마귀가 게발을 물어다 아무데나 던지듯이 혈혈단신 외로운 나는 누구를 믿고 살라는 말인고?

남 못할 일 그리 마시오! 애고, 애고. 서러운지고! 몇 사람 신세를 망치려고 아니 데려가오? 도련님 대가리가 둘 돋쳤소? 애고, 애고. 무서워라. 이 쇠띵띵아!"

왈칵 뛰어 달려드며 하는 이 말이 만일 사또께 들어가면 큰 야단이 날 지경이다.

"여보소, 장모. 춘향만 데려간다면 그만하겠나?"

"그래. 아니 데려가고 견뎌낼까?"

"너무 거세게 굴지 말고 여기 앉아 내 말 좀 듣소. 춘향을 데려간대도 가마 쌍교를 태워 가려고 하면 필경 이 말이 들어갈 것인즉 내 기가 막히는 중에 꾀 하나를 생각하고 있네만, 이 말이 입 밖에 나면 양반 망신만 하는 게 아니라 우리 선조 양반이 모두 망신할 말이로세."

"무슨 말인데 그리 좌뜬(생각이 남보다 월등한) 말이 있단 말인가?"

"내일 내행(부인과 아녀자들의 여행길)이 나오실 때 내행 뒤에 사당이 나올 테니 윗사람들을 모시는 것은 내가 하겠네."

"그래서?"

"그만하면 모르겠나?"

"나는 그 말 모르겠소!"

"신주는 모셔내어 내 웃옷 소매에다 모시고 춘향은 혼백과 신주를 모시는 상여에다 태워 갈 수밖에 없네. 걱정 말고 염려 마소!"

춘향이 그 말을 듣고 한참이나 도련님을 물끄러미 바라보더니 모친께 말하였다.

"마소, 어머니. 도련님을 너무 조르지 마소. 우리 모녀의 평생 신세가 도련님 손에 매었으니 알아서 하라 당부나 하오. 이번은 아마도 이별할 밖에 수가 없네."

"어차피 이별이 될 바에야 가시는 도련님을 왜 조를까마는 속이 답답하여 그러지. 내 팔자야!"

"어머니, 건넌방으로 가시오. 내일은 이별해야 될까 보오. 애고, 애고. 내 신세야! 이별을 어떻게 하나. 여보, 도련님!"

"왜야!"

"여보, 참으로 이별을 할 테요?"

춘향이 이도령에게 다시 묻는다.

촛불을 돋우어 켜고 둘이 서로 마주 앉아서는 떠날 일을 생각하고 보낼 일을 생각하니, 정신이 아득하고 한숨에 눈물이 겨워 슬픔으로 목메어 울며 얼굴도 대어 보고 수족도 만져 본다.

"나를 볼 날이 몇 밤이오. 애달픔도 나쁜 수작도 오늘 밤이 마지막이니 나의 서러운 원정 들어보오. 육순에 가까운 나의 모친이 일가친척도 전혀 없고 다만 무남독녀 나 하나라, 도련님께 의탁하여 영귀할까 바랐더니 조물이 시기하고 귀신이 해를 입혀 이 지경이 되었구나. 애고, 애고. 내일이야!

도련님 올라가면 나는 누구를 믿고 살까? 겹겹이 쌓인 근심과 나의 회포를 밤 낮으로 어떻게 할 것

인가? 이화 도화 만발할 때 물놀이를 어떻게 하며, 황국 단풍 늦어갈 때 고절숭상(높은 절개를 숭상함)을 어떻게 하나. 독숙공방 긴긴 밤에 잠을 이루지 못하면 어찌 하리. 쉬느니 한숨이요, 뿌리느니 눈물이라. 적막강산 달 밝은 밤에 두견새의 울음소리를 어이 하리. 어려운 곤경에도 굽히지 않는 높은 절개의 만리변에 짝 찾는 기러기 울음소리를 누가 금할 것이며, 춘하추동 사계절 경치들을 보는 것도 수심이요, 듣는 것도 수심이라. 애고, 애고!"

서럽게 울자 이도령이 달래며 말하였다.

"춘향아, 울지 마라. 부수소관첩재오(당 왕가의 시. 남편은 소관에서 군역하고, 첩은 오나라에 있음)라. 소관의 부수들과 오나라 아내들도 동서간에 님이 그

리워 규중심처에서 늙어갔단다. 정객관산로기중(왕

발의 『채연곡』)에서는 관산에 있는 남편과 녹수부용

의 연밥을 따는 여인도 부부신정이 각별하여 추월

강산이 적막한데도 연을 키워 그리움을 달래었다.

나 올라간 뒤에 창문 앞의 달이 밝더라도 천리 상

사 부디 마라. 너를 두고 가는 내가 하루 십이시,

한 시각 한 시각을 어떻게 무심하게 보내랴! 울지

마라, 울지 마라."

춘향이 또 울면서 말하였다.

"도련님이 서울에 올라가면 행화춘풍

거리거리 취하는 게 장진주(술을 권

함)요, 청루미색 집집마다 보시는

게 미색이요, 풍악 소리에 간 곳

마다 화월이라. 호색하신 도련님

이 밤낮 호강하며 놀면서 나 같은

시골의 천한 계집이야 손톱만큼이나

생각하겠습니까? 애고, 애고. 내 일이야!"

"춘향아, 울지 마라. 남북촌에 옥녀가인은 많았지

만 규중심처 깊은 정은 너밖에 없었으니 아무리 대

장부인들 일각이나 잊을 것이냐."

서로 피차 기가 막혀 영영 이별을 못 떠날 것 같았다.

그때 도련님을 모시고 갈 사령이 헐레벌떡 들어오며 말하였다.

"도련님, 어서 행차하십시오. 안에서 야단났소. 사또께서 도련님 어디 가셨느냐 하기에 소인이 여쭙기를, 놀던 친구와 작별인사차로 문 밖에 잠깐 나가셨노라 하였으니 어서 행차하십시오."

"말을 대령하였느냐?"

"말 마침 대령하였소."

말은 가자고 네 굽을 치는데 춘향은 마루 아래 툭 떨어져 도련님 다리를 부여잡는다.

"날 죽이고 가지 살리고는 못 가고 못 가느니!"

말도 다 못하고 기절하여
춘향 모친이 달려든다.
"향단아, 어서 찬물 떠오
너라! 네 이 몹쓸 년아.
늙은 어미 어쩌려고 몸을

이리 상하느냐."

춘향이 정신 차려 말하였다.

"애고, 답답하여라."

춘향의 모친은 기가 막혔다.

"남의 생때같은 자식을 이
지경이 웬 말이오? 간곡한 우

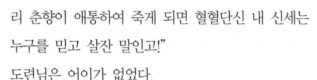

리 춘향이 애통하여 죽게 되면 혈혈단신 내 신세는
누구를 믿고 살잔 말인고!"

도련님은 어이가 없었다.

"춘향아! 네가 이게 웬일이냐? 나를 영영 안 보려
느냐? 강 다리위에서 해질 무렵의 한나라 소무의
모자 이별, 정객관산로기중에 오나라와 월나라의
부부 이별, 당 사람들이 송별하던 붕우 이별, 그런
이별들이 많아도 우리는 소식을 들을 때가 있고 생
면할 날도 있을 것이다.

내가 올라가서 장원급제하여 너를 데려갈 것이니
울지 말고 잘 있거라. 너무 울면 눈도 붓고 목도
쉬고 골머리도 아프다. 돌이라도 망두석(무덤 앞의
두 개의 돌기둥)은 천만년이 지나가도 광석(무덤 속

의 지석)이 될 수 없고, 나무라도 상사목은 창 밖에서 일년춘절을 다 지나되 잎이 필 줄 모르고, 병이라도 상사병은 오매불망 죽는다. 네가 나를 다시 보려거든 슬퍼하지 말고 잘 있어라."

춘향이 어쩔 수 없이 말한다.

"여보, 도련님. 내 손에 술이나 마지막으로 잡수시오. 행찬(여행에 가져 가는 반찬) 없이 가실 텐데 찬합을 잘 간직했다가 숙소참에 들어가서 날 본 듯이 잡수시오. 향단아, 찬합이랑 술병 내오너라!"

춘향이 일배주 가득 부어 눈물 섞어 드리면서 말하였다.

"가시는 길에 강수 청청 푸르거든 먼 곳에서 정을 품고 있는 사람을 생각하고, 천시가절 때가 되어 가랑비가 분분하면 길 가는 사람의 애를 태운답니다. 마상에서 곤핍하여 병이 날까 염려되니 날이 저물면 일찍 들어가 주무시고 한 채찍 천리마에 모실 사람 없으니 부디부디 천금같이 귀한 몸으로 모든 일에 안보하십시오. 녹수진경도에 평안히 행차하시고 일자 소식 듣겠습니다. 종종 편지나 해 주시오."

도련님이 말하였다.

"소식 듣기는 걱정 마라. 요지의 서왕모도 주목왕을 만나려고 한 쌍의 청조가 날아와 수천 리 먼먼 길에 소식 전송하였었고, 한무제 중랑장군은 상림원(천자의 동산) 군부전에 일척금서(한 자 되는 비단으로 쓴 편지) 보았으니, 백안의 청조는 없을망정 남원 인편이 없을 것이냐. 걱정 말고 잘 있어라."

말을 타고 하직하니 춘향이 한탄하였다.

"우리 도련님이 가네 가네 하여도 거짓말로 알았는데 말을 타고 돌아서니 참으로 가는구나!"

춘향이가 마부더러 이른다.

"마부야, 내가 문 밖에 나
설 수가 없는 터이니 말
을 붙들어 잠깐 지체하
여라. 도련님께 한 말씀
여쭐란다."

춘향이 내달아 또 붙잡는다.

"여보, 도련님. 인제 가시면 언
제나 오시려오. 사절, 소식 끊어질 절, 아주 보내
니 영절, 녹죽 창송 백이숙제 만고충절, 천산에 조
비절(새의 나는 자취가 끊어짐), 와병에 인사절, 죽
절, 송절, 춘하추동 사시절, 끊어져 단절, 분절, 훼
절, 도련님은 날 버리고 박절히 가시니 속절없는
나의 정절, 독수공방 수절하다 어느 때에 파절할
까. 첩의 원정 슬픈 고절, 밤낮으로 생각이 미절할
때 소식 부디 돈절 마시오!"

대문 밖에 거꾸러져 섬섬한 두 손길로 땅을 꽝꽝
치며 울부짖는다.

"애고, 애고. 내 신세야! 애고!"

엎어지고 자빠지니 서운하지 않게 하고 갈 것 같으

면 몇 날 며칠이 걸릴 줄 모르겠구나. 도련님이 눈물을 흘리면서 나중의 기약을 당부하고 말을 몰아가는 모양은 광풍에 구름과 같구나.

춘향이 이제 어쩔 수 없이 자던 침방으로 들어갔다. "향단아, 주렴을 내리고 안석 밑에 베개 놓고 문 닫아라. 도련님을 생시에 만나기는 아득하니 잠이나 들어 꿈에라도 만나 보자. 예로부터 이르기를 꿈에 보이는 님은 믿을 것이 없다고 일렀지만 답답하고 그리울 때 꿈이 아니면 어떻게 만나리. 꿈아, 꿈아. 네 오너라! 수심 첩첩 한이 되어 꿈도 이루지 못하니 이 일을 어이 하랴! 애고, 애고. 내 일이야!

인간의 이별 여러 가지 중에 독수공방은 어떻게 하리. 서로 그리워하면서도 만나지 못하는 나의 심경을 그 누가 알아주리. 미칠 것 같은 마음이나 이렁저렁 흐트러진 근심을 모두 후려쳐 버리고, 자나 누우나, 먹고 깨나, 님을 못 보니 가슴이 답답하네!

어린 양기 고운 목소리가 귀에 쟁쟁하다. 보고지고, 보고지고. 님의 얼굴 보고지고. 듣고지고, 듣고지고. 님의 소리 듣고지고.

전생에 무슨 원수로 우리 둘이 생겨나서, 그리워하는 상사를 만나 잊지 말자고 한 처음 맹세, 죽지 말고 같이 있자고 한 백년가약 맺은 맹세가 천금주옥 뜻밖이요, 세상일의 모든 것을 관계하랴. 근원이 흘러 물이 되어 깊고 깊고 다시 깊고, 사랑이 모여 산이 되어 높고 높고 다시 높아 근원이 끊어질 줄 모르는데 우리 사랑이 무너질 줄은 어떻게 알리. 귀신이 작해하고 조물주의 시기로다. 하루아침에 낭군과 이별하니 어느 날에나 다시 만나 보리. 천수만한 가득하여 끝끝내 흐느낀다. 아름다운 얼굴과 구름처럼 탐스러운 머리채가 헛되이 늙어가니 세월이 무정하다. 오동추야 달 밝은 밤은 어찌 그리 더디게 밝아오며 녹음방초 비낀 곳에 해는 어찌 더디게 가는고. 이 상사를 알고 계시면 님도 나

를 그리워하련만 독수공방에 누워 한숨만이 벗이
되고, 굽이굽이 사무친 마음속이 썩어 솟아나오느
니 눈물뿐이다. 눈물이 모여 바다가 되고 한숨지어
청풍이 되면 일엽주를 만들어 타고 서울에 가신 낭
군을 찾으련만 어찌해서 볼 수 없는고. 우수명월
달 밝은 때 마음을 불살라 신에게 비니 소연한 꿈
이구나. 높은 달빛 아래의 소쩍새는 님 계신 곳을
알련만 심중에 앉은 수심은 나 혼자뿐이로다. 밤은
깊어 삼경인데 앉아 있은들 님이 올까 누워 있은들
잠이 올까. 님도 잠이 아니 올 것이니 이 일을 어
떻게 하나. 흥진비래 고진감래(기쁨이 다하면 슬픔이
오고 고생이 다하면 즐거움이 온다) 예로부터 있지만,

기다림도 적지 않고 그리워한지 오래되니 일촌간장의 굽이굽이 맺힌 한을 님이 아니면 누가 풀까.

명천은 굽어 살피셔서 수이 보게 해 주시오. 미진한 우리의 정, 다시 만나서 백발이 다하도록 이별 없이 살고지고. 묻노라, 녹수청산 우리 님 초췌행색 이별 후에 소식조차 돈절하다. 사람이 목석이 아니라면 님도 응당 느낄 것이다. 애고, 애고. 내 신세야."

춘향이 앙천자탄에 세월을 보내고 있었다.

한편 도련님은 서울로 올라가면서 숙소마다 잠 못 이뤄 보고지고, 나의 사랑 보고지고 주야불망 우리 사랑 날 보내고 그리는 마음을 속히 만나서 풀리라 하며 일구월심 굳게 먹고 과거에 급제하기를 바라고 있었다.

이때 자하골에 몇 달 만에 신관 사또로 변학도라 하는 양반이 오는데 문필도 유려하고 인물 풍채도

활달하며 풍류에 달통하여 외입 속
이 넉넉하였다. 그런데 한 가지
흠이 성정이 괴팍하여 사중(때
때로 미친 듯이 하는 짓)을 겸
하여 간혹 실덕도 하고 잘
못 처결하는 일이 간간이 많
았으므로, 세상에 그를 아는 사람들은 다 고집불통
이라 하였다.

신연(신임 수령을 맞아오던 일) 하인이 현신(주인 앞
에 나타남)하였다.

"사령 등 현신이요."

"이방이요."

"감상(음식상을 검사해 보는 이속)이요."

"수배(후배사령의 우두머리)요."

신관 사또가 분부하였다.

"이방 부르라!"

"이방이요."

"그동안 너희 고을에 일이나 없었느냐?"

"예. 아직 무고합니다."

"너희 고을 관기가 삼남에서 제일이라지?"

"예. 부릴 만합니다."

"또 네 고을에 춘향이란 계집이 매우 절색이라지?"

"예."

"잘 있냐?"

"무고합니다."

"남원이 여기서 몇 리인고?"

"육백 삼십 리입니다."

마음이 바쁜지라 곧바로 명을 내린다.

"급히 치행하라!"

신연 하인들이 물러 나와서는

"우리 고을에 큰일이 났다!"

하면서 여러 말들을 한다.

신관 사또의 출행 날을 급히 받아 임지에 내려오면서 위엄도 장하다. 구름 같은 별연(수레) 독교(가마)의 좌우 청장(의식 때 쓰는 푸른 막대기)을 떡 벌이고, 좌우편

에 부축과 급창(及唱, 명령을 큰 소리로 전달하는 하인), 물색 진한 모시 철릭의 백저전대(철릭에 매는 띠) 고를 늘여 엇비
숫이 눌러 매고, 대모관자 통영갓을 이마에 눌러 쓰고, 청장 줄을 거머쥐어 잡고 큰 소리로 외친다.

"에라! 물러서 있거라!"

혼금(잡인들의 출입을 금함) 소리가 지엄하였다.

"좌우 구종 긴경마(말의 긴 고삐)에 가마 뒤를 매는 뒷채잡이는 힘을 써라."

통인 한 쌍, 책(채찍)과 전립(병졸 모자)의 행차가 배행 뒤를 따르고 수배, 감상, 공방이며 신연이방 등이 위엄 있어 보인다. 노자(남자 종) 한 쌍, 사령 한 쌍, 일산보종(긴 양산을 드는 종)이 앞에서 모시니 대로변에 갈라서고, 백방수주(백방사로 만든 수화주) 일산에 남수주(남방사로 만든 수화주)로 선을 둘러 주석 고리가 어른어른 호기 있게 내려오니, 앞뒤로 혼금소리는 청산이 대답하고, 권마성(고관이

행차할 때 위세를 더하기
위해 역졸이 부르던 소리)
높은 소리는 백운이 담담
이었다. 전주에 도착하여
경기전(태조 영정을 봉안한
곳)에서 객사 연명(궐패
앞에서 왕명을 전포하는 의
식)하고, 영문에 잠깐 다
녀 좁은목을 썩 내달아, 만마관 고개와 노구바위를
넘어 임실을 얼른 지나서, 오수에 들러서 점심을
먹고 그날로 도임을 하여 오리정으로 들어가니 천
총(감영의 장교)이 육방의 하인들과 마중을 나왔다.
군기로 길을 인도하며 들어오니 청도기 한 쌍, 홍
문기 한 쌍, 주작기 한 쌍, 청룡기 한 쌍, 현무기
한 쌍, 등사기 한 쌍, 군노 열두 쌍에 좌우가 요란
하다. 행군 취타(나발·소라·대각 등을 불고, 징·북
등을 치던 군악)의 풍악 소리는 성의 동쪽에 진동을
하고, 삼현육각(세 현악기와 여섯 관악기)의 권마성
은 원근에 낭자하다.

광한루에 포진하여 남여(뚜껑이 없는 작은 가마)를
타고 객사에 들어가서는 백성들에게 엄숙하게 보이
려고 눈을 유별나게 궁글궁글하게 굴리며, 의식을
행한 후 동헌(東軒)에 출근하여 도임상을 먹는다.
"행수(이속들의 두목)는 문안이요."
행수군관의 집례와 육방관속의 현신을 받자 사또가
분부하였다.
"수노(관노의 두목)를 불러 기생
들의 점고를 하라."
호장이 분부를 듣고 기
생 안책(성명·본적 등을 기록
한 책)을 들여놓고 호명을 차례로 낱낱이 하는 것
이었다.
"우후동산 명월이."
명월이가 들어오는데 나군 자락을 걸음걸음 걷어다
가 가는 허리와 가슴팍에 딱 붙이고 아장아장 들어
오더니,
"점고(사람을 헤아리는 일) 맞고 나오."
"고기잡이배는 강물을 따라 산의 봄을 사랑하네.

양편난만 고운 춘색이 아니냐. 도홍이."

도홍이가 들어오는데 홍상 자락을 걷어 안고 아장아장 조촘 걸어 들어오더니,

"점고 맞고 나오."

"단산에 저 봉이 짝을 잃고 벽오동에 깃들이니 산수와 새가 신령스러워 굶주려도 조를 쪼아 먹지 않는 굳은 절개 만수문전 채봉이."

채봉이가 들어오는데 나군 두른 허리를 맵시있게 걷어 안고 고운 걸음걸이를 정히 옮겨 아장아장 걸어 들어와,

"점고 맞고 좌부진퇴(지방관의 안전)로 나오."

"절개를 지키는 깨끗한 연꽃에게 묻노라. 저 연화 어여쁘고 고운 태도 화중군자 연심이."

연심이가 들어오는데 비단 치마를 걷어 안고 비단 버선과 수놓은 신을 끌면서 아장 걸어 가만가만 들어오더니,

"좌부진퇴로 나오."

"화씨(명옥을 왕에게 바쳤음)같이 밝은 달 벽해에 들었으니 형산백옥 명옥이."

명옥이가 들어오는데 옥같이 고운 태도 발걸음 진중하게 아장 걸어 가만가만 들어오더니,

"점고 맞고 좌부진퇴로 나오."

"구름은 엷고 바람은 가벼워 한낮 버들가지에서 가볍게 날아다니는 금빛 새 앵앵이."

앵앵이가 들어오는데 홍상 자락을 에후리쳐 가슴팍에 딱 붙이고 가만가만 들어오더니,

"점고 맞고 좌부진퇴로 나오."

사또가 급히 분부한다.

"빨리 부르라."

"예."

호장이 분부 듣고 넉 자 화두로 급히 부른다.

"광한전 높은 집에 헌도 하던 고운 선비 반겨 보니 계향이."

"예. 등대하였소."

"송하에 저 동자야. 묻노라 선생 소식. 수첩청산에 운심이."

"예. 등대하였소."

"월궁에 높이 올라 계화를 꺾어 애절이."

"예. 등대하였소."

"술집을 물으니 목동이 아득히 먼 곳을 가리키네 행화."

"예. 등대하였소."

"아미산 위에는 가을달이 걸려 있고 그림자는 평강

의 강물에 흐르는구나, 강선이.”

“예. 등대하였소.”

“오동 복판 거문고 타고 나니 탄금이.”

“예. 등대하였소.”

“팔월 부용 군자 용(容)은 가을 물이 연못에 가득하

구나, 홍련이.”

“예. 등대하였소.”

“당나라에서 나는 주홍 명주실로 갖은 매듭 차고

나니 금낭이."

"예. 등대하였소."

사또가 다시 분부하였다.

"단숨에 열두서넛씩 불러라."

호장이 분부 듣고 한꺼번에 부르는데,

"양대선, 월중선, 화중선이."

"예. 등대하였소."

"금선이, 금옥이, 금련이."

"예. 등대하였소."

"농옥이, 난옥이, 홍옥이."

"예. 등대하였소."

"바람맞은 낙춘이."

"예. 등대 들어가오."

낙춘이가 들어오는데 잔뜩 맵시 있는 체하고 이마빡에서 시작하여 귀 뒤까지 머리를 제치고 분으로만 화장한단 말은 들었던가. 좋지 않은 개분을 석 냥 일곱 돈

어치나 사다가 회칠하듯이 온 낮에
다 맥질을 하고 들어오는데, 키는
사근내 고을 입구에 서 있는 장
승만한 년이 치마 자락을 훨
씬 추어 올려 턱밑에 딱 붙
이고 무논의 고니 걸음으로
낄룩 껑쭝 엉금엉금 성큼
들어오더니,

"점고 맞고 나오!"
아름답고 어여쁜 기생도 그 중에 많건마는 사또는
본시 춘향의 명성을 높이 들은바 아무리 들어도 춘
향의 이름이 없었다.

사또가 수노를 불러서 물었다.
"기생 점고가 다 끝나가도 춘향 이름은 안 부르니,
퇴기인가?"
수노가 여쭈었다.
"춘향의 모친은 기생이지만 춘향은 기생이 아닙니
다."

사또가 다시 물었다.

"춘향이가 기생이 아닌데 어찌 규중에 있는 아이 이름이 높이 났느냐?"

수노가 대답하였다.

"근본이 기생의 딸이지만 덕색이 훌륭하여 권문세족 양반네와 일등재사 한량들이 내려오셔서 벼슬에 있는 동안 구경하고자 간청들을 하나, 춘향모녀가 거절하여 양반 상하는 물론이고 한 집안 사람인 소인 등도 십 년에 한 번 정도나 대면할 수 있을 정도입니다. 그러다가 하늘이 정하신 연분인지 구관 사또의 자제 이도령과 백년가약을 맺고 서울로 올라가면서 장가 든 후에 데려간다고 당부하여, 춘향이도 그렇게 알고 수절하고 있습니다."

사또가 화를 내며 말하였다.

"이놈! 무식한 상놈들! 그게 무슨 양반이라고 엄부 시하에 장가 들기 전 도령이 화방에 첩을 얻어 살

자 할 것인가. 이놈! 또 그런 말을 입 밖에 내어서
는 죄를 면하지 못하리라. 이미 내가 저를 보려고
결심했는데 못 보고 그냥 말 것이냐. 잔말 말고 불
러오너라!"

춘향을 부르란 명령이 떨어지자 이방과 호장이 사
또를 달래었다.

"춘향이가 기생도 아닐 뿐 아니라 구관 사또 자제
도련님과의 맹약이 소중한데, 나이는 다르지만 같
은 양반의 도리로 무작정 부르라니 사또의 체면이
손상될까 염려됩니다."

사또가 크게 노하였다.

"춘향을 부르는데 만일 시각을 지
체하다가는 공형 이하로 각청 두
목을 모두 파면시킬 것이니 빨
리 대령 못 시킬까!"

육방이 소동이 나고 각청
두목은 넋을 잃는다.

"김번수(당직으로 호위하는 사
람)야, 이번수야. 이런 별일이 또 있느냐. 불쌍한

춘향의 정절이 가련하게 되기 쉽겠다. 사또의 분부가 지엄하니 어서 가자, 바삐 가자."
사령과 관노들이 뒤섞여서 춘향의 집 문전으로 향하였다.

춘향은 사령이 오는지 관노가 오는지도 모르고 밤낮으로 도련님만 생각하여 우는데, 망측한 우환을 당하려고 했는지 소리가 화평(和平)하지 못하며, 한때라도 남편 없이 공방살이 하는 계집아이라 목소리에 쇠처럼 강파른 철성이 끼어 자연히 슬픈 애원성이 되어 보고 듣는 사람들의 심장을 아프게 한다.

님을 그리워하는 마음은 식불감하여 밥 못 먹고, 침불안석이라 잠 못 자고 오로지 도련님 생각뿐으로 오래 마음을 상하였더니 피골이 상접이라, 양기가 쇠진하여 느린 곡조의 울음이 되었다.

"갈까보다, 갈까보다.

님을 따라 갈까보다.

천리라도 갈까보다, 만

리라도 갈까보다. 풍우도

쉬어 넘고, 날진(길들이지 않은 매), 수진(길들인 매),

해동청(송골매), 보라매(사냥에 쓰는 매)도 쉬어 넘는

높은 동선령 고개라도 님이 와서 날 찾는다면 나는

신발 벗어 손에 들고 쉬지도 않고 찾아가리. 서울

에 계신 우리 낭군은 나처럼 그리워하는가, 무정하

게 아주 잊고 나의 사랑 옮겨가서 다른 님을 사랑

하는가."

한참을 이렇게 서럽게 우는 춘향의 애원성을 듣고

사람이라면 감동이 안 될 수 있나. 사대삭신이 낙

수에 봄눈 녹듯 탁 풀리는 듯하다.

"대체 얼마나 불쌍하냐? 사내놈들이 저런 계집을

추앙 못하면 사람이 아니로다!"

사령들이 모두 말한다.

이때 재촉하는 우두머리 사령이 들어왔다.

"이리 오너라!"

외치는 소리에 춘향이 깜짝 놀라 문틈으로 내다보
니 사령과 관노들이 와 있다.

"아차, 잊었네! 오늘이 수령이 부임한 지 삼일 만
에 하는 점고라 하더니 무슨 야단이 났나 보다."

춘향이 문을 열어 반겼다.

"번수님들! 이리 오소, 이리 오소. 뜻밖이네. 이번
신연 길에 노독은 없었는지, 신관 사또 정체는 어
떠한지, 구관댁에 계시는 도련님은 편지 한 장도

안 하던가. 내가 전에는 양반을 모셔서 남의 이목
이 번거롭고 도련님의 정체가 남달라서 모르는 체
하였지만 마음조차 없었을 것인가? 들어가세, 들어
가세."
김번수며 이번수며 여러 번수들의 손을 잡고 방에
앉힌 후에 향단을 부른다.
"주반상 들여라!"
취하도록 먹인 후에 궤문을 열어 돈 닷 냥을 내어

놓았다.

"여러 번수님네. 가시다가 술이나 잡수시오. 가서 뒷말이나 없게 하여 주소."

사령들이 약주에 취하여 말하였다.

"돈이라니 당치 않다. 우리가 돈이나 바라고 네게 왔느냐."

하며 사양하는 체하다가,

"들여 놓아라, 김번수야!"

"네가 받아라."

"안 받아도 되지만, 사 람 수(數)에나 다 맞 느냐?"

돈 받아 차고 흐 늘흐늘 돌아갔다.

그런데 행수기생(기생의 우두머리)이 와서는 두 손 뼉을 땅땅 마주치면서 호통을 친다.

"여봐라, 춘향아! 말 듣거라! 너만한 정절은 나도 있고 너만한 수절은 나도 있다. 정절부인 애기씨

수절부인 애기씨 너 하나로 많은
육방들이 소동이 나고, 각청 두목
이 다 죽어난다. 어서 가자, 바삐
가자!"

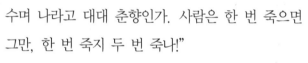

춘향이 할 수 없이 수절하던 몸으
로 대문 밖을 나서며 말한다.
"형님, 형님. 행수형님! 사람의 괄
시를 그리 마소. 거기라고 대대 행
수며 나라고 대대 춘향인가. 사람은 한 번 죽으면
그만, 한 번 죽지 두 번 죽나!"
이리 비틀 저리 비틀하며 동헌에 들어갔다.
"춘향이 대령하였소!"
사또가 춘향을 보시고는 크게 기뻐하였다.
"춘향이가 분명하다. 대상으로 오르거라!"
춘향이 상방에 올라가 무릎을 거두고 단정히 앉을
뿐이었다.
사또가 크게 혹하여 말한다.
"책방에 가 회계 나리님을 오시라고 하여라."
곧 회계 생원이 들어왔다. 사또는 크게 기뻐하면서

말하였다.

"자네 보게. 저게 춘향일세."

"하, 그년 매우 예쁜데. 잘 생겼소! 사또께서 서울 계실 때부터 춘향, 춘향 하시더니 한번 구경할 만하오."

사또가 웃으며 말한다.

"자네가 중매하겠나?"

회계 생원이 대답하였다.

"사또가 당초에 춘향을 부르시지 말고 매파를 보내시는 게 옳을 것을, 일이 좀 가볍게 되었지만 이미 불렀으니 혼사를 할 수밖에 없겠소."

사또가 기뻐하며 춘향에게 분부하였다.

"오늘부터 몸단장 정히 하고 수청으로 거행하라."

"사또의 분부는 황송하나 일부종사를 바라오니 분부시행 못 하겠소."

사또가 웃으며 말하였다.

"미재미재(아름답고 아름다운) 계집이로다. 네가 진정 열녀로다. 네 굳은 정절 어찌 그리 어여쁘냐.

당연한 말이다. 그러나 이수재(이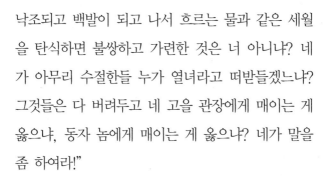
도령)는 경성 사대부의 자제로서
명문귀족 사위가 될 것이니 일
시의 사랑으로 잠깐 노류장화
하던 너를 일분이라도 생각
하겠느냐? 오로지 한 사람
에게만 정절을 지키다가 홍안이
낙조되고 백발이 되고 나서 흐르는 물과 같은 세월
을 탄식하면 불쌍하고 가련한 것은 너 아니냐? 네
가 아무리 수절한들 누가 열녀라고 떠받들겠느냐?
그것들은 다 버려두고 네 고을 관장에게 매이는 게
옳으냐, 동자 놈에게 매이는 게 옳으냐? 네가 말을
좀 하여라!"

춘향이 여쭈었다.

"충신불사이군이요 열녀불경이부를 본받고자 하는
데, 여러 번 분부하시니 사는 것이 죽는 것만 못하
고 열녀불경이부니 처분대로 하시오."

이때 회계 나리가 썩 나서서 말하였다.

"여봐라! 어, 그년 요망한 년이로고! 하루살이 같

은 인생, 좁은 땅의 일색인 주제에 네가 여러 번 사양할 게 무엇이냐? 사또께서 너를 추앙하여 하시는 말씀이지 너 같은 창기에게 수절이 무엇이며 정절이 무엇인가? 구관은 전송하고 신관 사또는 맞이하여 대접함이 법전에도 당연하고 사례에도 당연한데 고얀 말 하지 마라! 너희 같은 천한 기생 무리들에게 충렬이라는 두 글자가 어디 있느냐?"

춘향이 어찌나 기가 막히는지 천연히 앉아서 여쭈었다.

"충효열녀에 상하가 있소? 충효열녀 없다 하니 기생으로 낱낱이 말씀 드리리다.

해서 기생 농선이는 동선령 고개에 죽어 있고, 선천 기생은 어린 아이이나 칠거지악과 소학을 배웠고, 진주 기생 논개는 충렬문에 모셔서 지금도 제사를 지내고 있고, 청주 기생 화월이는 삼층각에 올라 있고, 평양 기생 월선이도

충렬문에 들어 있고, 안동 기생 일지홍은 살아 있을 때 열녀문을 지은 후에 정경(문무백관의 아내)부인에 올랐으니 더이상 기생 해폐 마십시오."

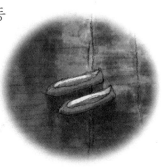

춘향이 다시 사또 전에 여쭈었다.

"당초에 이수재를 만날 때에 태산과 서해의 굳은 마음과 소처의 일심정절은 맹분(위나라의 용사)의 용맹이라도 깨지 못할 것이요, 소진(책사)과 장의(유세가) 등의 말주변이라도 첩의 마음을 옮겨가지 못할 것이요, 제갈량 선생의 높은 재주로 동남풍은 빌더라도 일편단심 소녀 마음은 굴복하지 못할 것입니다. 기산의 허유(요임금의 스승)는 요임금의 천거를 받아들이지 않았고, 서산의 백숙(백이와 숙제) 두 사람은 주나라의 곡식을 먹지 않았으니, 만일 허유가 없었으면 속세를 떠나 은거하는 선비는 누가 하며, 만일에 백이숙제 없었다면 난신적자가 많을 것이오. 제가 비록 천한 계집이지만 허유, 백숙

을 모르겠습니까. 아내가 되어 남편을 배반하고 가정을 저버리라고 하시는 것은, 벼슬하는 관장이 나라를 잊고 임금을 등짐과 같으니 처분대로 하시오."

사또가 크게 노하여 말하였다.

"이년, 들어라! 모반대역하는 죄는 능지처참이 있고, 관장을 조롱하는 죄는 계서율에 적혀 있고, 관장을 거역하는 죄는 엄중한 형벌을 내리고 귀양을 보내게 되어 있다. 죽는다고 서러워 마라!"

춘향이 사납게 말하였다.

"유부녀 겁탈하는 것은 죄가 아니고 무엇이오?"

사또는 기가 막히고 어찌나 분하던지 책상을 두드리니 제 탕건이 벗어지고 상투고가 탁 풀리고 첫마디에 목이 쉬어서 소리를 지른다.

"이년을 잡아 내려라!"

호령하니 골방의 수청통인이 대답하였다.

"예!"

하고 달려들어 춘향의 머리채를 주르르 끄집어내었다.

춘향이 떨치며,

"놓아라."

계단을 내려가니 급창이 달려들어 말한다.

"요년, 요년! 어떠하신 존전이라고 대답이 그러하고 살기를 바랄 것이냐?"

하고 춘향을 잡아끌며 말한다.

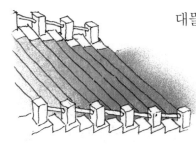

대뜰 아래로 춘향을 내치니 맹호같은 군노 사령들이 벌떼같이 달려들어 춘향의 검은 머리채를 힘이 센 사람이 연실을 감듯, 뱃사공이 닻줄을 감듯, 사월 초파일에 등(燈)의 대를 감듯, 휘휘

친친 감아쥐고 동댕이쳐 엎지르니 불쌍하다, 춘향의 신세! 백옥같이 고운 몸이 육자 모양으로 엎어졌구나!

좌우 나졸들이 늘어서서 능장(위는 쇠를 아래는 창을 박은 몽둥이), 곤장, 형장이며, 주장(붉은 몽둥이)을 짚고 서 있다.

"형리 대령하라!"

"예, 형리요!"

사또가 얼마나 분이 났던지 벌벌 떨며 허푸 허푸하며 고함을 친다.

"여봐라! 그년에게 무슨 변명이 있으랴? 묻지도 말고 형틀에 올려 매 정강이를 부수고 물고장(죄인 죽인 것을 보고하는 글)을 올려라."

춘향을 형틀에 올려 매는 쇄장이 형장이며 태장이며 곤장이며 한아름 담쏙 안아다가 형틀 아래 좌르륵 쏟아져 부딪치는 소리에 춘향의 정신이 혼미하다.

집장사령이 이놈도 잡아 보고 능청능청, 저놈도 잡

아 보고서 능청능청, 등심 좋고 빳빳하고 잘 부러
지는 놈으로 골라잡아 오른쪽 어깨에 메고 형장을
집고 서 있는데 사또의 명이 떨어진다.
"분부 모셔라! 네가 그년을 사정 봐 가면서 거짓으
로 때렸다가는 당장에 목숨을 바치게 할 것이니 각
별히 매우 치라!"
집장사령이 여쭈었다.
"사또의 분부 지엄한데 저만한 년을 무슨 사정 두
겠습니까? 이년, 다리를 까딱 말라! 만일 요동하다
가는 뼈 부러질 것이다!"
호통하고 돌아서서 곤장 소리 발맞추어 서면서 조
용히 춘향에게 말하였다.
"한두 개만 견디소. 어쩔 수가 없네. 요 다리는 요
리 틀고 저 다리는 저리 트소."

하는데 명이 떨어진다.

"매우 치라!"

"예잇! 때리오!"

딱 붙이니 부러진 형장개비는 푸르르 날아 공중에 빙빙 솟아 상방 대뜰 아래 떨어지고 춘향이는 아픈 데를 참으려고 이를 악물며 고개만 빙빙 휘두른다.

"애고, 이게 웬일이여!"

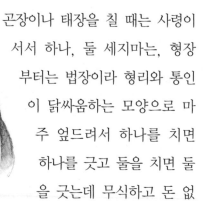

곤장이나 태장을 칠 때는 사령이 서서 하나, 둘 세지마는, 형장부터는 법장이라 형리와 통인이 닭싸움하는 모양으로 마주 엎드려서 하나를 치면 하나를 긋고 둘을 치면 둘을 긋는데 무식하고 돈 없는 놈이 술집 바람벽에 술값 긋듯 그어 놓으니 한 일자가 되었구나.

춘향이는 설움에 겨워 울면서 첫매를 맞는다.

"일편단심 굳은 마음으로 일부종사 받드니 형벌을 내리신들 일 년이 다 가더라도 일각인들 변할까."

이때 남원 고을의 한량들이며 남녀노소 모여 구경
하면서 말하였다.

"모질구나, 모질구나! 우리 고을 원님이 모질구나!
저런 형벌이 왜 있으며 저런 매질이 왜 있을까? 집
장사령 놈을 눈으로 익혀 두어라. 삼문 밖으로 나
오면 급살을 줄 것이다!"

보고 듣는 사람이면 누가 눈물을 흘리지 않을까.

둘째 낱 딱 붙이니,

"이비(아황과 여영)의 절개를 아는데 불경이부 내
마음은 매를 맞고 죽더라도 이도령은 못 잊겠소."

셋째 낱을 딱 붙이니,

"삼종지례(집에서는 아버지를, 시집가서는 남편을, 남

편이 죽은 후에는 자식을 좇음) 지중한 법과 삼강오
륜을 알았으니 삼치형문(세 번이나 정강이를 형장으
로 때리는 형문) 정배를 갈지라도 삼청동 우리 낭군
이도령은 못 잊겠소."

넷째 낱을 딱 붙이니,

"사대부 사또님은 사민공사는 살피지 않고 위력공
사에만 힘을 쓰니 사십 팔방 남원 백성들의 원망을
모르시오? 사지를 가른대도 사생동거(죽으나 사나
함께 함) 우리 낭군 사생간에 못 잊겠소!"

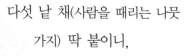

다섯 날 채(사람을 때리는 나뭇
가지) 딱 붙이니,

"오륜(五倫)의 윤리와
기강이 그치지 않고
부부유별 오행으로 맺은 연분 올올이 찢어낸들 오
매불망 우리 낭군 온전히 생각나네. 오동추야 밝은
달은 님 계신 데 보련만 오늘이나 편지 올까 내일
이나 기별 올까. 무죄한 내가 비명에 죽을 일 없으
니 죄인을 잘못 처결하는 일은 하지 마시오. 애고
애고 내 신세야!"

여섯 낱 채 딱 붙이니,

"육육은 삽십육으로 낱낱이 고찰하여 육만 번 죽인대도 육천 마디에 어린 사랑이 변할 일은 전혀 없소."

일곱 낱을 딱 붙이니,

"칠거지악 범하였소? 칠거지악이 아닌데 칠개 형문이 웬일이오? 칠척검 드는 칼로 동동이(몸을 토막 쳐서) 장(杖) 찔러서 이제 그만 죽여주오. 치라 하는 저 형방아! 칠 때마다 고민 마소. 칠보홍안 나 죽겠네!"

여덟 째 낱 딱 붙이니,

"팔자 좋은 춘향이 팔도 방백 수령 중에 제일 명관 만났구나. 팔도 방백 수령님네, 치민하러 내려왔지 악형하러 내려왔소?"

아홉 낱 채 딱 붙이니,

"구곡간장 굽이 썩어 내 눈물이 구년 홍수 되겠구나. 으슥한 연못 청산의 장송을 베어 청강선 무어(묶어 만들어) 타고 한양성 구중궁궐 성상 전에 하소연하고, 삼청동을 찾아가서 우리 사랑 반가이 만나 굽이굽이 맺힌 마음 저근듯(잠깐 동안) 풀련만."

열째 날 딱 붙이니,

"십생구사(구사일생)할지라도 팔십년 정한 뜻을 십만 번 죽인대도 어쩔 수 없지. 십육 세 어린 춘향이 매를 맞아 원통하게 죽은 귀신이 가련하오."

열 치고는 그만둘 줄 알았는데 열다섯 채 딱 붙이니,

"십오야 밝은 달은 띠구름에 묻혀 있고 서울 계신 우리 낭군은 삼청동에 계시니 달아, 달아, 보이느냐. 님 계신 곳을 나는 어이 못 보는고."

스물 치고 그만둘까 여겼더니 스물다섯 딱 붙이니,

"스물다섯 줄 거문고를 달밤에 타니, 원한을 이기지 못한 저 기러기 너 가는 데가 어디쯤이냐. 가는 길에 한양성 찾아들어 삼청동 우리 님께 내 말 부디 전해다오. 나의 모습 자세히 보고 부디부디 전해다오."

옥 같은 춘향 몸에서 솟느니 유혈이요 흐르느니 눈물이라. 피와 눈물 한데 흘러 무릉도원에 붉은 물이다.

"소녀를 이렇게 하지 말고 능지처참하여 아주 박살 죽여주면 귀신이 변한 새가 되어 초혼조(초나라 회왕이 진나라에 들어갔다 억류되어 죽은 뒤에 새가 됨)와 함께 울어서 적막강산 달 밝은 밤에 잠들었던 우리 도련님을 깨어나게 할 것이오이다."

춘향이 점점 악이 받쳐 말하였다.

더 이상 말하지 못하고 기절하자 엎디어 있던 통인

이 고개 들어 눈물을 씻고 매질하던 사령도 눈물을 씻고 돌아선다.

"사람의 자식은 못 하겠네!"

좌우에 구경하는 사람들과 거행하는 관속들이 눈물
을 씻고 돌아서며 말하였다.

"춘향이 매 맞는 것을 사람 자식은 못 보겠다. 모
질도다, 모질도다! 춘향의 정절이 모질도다! 하늘
로부터 타고난 열녀로다."

남녀노소 모두 눈물을 흘리며 돌아서니 사또인들
좋을 리가 없다.

"네 이년! 관정에 발악하고 매를 맞으니 좋은 게
무엇이냐? 나중에도 또 관장에 거역할 테냐?"

거의 죽어가는 춘향이 더욱 악이 받쳐 말하였다.

"여보, 사또. 들으시오! 한결같은 마음으로 원한을
가지면 죽고 사는 것에 개의치 않게 되는데 어째서
그것을 모르시오? 계집의 간절한 마음이 오뉴월에

서리를 내리게 하여 혼이 중천을 떠다니다가 우리 성군께 이 원한을 아뢰면 사또인들 무사할까? 덕분에 죽여주오!"

사또는 기가 막혀 더 이상 못하였다.

"허허, 그년 말 못할 년이로다! 큰 칼 씌워 하옥하라!"

하니 큰 칼 씌워 인봉(중죄인의 목에 칼을 씌우고 그 위에 도장 찍은 종이를 붙임)하여 쇄장이 등에 업고 삼문 밖으로 나오자 기생들이 몰려왔다.

"애고, 서울집(춘향 시댁)아! 정신 차리게. 애고, 불쌍하여라!"

사지를 만지며 약을 갈아들이며 서로 눈물을 흘리고 있는데 키 크고 속없는 낙춘이가 들어온다.

"얼씨구절씨구, 좋을씨고. 우리 남원도 현판(충신, 효자, 열녀의 표창으로 거는 판)감이 생겼구나!"

하고는 왈칵 달려들어서는,

"애고, 서울집아. 불쌍하여라!"
하며 야단하고 있었다.

그때 춘향 어미가 정신없이 들
어오더니 춘향의 목을 부
여안고 울부짖는다.
"애고, 이게 웬일이냐! 죄
는 무슨 죄며 매는 무슨 매
냐! 장청의 집사님네, 길청의 이방님!
내 딸이 무슨 죄요? 장청 두목들아,
집장하던 쇄장이야! 무슨 원수가 맺혔더냐? 애고,
애고. 내 일이야!
칠십 당년 늙은 것이 의지할 곳 없게 되었구나! 무
남독녀 내 딸 춘향을 규중에서 조용히 길러 내니
밤낮으로 서책만 놓고 내칙편(가정생활 예법) 공부
를 일삼으며 나를 보고 하는 말이, '마오, 마오. 서
러워 마오. 아들 없다고 서러워 마오. 외손봉사(외
가의 제사를 받듦) 못하겠소?' 하였는데, 어미에게
지극 정성함이 곽거와 맹종인들 내 딸보다 더할 것

인가! 자식 사랑하는 법이 상중하가 다를 수 있나?
내 마음을 둘 데가 없고 가슴에 불이 붙어 한숨이
연기가 되는구나.

김번수야, 이번수야! 웃 명령이 지엄하다고 이다지
도 몹시 쳤느냐. 애고, 내 딸 곤장 맞은 데를 보소.
빙설같은 두 다리에 연지 같은 피가 비치네. 명문
가의 규중부인이야 눈 먼 딸도 원하던데 그런 데서
나지 못하고 기생 월매의 딸이 되어 이 꼴이 웬일
이냐. 춘향아 정신 차려라! 애고, 애고, 내 신세야!"
하고는 급히 향단을 찾는다.

"향단아, 삼문 밖에 가서 삯군 둘만 사오너라. 서
울에 쌍급주(역의 심부름꾼) 보내련다."
쌍급주 보낸다는 말을 춘향이 듣고는,
"어머니, 마시오! 그게 무슨 말씀이
오? 만일 급주가 서울 올라
가서 도련님을 만나면 층
층시하에 어찌할 줄을 몰
라 심사가 울적하여 병이 되면 그것은 훼절이 아니
오? 그런 말씀 마시고 옥으로 갑시다."

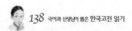

정신을 차리며 춘향이 말한다.

춘향이 쇄장의 등에 업혀 향단은 칼머리 들고 춘향
어미는 뒤를 따라 옥문전에 당도하였다.
"옥의 형방은 문을 여소! 형방
도 잠이 들었나?"
옥중에 들어가서 옥방을
살펴보니 부서진 죽창
틈으로 화살 쏘는 듯한
바람이요, 무너진 헌 벽이
며 헌 자리에 벼룩과 빈대가
온몸에 달려든다.
춘향이 옥방에서 길게 탄식하며 운다.
"내 죄가 무슨 죄냐? 나라의 곡식을 도둑질한 죄도
아닌데 엄형중장이 무슨 일인고! 살인죄도 아닌데
목에 씌우는 칼과 발에 채우는 차꼬가 웬일이며, 역
적을 처벌하는 법령과 삼강오륜에 위배되지도 않았
는데 사지결박이 웬일이며, 음행도적도 아닌데 이
무거운 형벌이 웬일인고? 삼강수는 연수(벼룻물)가

되어 푸른 하늘을 한 장의 큰 종이로 삼아 나의 서러움, 원정을 글로 지어 옥황전에 올리고 싶구나.

낭군 그리워하는 마음이 답답하여 불이 붙네. 한숨이 바람 되어 붙는 불을 더 붙이니 속절없이 나 죽겠네. 홀로 서 있는 국화의 높은 절개는 거룩하고 눈 속의 푸른 소나무는 영원한 절개를 지켰구나. 푸른 솔은 나 같고 노란 국화는 낭군 같다는 생각에 뿌리니 눈물이요, 적시느니 한숨뿐이라. 한숨은 청풍을 삼고 눈물은 가랑비를 삼아 청풍이 가랑비를 몰아다 불거니 뿌리거니 하여 님의 잠을 깨우고 싶구나. 견우직녀성은 칠석날 상봉할 때에 은하수가 막혔어도 때를 놓친 일이 없었건만 우리 낭군 계신 곳에는 무슨 물이 막혀서 소식조차 못 듣는

가. 살아 이렇게 그리워만 하느니 아주 죽어서 잊고지고!

차라리 이 몸이 죽어 공산에 두견새가 되어 이화월백 깊은 밤에 슬피 울어 낭군 귀에 들리기를.

청강에 원앙새 되어 짝을 부르고 다니며 다정하고 유정함이 님의 눈에 보이기를.

봄에 나비가 되어 향기 묻은 두 날개로 봄빛을 자랑하여 낭군 옷에 붙기를.

맑은 하늘에 밝은 달이 되어 밤이 오면 돋아 올라 명명히 밝은 빛을 님의 얼굴에 비추기를.

이 내 간장의 썩는 핏물로 님의 화상을 그려 방문 앞에 족자 삼아 걸어 두고 드나들며 보고지고! 수절 정절 절대가인 참혹하게 되었구나. 문채 좋은

형산백옥은 진토 중에 파묻혀 있는 듯, 향기로운 상산초가 잡풀 속에 섞여 있는 듯, 오동 속에 놀던 봉황이 가시덤불 속에 깃들인 듯하구나.

자고로 성현들도 무죄하고도 괴로움을 당하셨으니 요, 순, 우, 탕 인군들도 걸주(하의 걸왕과 은의 주왕)의 포악으로 함진옥에 갇혔다가 도로 놓여 성군 되고, 주문왕도 상주의 해를 입어 유리옥에 갇혔다가 도로 놓여 성군 되며, 만고성현의 공자도 노나라 사람 양호의 얼(남에게 당하는 해)을 입어 광야에 갇혔다가 도로 놓여나서 대성되시니, 이런 사례로 보면 죄 없는 나도 살아나서 세상 구경 다시 할까? 답답하고 원통하다. 날 살릴 이 누가 있을까. 서울

에 계신 우리 낭군 벼슬하여 내려와서 이렇게 죽어

가는 내 목숨을 살리지 못하는가? 여름 구름에는

기이한 봉우리가 많으니 산이 높아서 못 오는가?

금강산 상상봉이 평지나 되거든 오려고 하시는가?

병풍에 그린 황계가 두 나래를 툭툭 치며 사경일점

에 날 새라고 울면 오려고 하시는가? 애고, 애고.

내 일이야!"

죽창문을 열어 달빛이 방안에 들어오니 어린 춘향

이 홀로 앉아 달에게 묻는다.

"달아! 보이느냐? 님 계

신 곳에 밝은 기운

을 빌려주렴. 나도

볼 수 있게! 우리 님

이 누워 있더냐, 앉

아 있더냐? 보이는 대로

만 알려 주어 나의 수심을 풀어다오."

춘향이 슬픈 마음을 풀어 헤친다.

애고, 애고. 서럽게 울다가 홀연히 잠이 들었다. 비

몽사몽간에 나비가 장자 되고 장자가 나비 되어 가
랑비같이 남은 혼백이 바람처럼 구름처럼 어느 곳
에 당도하니, 하늘은 끝이 없고 땅은 광활하고 산
엔 신령스러운 기운이 떠돌고 물빛이 고운데, 은은
한 대나무 숲 사이에 단청을 한 누각이 허공중에
잠겨 있었다. 앞을 살펴보니 황금으로 쓴 큰 글씨
로 만고정렬황릉지묘(순임금의 이비인 아황, 여영의
만고의 정렬을 기리는 황릉묘)라 뚜렷이 붙어 있어
마음이 황홀하여 배회하니 천연한 낭자 셋이 나온
다. 석숭(진나라 해상무역상인)의 애첩 녹주가 등총
을 들고, 진주 기생 논개, 평양 기생 월선이었다.
춘향을 인도하여 내당으로 들어가니 당상에 흰 옷

을 입은 두 부인이 손을 들어 올라오기를 청하자
춘향이 사양하였다.

"진세간의 첩이 어떻게 황릉묘에 오르겠습니까?"
부인이 기특히 여기고 다시 청하자 사양하지 못하
여 올라가니, 자리를 주어 앉힌 후에 묻는다.

"네가 춘향인가? 기특하도다! 일전에 조회차로 요
지연에 올라가니 네 말이 낭자하기로 간절히 보고
싶어 너를 청하였는데 정말 좋구나!"
춘향이 재배하고 나서 말하였다.

"첩이 비록 무식하나 고서를 보았으며 사후에나 존
안을 뵐 수 있을까 하였는데 이렇듯 황릉묘에서 모
시니 황공비감하옵니다."

상군부인(순임금이 죽자 상
강에 투신하여 아황은 상
군이 되고 여영은 상부
인이 됨)이 말씀하셨다.

"우리 순임금이 나라
를 순회하며 시찰하시다
가 창오산에서 붕어(돌아가

심)하셔서, 속절없는 이 두 몸이 소상죽림에 피눈물을 뿌려놓아 가지마다 아롱아롱 잎잎이 원한이었다. 창오산이 무너지고 소상 강물이 말라야, 대나무에 뿌려진 피눈물이 없어질 수 있는 천추의 깊은 한을 하소할 곳 없다가 네 절행이 기특하여 너에게 묻는다. 친근한 정을 보내고 나서 몇 천 년만에야 맑고 밝은 세상이 찾아오며, 오현금 남풍시를 이때까지 전하더냐?"

이렇듯이 말씀하고 있는데 어디선가 어떤 부인의 말소리가 들렸다.

"춘향아. 나는 기주명월음독성에 선녀로 화한 농옥이다. 통소로 봉의 울음소리를 낸 소사의 아내로서

태화산 이별 후에 옥소의 곡조를 마치자 용을 타고 날아가 버리니 그 간 곳을 모르겠구나."

이때 또 다른 부인이 말씀하셨다.

"나는 한궁녀 소군이다. 임금의 명령으로 흉노의 땅에 시집을 잘못 갔으니 푸른 무덤뿐이구나. 어찌 아니 원통하랴!"

그때 갑자기 음산한 바람이 일어나 촛불이 벌렁벌렁하며 무언가 촛불 앞에 달려들어 춘향이 놀래어 살펴보니 사람도 아니요 귀신도 아닌데 어렴풋한 가운데 곡성이 낭자하였다.

"여봐라, 춘향아! 네가 나를 모르느냐? 나는 한고조 아내 척부인이다. 우리 황제가 세상을 떠난 후, 여태후의 독한 질투에 나의 수족을 끊어 내고 두 귀에다 불지르고 두 눈을 빼어 음약을 먹여 측간 속에 던져 넣었으니 천추의 깊은 한을 어느 때나 풀어보랴!"

이리 울고 있으니 상군부인이 말씀하셨다.

"이곳이라 하는 데가 이승과 저승길이 다르고, 가는 길이 서로 다르니 오래 머물지 못할 곳이다."

하며 하직하니 동쪽 귀뚜라미 소리는 시르렁 나비 한 쌍은 펄펄, 옥창문의 앵도화가 떨어져 보이고 거울 복판이 깨어지고, 문 위에 허수아비가 달려있어 춘향이 깜짝 놀라 깨어보니 꿈이었다.

'나 죽을 꿈이로구나!'

근심 걱정에 밤을 샐 때, 서강에 비치는 한 조각의 달빛에 남쪽으로 날아가는 기러기가 네 아니냐.

밤은 깊어 삼경이요 궂은 비는 퍼붓고, 도깨비는 삑삑, 밤 새의 소리는 붓붓, 문풍지는 펄렁펄렁, 귀신들이 우는데 난장 맞아 죽은 귀신, 형장 맞아 죽은 귀신, 결령치사(목매달아 죽임)하여 대롱대롱 매달린 귀신들의 귀곡성이 낭자하였다. 방 안이며 추녀 끝이며 마루 아래서도 애고, 애고, 귀신 소리에 잠들 수가 없다. 춘향이가 처음에는 귀신 소리에 정신이 없다가 여러 번을 들으니 겁이 없어져서는 청승맞은 소리를 내는 굿거리, 장구, 북, 피리 소리, 세악 소리인 양 들었다.

"이 몹쓸 귀신들아! 나를 잡아가려거든 조르지나 말려무나!"

춘향이 귀신 쫓는 주문을 외우며 앉아 있었다.

그때 옥문 밖으로 봉사가 하나 지나가면서 서울 봉
사 같으면,
"문수(길흉을 물음)하오!"
외치련만 시골봉사라,
"문복하오!"
하고 외치고 가니 춘향이 듣고서는 모친께 청하였
다.
"어머니, 저 봉사 좀 불러주오."
춘향 어미가 봉사를 부르러 갔다.
"여보, 저기 가는 봉사님!"
하고 부르니 봉사가 대답하였다.

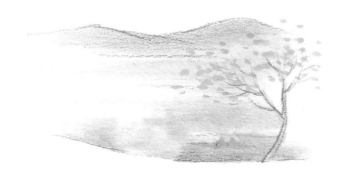

"게 누구? 게 누군가?"

"춘향 어미요."

"어찌 찾나?"

"우리 춘향이가 옥중에서 봉사님을 잠깐 오시라 하오."

봉사가 한번 웃으면서,

"날 찾는 일이 의외로세. 가지!"

춘향 어미가 봉사의 지팡이를 잡고 인도한다.

"봉사님, 이리 오시오. 이것은 돌다리요, 이것은 개천이요. 조심하여 건너시오."

앞에 개천이 있어 뛰어볼까 하고 계속 벼르다가 뛰는데 봉사의 뜀이란 게 멀리 뛰진 못하고 올라가기만 한 길이나 올라가는 것이었다. 멀리 뛴다는 것이 개천 한가운데 풍덩 빠졌는데 기어 나오려고 짚는다는 게 개똥을 짚었다.

"어뿔싸! 이게 정녕 똥이지!"

손을 들어 냄새를 맡아 보니 묵은 쌀밥 먹고 썩은

똥이로구나! 손을 내뿌린다는 게 모진 돌에다가 부
딪치니 어찌나 아프던지 입에 손을 넣고 우는데,
먼눈에서 눈물이 뚝뚝 떨어지며 한탄한다.

"애고, 애고, 내 팔자야! 조그
마한 개천을 못 건너고 이
봉변을 당하였으니 누
구를 원망하고 누
구를 탓하랴. 내 신
세를 생각하니 천지만
물을 볼 수 없음이다. 밤낮을 내가 알까, 사계절을
어찌 짐작하며, 봄이 다가온들 복숭아꽃과 오얏꽃
이 피는 것을 내가 알며, 가을이 다가온들 황국단
풍 어찌 알며, 부모를 내 아느냐, 처자를 내 아느
냐, 친구 벗님을 내 아느냐. 세상천지 일월성신과
후박장단을 모르고 밤중같이 지내다가 이 지경이
되었구나. 참으로 소경이 그르냐, 개천이 그르냐
하는 꼴일세. 소경이 그르지 먼저 생긴 개천이 그
를까."

애고, 애고. 슬피 우니 춘향 어미가 위로하였다.

"그만 우시오."

봉사를 목욕시켜 옥으로 들어가니 춘향이 반겨 맞았다.

"애고, 봉사님. 어서 오시오!"

봉사도 춘향이가 일색이란 말은 들은 바 있어 반가워하였다.

"음성을 들으니 춘향 각시인가보다."

"예. 그러합니다."

"내가 진작 와서 자네를 한번이나 볼 터인데 가난하면 일이 많다네. 못 오다가 이렇게 청하여 왔으니 인사가 아니로세."

"그럴 리가 있소? 안맹(眼盲)하신데 노년에 기력이 어떠하시오?"

"내 염려는 말게. 대체 나를 어찌 청하였나?"

"예. 다름 아니라 간밤에 흉몽을 하여 해몽도 하고 우리 서방님이 어느 때나 나를 찾을까 길흉 여부 점을 하려고 청하였소."

"그러게."

봉사가 점을 하는데,

"가이태서 유상치 경이축 축왈(저 태서(점쟁이)의 믿음직한 말을 빌려서 비나이다) 길흉을 알지 못하고 의심을 풀지 못하는 저희에게 바라건대 신령께서는 밝은 지시해주시어 된다 안 된다를 밝혀 주옵소서. 복희, 문왕, 무왕, 무공, 주공, 공자, 오대성현(공자, 안자, 증자, 자사, 맹자), 칠십이현(공자의 칠십이인 제자), 안증사맹, 성문십철, 제갈공명 선생, 이순풍, 소강절, 정명도, 정이천, 주염계, 주회암, 엄군평, 사마군, 귀곡, 손빈, 소진, 유, 왕보사, 주원장, 모든 위대하신 선생님들은 명찰명기 하옵소서. 마의도자, 구천현녀, 육정육갑 신장이며, 연월일시 사치공조, 배괘동자, 성괘동랑, 허공유감, 여왕 본가봉사, 단로향화, 밝은 신령님께선 이러한 진실한 향기를 맡으시고 원컨대 강림하소서. 전라좌도 남원부 천변에 거하는 임자생신 곤명열녀 성

춘향이 하월하일에 감옥에서 석방하며, 서울 삼청
동에 사는 이몽룡은 하일하시에 남원부에 도착하오
리까? 엎드려 비오니 여러 신들은 신령스러움을 밝
히 보여 주십시오."

산통(점대를 넣는 통)을 철겅철겅 흔들더니,

"어디 보자, 일이삼사오륙칠. 허허,
좋다! 가장 좋은 괘로구나. 칠간산
괘로다. 물고기가 놀되 그물을 피하
니 작은 것이 쌓여 큰 것이 이루어
지노라. 옛날 주무왕이 벼슬할 때
이 괘를 얻어 금의환향하였으니
어찌 좋지 않을 것인가? 천리나
떨어져 있어도 서로의 마음을 아
니, 친한 사람을 만날 것이라. 자네 서방님이 불원
간에 내려와서 평생의 한을 풀겠네. 걱정 마소! 참
좋거든!"

춘향이 대답하였다.

"말대로 그러면 오죽 좋겠습니까? 간밤의 꿈 해몽
도 좀 하여 주시오."

"어디 자상히 말을 하소."

"몸단장하던 체경이 깨져 보이고, 창 앞에 앵두꽃이 떨어져 보이고, 문 위에 허수아비가 달려 있고, 태산이 무너지고, 바닷물이 말라 보이니 나 죽을 꿈 아니오?"

봉사가 이윽히 생각하다가 잠시 후에 말하였다.

"그 꿈 매우 좋다! 화락하니 능성실이요, 경파하니 기무성가. 능히 열매가 열려야 꽃이 떨어지고 거울이 깨어질 때 소리가 없을 것인가. 문상에 현우인하니 만인이 개앙시라. 문 위에 허수아비 달렸으면 사람마다 우러러볼 것이요. 바다가 마르면 용의 얼굴을 능히 볼 것이요 산이 무너지면 평지가 될 것이라. 좋다, 쌍가마 탈 꿈이로세. 걱정 마소. 멀지 않네."

한참 이리 수작하는데 뜻밖에 까마귀가 옥의 담에 올라앉더니 까옥까옥 울어 춘향이 손으로 후여 날려 쫓았다.

"방정맞은 까마귀야, 나를 잡아가려거든 조르지나
말려무나."

봉사가 이 말을 듣더니 물었다.

"가만 있소. 그 까마귀가 가옥가옥 그렇게 울지?"

"예. 그래요."

"좋다, 좋다! 가자는 아름다울 가자요, 옥자는 집
옥자라. 아름답고 즐겁고 좋은 일이 불원간 돌아와
서 평생에 맺힌 한을 풀 것이니 조금도 걱정 마소.
지금은 복채 천 냥을 준대도 아니 받아 갈 것이니
두고 보아 영귀하게 되면 괄시나 부디 마소. 나 돌
아가네."

"예. 평안히 가시고 후일에 다시 뵙겠습니다."
춘향이 이렇게 장탄수심에 쌓여 옥중에서 세월을
보내고 있었다.

이때 한양의 도련님은 밤낮으로 시서백가어를 숙독
하였으니 글로는 이백이요, 글씨는 왕희지였다.
국가에 경사가 있어 태평과를 보는데, 서책을 품에
안고 과거장에 들어가 좌우를 둘러보니 억조창생
허다한 선비들이 일시에 공경히 절을 하고 있었다.
어악풍류 청아성(궁중에서 벌이는 풍악 소리)에 앵무
새가 춤을 춘다. 대제학이 택출하여 어제(御題)를
내리셔서, 도승지 모셔내어 홍장 위에 걸어 놓으니
글제는 이러하였다.
"춘당춘색이 고금동이라(춘당대의 봄빛은 예나 지금
이나 같구나)."
뚜렷이 걸려 있어 이도령이 글제를 살펴보니 익히
보던 바였다. 시험지를 펼쳐놓고 해제를 생각하여
용지연에 먹을 갈아 당황모 무심필(족제비 꼬리털로
만든 붓)을 반 정도 덤벅 풀어 왕희지의 필법으로

조맹부 체를 받아 일필휘지로 써서 과거에서 가장
먼저 글을 냈다.

상시관이 글을 보고 글자마다 비점(잘 된 곳에 찍는
점)이요, 글귀마다 관주(잘 된 곳에 치는 둥근 표)로
다! 용이 날아오르는 것처럼 살아 움직이는 듯한
필체에다 모래펄에 기러기가 내려앉듯이 글씨가 매

끈하니 금세기의 큰 재목
이다. 과거에 급제한 사
람의 이름을 불러 전
하께서 어주삼배를 권
하고 장원급제 답안을
시험장에 게시하였다. 장원급제를 하면 머리에 어
사화요, 몸에는 앵삼(진사에 급제할 때 입던 예복)이
요, 허리에는 학대(학을 수놓은 허리띠)를 하였다.
전하께 숙배하니 친히 불러서 말씀하셨다.
"경의 재주가 조정에 으뜸이다!"
하시고 도승지 입시하여 전라도 어사(지방정치를 살
피기 위하여 임금이 비밀히 보내던 사자)를 제수하시
니 평생의 소원이었다. 어사의 관복, 마패, 유척(검
시에 쓰는 놋쇠 자)을 내주셔서 전하께 하직하고 본
댁으로 가는데 철관 풍채는 심산맹호와 같았다.

어사또는 부모와 하직하고 전라도로 향하였다.
남대문 밖을 나서서 서리, 중방, 역졸 등을 거느리
고 청파역의 말을 잡아타고 칠패, 팔패, 배다리 얼

른 넘어 밥전거리 지나 동작이를 얼핏 건너 남태령을 넘어 과천읍에서 중화(점심)하고 사근내, 미륵당이, 수원에서 숙소하고 대황교, 떡전거리, 진개울, 중미, 진위읍에서 중화하고 칠원, 소사, 애고다리, 성환역에 숙소하고 상류천, 하류천, 새술막, 천안읍에서 중화하고 삼거리, 도리치, 김제역에서 말을 갈아타고 신구, 덕평을 얼른 지나 원터에 숙소하고 팔풍정, 화란, 광정, 모란, 공주, 금강을 건너 금영에서 중화하고 높은 한길 소개문, 어미널티, 경천에 숙소하고 노성, 풋개, 사다리, 은진, 간치당이, 황화정, 장애미고개, 여산읍에 숙소하고 이튿날 서리, 중방을 불러 분부하였다.

"전라도 초입 여산이다.
지금부터 중요한 나랏일을
분명하게 거행하지 않으면
죽기를 면치 못할 것이다!"
추상같이 호령하며 서리를
불러 분부하였다.

"너는 좌도로 들어서서 진

산, 금산, 무주, 용담, 진안, 장수, 운봉, 구례로
팔 읍을 순행하여 아무 날 남원읍으로 대령하고,
중방, 역졸 너희들은 우도로 용안, 함열, 임피, 옥
구, 김제, 만경, 고부, 부안, 흥덕, 고창, 장성, 영
광, 무장, 무안, 함평으로 순행하여 아무 날 남원
읍으로 대령하라!"

종사를 불러 명하였다.

"익산, 금구, 태인, 정읍, 순창, 옥과, 광주, 나주,
평창, 담양, 동복, 화순, 강진, 영암, 장흥, 보성,
흥양, 낙안, 순천, 곡성으로 순행하여 아무 날 남
원읍으로 대령하라!"

분부하여 각기 나누어서 출발시켰다.

그후 사람들을 속이려고 어사또가 행장을 차리는

데, 모자 없는 헌 파립에 얽어매는 줄을 총총 매어 초사 갓끈을 달아 쓰고 윗부분만 남은 헌 망건에 갓풀관자 노끈당줄 달아 쓰고, 의뭉하게 헌 도복에 무명실 띠를 흉중에 둘러매고, 살만 남은 헌 부채에 솔방울 장식을 달아 일광을 가렸다.

한양에서 내려오면서 통새암, 삼례에서 숙소하고 한내, 주엽쟁이, 가리내, 생금정 구경하고 숲정이, 공북루 서문을 얼른 지나 남문에 올라 사방을 둘러보니 소강남이 었다. 기린산에 솟아오른 달과 한벽당 시내, 남고사의 종소리, 건지산의 보름달, 다가산의 활 쏘는 과녁, 덕진지의 연꽃, 비비정의 기러기, 위봉폭포 등 전주의 완산팔경을 다 구경하고, 차차로 암행하며 내려오는데 각 읍 수령들이 어사가 온다는 말을 듣고는 민정을 가다듬고 공사를 염려하니 하인들은 편할 것인가. 이방과 호장은 넋을 잃고, 공사회계하는 형방

과 서기는 여차하면 도망할 준비하고, 수많은 각
청의 아전들은 넋을 잃어 분주해하고 있었다.

이때 어사또는 임실 국화들 근처를
당도하였는데 마침 농사철이었다.
농부들이 '농부가'를 부르며 분주
하였다.
"어여로 상사디야! 천리에 이르
는 넓은 세상 태평시에 도덕 높
은 우리 성군 태평세월을 노래하
는 것은 요임금의 성덕이라. 어여로
상사디야! 순임금 높은 성덕으로 내신 성기역산에
밭을 갈고, 어여로 상사디야! 신농씨 내신 따비(작
은 쟁기)가 천추만대 유전하니 어찌 높지 않던가.
어여로 상사디야! 하우씨 어진 임금 구년 홍수 다
스리고, 어여라 상사디야! 은왕 성탕 어진 임금 칠
년 가뭄 당하였네. 어여라 상사디야! 이 농사를 지
어내어 우리 성군께 세금으로 바친 후에 남은 곡식
으로 위로는 부모를 모시고 아래로는 처자를 먹여

살리노라. 어여라 상사디야. 백초를 심어 사계절을 짐작하니 믿을 수 있는 건 백초로다. 어여라 상사디야. 벼슬에 나아가 공을 세우고 이름을 떨치는 좋은 호강이 있지만 이 업을 당할 수 있나. 어여라 상사디야. 남전북답이니 땅을 갈아 논밭을 만들어 태평성대의 편안한 생활을 하여 보세. 얼럴럴 상사디야."

어사또가 지팡이를 짚고 이만큼 서서 농부가를 구경하였다.

"거기는 대풍이로고!"

또 한편을 바라보니 이상한 일이 있다. 중씰한(중년) 노인들이 끼리끼리 모여 서서 등걸밭을 일구면서 갈멍덕을 숙여 쓰고 쇠스랑을 손에 들고 '백발가'를 부르는구나!

"등장(관청에 하소연)가자, 등장가자. 하느님 전에 등장 가면 무슨 말을 하실는지. 늙은이는 죽지 말고 젊은 사

람 늙지 말게. 하느님 전에 등장가세. 원수로다, 원

수로다. 백발이 원수로다. 오는 백발 막으려고 오
른손에 도끼 들고 왼손에 가시 들고, 오는 백발 두
드리며 가는 홍안 끌어당겨 청사로 결박하여 단단
히 졸라매지만, 가는 홍안은 절로 가고 백발은 수
시로 돌아와 귀밑에 주름이 잡히고 검은 머리는 백
발 되니, 아침에는 청사처럼 검고 저녁에는 흰 눈
처럼 백발이 되었구나. 무정한 게 세월이라, 소년
향락 깊은들 왕왕이 달라가니 이 아니 세월인가.
천금준마 잡아타고 서울의 큰 길을 달리고저. 만고
강산 좋은 경개 다시 한번 보고지고. 절대가인 곁
에 두고 백만교태 놀고지고. 꽃이 핀 아침과 달 밝
은 저녁, 사계절 좋은 경치를 눈 어둡고 귀가 먹어
볼 수 없고 들을 수 없어 안타까운 일이로세. 슬프
다, 우리 벗님들 어디로 가는고. 가을에 단풍잎 지

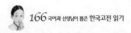

듯이 차츰차츰 떨어지고 새벽하늘에 별 지듯이 삼오삼오(드문드문 짝을 지어) 쓰러지니 가는 길이 어디쯤인고. 어여로 가래질이야. 아마도 우리 인생 일장춘몽인가 하노라!"

한참 노래하는데 한 농부가 나서며 말하였다.

"담배 먹세. 담배 먹세."

갈멍덕 숙여 쓰고 밭두렁에 나오더니 곱돌조대(곱돌로 만든 담뱃대)를 넌지시 들어 꽁무니를 더듬어 가죽 쌈지 빼어 놓고 세차게 침을 뱉어 엄지손가락이 자빠지게 비빗비빗 단단히 넣어 짚불을 뒤져 놓고 화로에 푹 찔러 담배를 먹는데 농군의 담뱃대가 빡빡하여 쥐새끼 소리가 난다. 양 볼때기가 오목오목, 코궁기(콧구멍)가 발심발심, 연기가 홀홀 나게 피워 물고 나서니, 어사또 반말하기는 이력이 났다.

"저 농부, 말 좀 물어보면 좋겠구먼."

"무슨 말?"

"이 골 춘향이가 본관에 수청을 들어 뇌물을 많이

먹고 민정(民政)에 폐를 끼친단 말이 옳은지?"

저 농부가 열을 내어 소리 지른다.

"거기는 어디 사나!"

"아무데 살든지."

"아무데 살든지라니! 거기는 눈콩알 귀콩알이 없나? 지금 춘향이가 수청을 안 든다 하여 형장 맞고 옥에 갇혔으니 창가에 그런 열녀가 세상에 드문 일인데, 옥결 같은 춘향에게 자네 같은 동냥치가 더럽고 추한 말을 시키다간 빌어먹지도 못하고 굶어 뒈지리! 올라간 이도령인지 삼도령인지 그놈의 자식은 한번 가버린 후 소식이 없으니, 사람이 그렇게 하고는 벼슬은커녕 내 좆만도 못하지!"

"어! 그게 무슨 말인고?"

"왜? 어찌 되나?"

"되기야 어찌 되랴마는 남의 말에 말버릇을 너무 고약히 하네!"

"자네가 철모르는 말을 하니 그렇지!"

수작을 파하며 중얼거렸다.

"허허, 망신이로고. 자, 농부네. 일 하시오."

어사또가 하직하고 돌아서서 길을 재촉한다.

길 한 모롱이를 돌아들자 아이가 하

나 오는데 주령 막대

끌면서 시조 절반

사설 절반 섞어,

"오늘이 며칠인고? 천리길

한양성을 며칠이나 걸어 올라가랴. 조자룡의 월강

하던 천총마가 있다면 금일로 가련만. 불쌍하다!

춘향이는 이서방을 생각하며 옥중에 갇혀 목숨이

경각에 달려 있으니 참으로 불쌍하다! 몹쓸 양반

이서방은 한번 올라간 후 소식이 끊어지니 양반의

도리는 다 그러한가?"

어사또가 그 말을 듣고는 아이에게 물었다.

"얘! 어디 사니?"

"남원읍에 사오."

"어디를 가니?"

"서울 가오."

"무슨 일로 가니?"

"춘향의 편지 갖고 구관 댁에 가오."

"그 편지 좀 보자꾸나."

"그 양반 철모르는 양반이네."

"웬 소리인고."

"글쎄 들어보오. 남자의 편지 보기도 어렵거든 하물며 남의 내간(아낙네의 가정사 편지)을 보자는 말이오?"

"애, 들어라. 행인이 길 떠나기에 앞서 편지를 다시 한번 열어본다는 말이 있다. 좀 보면 안 되느냐?"

"그 양반, 몰골은 흉악하지만 문자 속은 기특하오. 얼른 보고 주시오."

"호로자식이로고."

편지 받아 떼어 보니 사연에 이르기를,

일차 이별 후에 소식이 적조(오랫동안 소식이 막힘)

하니 도련님은 부모님을 모시고 체후만안(편안한지 안부를 물음)하신지요. 천첩 춘향은 곤장을 맞고 감옥에 갇혀 관으로부터 재난을 당해 목숨이 경각에 달려 있습니다. 죽을 지경에 이르러 혼이 황릉묘로 날아가고 저승 문을 드나드니 첩이 비록 죽을 수밖에 없으나 단지 불경이부(不更二夫)요, 첩의 생사와 노모가 어떤 지경에 이르게 될지 모르니 서방님은 깊이 헤아려 주십시오.

거세하시군별첩(去歲何時君別妾)
작이동설우동추(昨已冬雪又動秋)
광풍반야누여설(狂風半夜淚如雪)
하위남원옥중수(何爲南原獄中囚)

작년 어느 때에 님이 첩과 이별했던고
엊그제 눈이 내리더니 또 가을이 왔도다
세찬 바람 깊은 밤에 눈물이 눈 같으니
어찌하여 남원 옥중의 죄수가 되었던고

혈서로 썼는데 모랫벌에 내려
앉은 기러기 격으로 그저 툭툭
찍은 것이 모두 다 애고로다!
어사가 편지를 보고는 두 눈에
눈물이 맺혔다가 방울방울 떨
어지니 저 아이가 물었다.

"남의 편지 보고 왜 우시오?"

"아따! 얘, 남의 편지라도 슬픈 사연을 보니 저절
로 눈물이 나는구나."

"여보, 인정 있는 체하다 남의 편지에 눈물 묻어
찢어지오. 그 편지 한 장 값이 열닷 냥이오. 편지
값 물어내오."

"여봐라. 이도령이 나와 죽마고우 친구인데 하향에
볼 일이 있어 나와 함께 내려오다 전주의 감영에
들렀다 내일 남원에서 만나자고 하였다. 나를 따라
갔다가 그 양반을 뵈어라."

그 아이가 가로막으며 묻는다.

"서울을 저 건너로 아시오?"

하며 달려들어,

"편지 내오."

서로 옥신각신하며 옷 앞자락을 잡고 실랑이하다 살펴보니, 명주 전대를 허리에 둘렀는데 제기 접시 같은 것이 보여 깜짝 놀라 한발 물러났다.

"이것은 어디서 났소? 찬바람이 나오!"

"이놈! 만일 천기누설했다가는 생명을 보전치 못하리라!"

아이에게 신신당부한다.

어사가 남원으로 들어오면서 남원 향교의 박석고개에 올라서서 사면을 둘러보니 산도 예전에 보던 산이요 물도 예전에 보던 물이다. 반가운 마음에 남문 밖을 금방 내달았다.

"광한루야! 잘 있었느냐? 오작교야! 무사하냐?"

객사의 푸른 버드나무는 나귀 매고 놀던 데요, 청운낙수는 내 발

씻던 청계수요, 녹수진경 넓은 길은 왕래하던 옛길이다.

오작교 다리 밑에 빨래하는 여인들과 계집아이들이 섞여 앉아 한탄한다.

"애고, 애고. 불쌍하더라! 춘향이가 불쌍하더라! 모질더라, 모질더라! 우리 골 사또가 모질더라! 절개 높은 춘향이를 위력겁탈하려 한들 철석 같은 춘향 마음이 죽음을 헤아릴까. 무정하더라, 무정하더라! 이도령이 무정하더라!"

저희끼리 공론하며 추적추적 빨래하는 모양은 영양 공주, 난양공주, 진채봉, 계섬월, 백릉
파, 적경홍, 심요연, 가춘운(『구운몽』의 팔선녀)과 같다마는 양소유가 없으니 누구를 기다리며 앉아 있는고?

어사또가 누에 올라 자세히 살펴보니 석양은 서쪽에 있고 새는 잠자려고 숲에 들려는데, 양류목에서

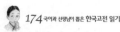

춘향이 그네 매고 오락가락 놀던 양을 어제 본 듯 반갑구나. 동편을 바라보니 장림심처 녹림간에 춘향집이 저기 있다. 저 담 안에 있는 동산은 예전에 보던 곳이요, 석벽의 험한 감옥은 우리 춘향이 우는 듯 불쌍하고 가긍하다.

일락서산 황혼이 질 때 춘향의 집 문전에 당도하니, 행랑은 무너지고 몸채는 발가벗었는데 예전에 보던 벽오동은 바람을 못 이기어 추레하게 서 있고, 담장 밑의 백두루미는 함부로 다니다가 개한테 물렸는지 깃도 빠지고 다리를 징금 끼룩 뚜루룩 울음 울고, 빗장 앞의 누렁개는 기운 없이 졸다가 구면객을 몰라보고 꽝꽝 짖고 내달았다.

"요 개야, 짖지 마라. 주인 같은 손님이다. 너의 주인은 어디 가고 네가 나와 반기느냐."

중문을 바라보니 제 손으로 쓴 충성 충(忠) 글자가 완연하지만 가운데 중(中) 자는 어디 가고 마음 심(心) 자만 남아 있고, 와룡장자(용처럼 힘 있는 글씨) 입춘

서는 동남풍에 펄렁펄렁하여 수심을 더한다.

그렁저렁 안으로 들어가자 적막한 안뜰에서 춘향 모가 미음 솥에 불을 넣으며 탄식한다.

"애고, 애고. 내 일이야! 모질도다, 모질도다! 이서 방이 모질도다! 위태한 지경에 처해 있는 내 딸을 잊어버리고 소식조차 돈절하네. 애고, 애고. 서러 운지고! 향단아, 이리 와서 불 넣어라."

하고 나오더니 울안의 개울물에 흰 머리를 감아 빗 은 후에 정화수 한 동이를 단 위에 받쳐 놓고 엎드 려 축원한다.

"천지지신 일월성신은 한가지 마음으로 비나 이다. 독녀 춘향이를 금쪽같이 길러내어 외  손봉사 바라는데 무죄한 매를 맞고 옥중에 갇혔으 니 살릴 길이 없습니다. 천지지신은 감동하사 한양 성 이몽룡을 청운에 높이 올려 내 딸 춘향이를 살 려주게 하사이다."

빌기를 다한 후,

"향단아, 담배 한 대 붙여 다오."

춘향 모가 담배를 받아 물고 후유 한숨에 눈물짓자
어사가 춘향 모의 정성을 보고는 혼자 중얼거렸다.

"내가 벼슬한 게 조상님들의 덕행으로 알았더니 다
우리 장모 덕이로다."

하고는 안이 들리게 크게 외친다.

"그 안에 누구 있나?"

"뉘시오?"

"내로세!"

"내라니 뉘신가?"

어사가 안으로 들어섰다.

"이서방일세."

"이서방이라니? 옳지, 이풍헌 아
들 이서방인가?"

"허허! 장모가 망령이로세. 나를 몰라? 나를 몰
라?"

"자네가 누구여?"

"사위는 백년손님이라 하였는데 어찌 나를 모르는
가?"

춘향의 모친이 반겼다.

"애고, 애고. 이게 웬일인고? 어디 갔다 이제 오나? 풍세대작하더니 바람결에 풍겨 오는가? 하운기봉하더니 구름 속에 싸여 오는가? 춘향의 소식 듣고 살리려고 오셨는가! 어서 어서 들어가세!"

손을 잡고 들어가서 촛불 앞에서 자세히 살펴보니 걸인 중에 상걸인이다.

춘향의 모친은 어이가 없었다.

"이게 웬일이오?"

"양반이 그릇되니 형언할 수가 없데. 그때 올라가서 벼슬길 끊어지고 탕진가산하여 부친께서는 학장질(서당에서 훈장 노릇함) 가시고 모친은 친가로 가시고 다 각기 갈리어서 나는 춘향에게 돈 푼이나 얻어 갈까 하였는데 와서 보니 양쪽 집안의 이력이 말이 아닐세."

춘향의 모가 이 말을 듣고는 기가 막혔다.

"무정한 이 사람아! 일차 이별 후로 소식이 없었으니 그런 인사가 어디 있으며 뒷날 출세나 바랐더니 이리 잘 되었나? 쏘아 놓은 화살이 되고 엎질러진

물이 되어 누구를 원망하고 누구를 탓할까마는 내 딸 춘향을 어쩔라나?"

홧김에 달려들어 코를 물어 떼려 하였다.

"내 탓이지, 코 탓인가? 장모가 나를 몰라보네! 하늘이 무심해도 풍운조화와 천둥번개는 있느니!"

춘향 모는 더욱 기가 찼다.

"양반이 그릇되더니 남을 농락하는 간사한 짓조차 들었구나!"

어사는 짐짓 춘향 모의 하는 거동을 보려고,

"시장하여 나 죽겠네. 나 밥 한 술 주소."

춘향 모친은 밥 달라는 말을 듣고 매몰차게 내뱉었다.

"밥 없네!"

어찌 밥 없을까마는 홧김에 하는 말이었다.

이때 향단이 옥에 갔다 왔더니 저의 큰아씨의 야단
소리에 가슴이 두근두근, 정신이 울렁울렁, 정신없
이 들어가서 살펴보니 전의 서방님이 와 계시구나!
어찌나 반갑던지 우르르 들어가서 인사 여쭙는다.
"향단이 문안이오! 대감님 문안이 어떠하시며 대부
인 기후 안녕하시며 서방님께서도 원로에 평안히
행차하셨소?"
"오냐. 고생이 어떠하냐?"
"소녀 몸은 무탈하옵니다. 큰아씨, 그리 마시오. 멀
고 먼 천리 길에 누구 보려고 와 계시는데 이 괄시
가 웬일이오? 애기씨가 아시면 지레 야단이 날 것
이니 너무 괄시 마시오."
부엌으로 들어가더니 먹던 밥에 풋고추, 저리김치,
양념 넣고 단간장에 냉수 가득 떠서 모반에 받쳐
드리면서 말하였다.
"더운 진지 할 동안에
시장하신데 우선 요기하
십시오."
어사또가 반기면서 달려

들었다.

"밥아! 너 본지 오래로구나!"

여러 가지를 한 데다가 붓더니 숟가락 댈 것도 없이 손으로 뒤적여서 한편으로 몰아쳐 마파람에 게 눈 감추듯하는구나. 춘향 모가 말하였다.

"얼씨구! 밥 빌어먹기는 이력이 났구나!"

향단은 뒤에서 저의 애기씨 신세를 생각하여 체읍(涕泣, 소리 없이 눈물을 흘리며 슬퍼함)하며 울먹였다.

"어찌할까나! 어찌할까나! 도덕 높은 우리 애기씨를 어떻게 하여 살리시려오. 어쩔거나요! 어쩔꺼나요!"

향단이 우는 모습을 어사또가 보시고 말하였다.

"여봐라! 향단아, 울지 마라, 울지 마라! 너의 애기씨가 살지 설마 죽을 것이냐? 행실이 지극하면 사는 날이 있을 게다!"

춘향 모가 옆에서 듣더니 말하였다.

"애고, 양반이라고 오기는 있어서. 대체 자네 왜

그 모양인가?"

향단이 춘향 모를 말렸다.

"우리 큰아씨가 하는 말을 조금도 괘념 마시오. 나이가 많아 노망한 중에 이 일을 당하여 홧김에 하는 말을 듣고 노하시렵니까? 더운 진지나 잡수시오."

어사또 밥상을 받고 생각하니 분기탱천하여 마음이 울적하고 오장이 울렁울렁하여 저녁상 입맛이 없다.

"향단아! 상 물려라!"

하고는 담뱃대 툭툭 털며 말하였다.

"여보소, 장모. 춘향이나 좀 보아야지!"

"그러지요. 서방님이 애기씨를 아니 보아서야 인정이라 하겠소?"

향단이 말하였다.

"지금은 문을 닫았으니 파루(야행을 금한 후 쇠북을 서른세 번 울려 파루를 치면 풀리었음)치거든 가십시다."

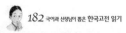

이때 마침 파루를 뎅뎅 치는구나. 향단은 미음상을 이고 등롱 들고, 춘향 모와 어사또는 뒤를 따라 옥문 앞에 당도하니 인적이 고요하고 쇄장이도 간 곳이 없다.

이때 춘향이 비몽사몽 서방님을 보았는데 머리에는 금관이요, 몸에는 홍삼이었다. 상사일념에 목을 끌어안고 만단정회하는 차였다. 그때,
"춘향아!"
부른들 대답이 있을 것인가!
어사또가 재촉하였다.
"크게 한번 불러 보소."
"모르는 말씀이오. 여기는 동헌이 마주 있어서 소리가 크게 나면 사또가 염문할 것이니 잠깐 기다리시오."
"무에 어때! 염문이 무엇인고! 내가 부를 것이니 가만 있소. 춘향아!"
부르는 소리에 춘향이 깜짝 놀라 일어났다.
"이 목소리는 잠결인가 꿈결인가? 그 목소리 괴이

하다."

어사또는 기가 막혀 춘향 모친에게 말하였다.

"내가 왔다고 말을 하소."

"왔단 말을 하게 되면 기절담락할 것이니 가만히 계시오."

춘향이 저의 모친 음성을 듣고는 깜짝 놀랐다.

"어머니, 어찌 오셨소? 몹쓸 딸자식을 생각하여 천방지방 다니다가 낙상하기 쉽소. 이후에는 오시지 마시오."

"나는 염려 말고 정신을 차려라. 왔다."

"오다니, 누가 와요?"

"그저 왔다."

"답답하여 나 죽겠소. 일러 주오. 꿈에 님을 만나 만단정회하였더니 혹시 서방님에게서 기별이 왔소? 언제 오신단 소식 왔소? 벼슬 띠고 내려온다는 노문(벼슬아치가 당도한다는 공문)이 왔소? 답답하여라!"

"너의 서방인지 남방인지 걸인 하나가 내려왔다."

"이게 웬 말인가? 서방님이 오시다니 꿈에 보던 님

을 생시에 본단 말인가?"

춘향과 어사또는 문 틈으로 서로 손을 잡고는 기가
막혀 말도 못하였다.

"애고, 이게 누구시오? 아
마도 꿈이로다! 상사불
견 그리던 님을 이리
수이 만날 수 있나!
이제 죽어도 한이 없
네. 어찌 그리 무정한
가! 박명하다, 나의 모녀! 서
방님과 이별 후에 자나 누우나 님 그리워 일구월심
한이더니 내 신세 이렇게 되어 매에 감겨 죽게 되
는 날 살리려고 와 계시오?"

한참을 이렇게 반기다가 님의 형상을 자세히 보니
한심하기가 이를 데 없다.

"여보, 서방님. 내 몸 하나 죽는 것은 서러운 마음
없지만, 서방님은 이 지경이 웬일이오?"

"오냐, 춘향아! 서러워 마라. 인명은 재천인데 설
마한들 죽을 것이냐?"

어사가 춘향을 위로하며 말한다.

춘향이 저의 모친을 불렀다.

"칠년대한 가뭄에 지친 백성들이 비를 기다린들 나와 같이 애절하던가! 심은 나무가 꺾이고 공든 탑이 무너졌네. 가련하다, 이 내 신세 하릴없이 되었구나! 어머니, 나 죽은 후에라도 원이나 없게

하여 주시오. 내가 입던 비단 장옷이 봉장 안에 들었으니 그 옷을 내어 팔아다가 한산 세모시로 바꾸어서 물색 곱게 도포를 짓고, 백방사주 긴 치마를 되는 대로 팔아다가 관, 망, 신발도 사 드리고, 절병천 은비녀, 밀화장도, 옥지환이 함 속에 들었으니 그것도 팔아다가 한삼(두루마기에 길게 덧댄 소매), 고의(속적삼과 속곳) 모양이 흉하지 않게 하여 주오. 금명간 죽을 년이 세간을 두어 무엇을 할까? 용장, 봉장, 서랍장을 되는 대

로 팔아다가 반찬 진지 대접
하오. 나 죽은 후에라도
날 본 듯이 섬겨 주시오.
서방님! 내 말씀 잘 들어
주시오. 내일이 본관 사또
의 생신이라 취중에 심한 술
주정을 하게 되면 나를 올려서 칠 것이니 형문 맞
은 다리에 장독(杖毒)이 나서 수족인들 놀릴 수 있
을까. 구름 같은 머리카락의 흐트러진 머리를 이렁
저렁 걷어 얹고 이리 비틀 저리 비틀 들어가서 장
형으로 곤장을 맞아 죽거들랑, 삯군인 체하고 달려
들어서 둘러업고 우리 둘이 처음 만나 놀던 부용당
연못의 적막하고 요적한 데 뉘어 놓고 서방님이 손
수 염습하되 나의 혼백을 위로하여 입은 그대로 양
지 끝에 묻었다가, 서방님이 청운에 오르거든 다시
염하여 조촐한 상여 위에 실어 북망산천 갈 때, 앞
남산 뒤 남산 다 버리고 서울로 올라와서 선산의
발치에 묻어주고, 비문에 새기기를 수절원사춘향지
묘(수절하다 억울하게 죽은 춘향의 묘)라고 여덟 자만

새겨 주오.

서산에 지는 해는 내일 다시 오련마는 불쌍한 춘향이는 한번 가면 어느 때 다시 올까. 신원(가슴에 맺힌 원한을 풀어버림)이나 하여주오. 애고, 애고. 내 신세야!

불쌍한 모친은 나를 잃고 가산을 탕진하여 하릴없이 걸인이 되어 이집 저집 걸식하다가 언덕 밑에서 꾸벅꾸벅 기운 없이 졸다 자진하여 죽게 되면, 지리산 갈가마귀가 두 날개를 떡 벌리고 둥덩실 날아들어 까옥까옥 두 눈을 다 파먹은들 자식이 누가 있어 후여 하고 날려 주리!"

애고, 애고. 춘향이 서럽게 울자 어사또가 달래었다.

"울지 마라. 하늘이 무너져도 솟아날 구멍이 있단다. 네가 나를 어떻게 알고 이렇듯이 서러워하느냐?"

그렇게 작별하고는 춘

향의 집으로 돌아갔다.

춘향이는 어두침침한 야삼경에 서방님을 번개처럼 잠깐 보고는 옥방에 홀로 앉아 탄식하였다.

"하늘은 사람을 낼 때 후하고 박함이 없건만 내 신세는 무슨 죄로 이팔청춘에 님을 보내고 모진 목숨 살아 이 형문 이 형장이 무슨 일인고? 옥중고생 서너 달에 밤낮으로 님 오시기만 바라다가 이제 님의 얼굴은 보았으나 광채 없이 되었구나. 죽어 황천에 돌아간들 제왕전에 무슨 말을 자랑하리."

애고, 애고. 섧게 울 적에 진이 다하여 거의 죽게 되었다.

어사또가 춘향 집에서 나와 그날 밤을 새면서 문 안팎을 염문하기 위해 길청에 가서 몰래 들어보니 이방이 승발(관아의 잡무에 종사하는 이)을 불러 당부하였다.

"여보소. 들으니 수의도(어사또)가 새문 밖 이씨라고 하더니, 아까 삼경에 등롱불 켜

들고 춘향 모친 앞세우고 옥에 갔던
폐의파관(찢어진 옷과 갓)한 손님이
아마도 수상하오. 내일 본관 사또 잔
치에 행색을 구별하여 생탈 없이 십
분 조심하소."
어사가 그 말을 듣고는,
"그놈들! 알기는 아는군!"
하고서는 또 장청에 가서 들어보니
행수, 군관들이 수군댄다.
"여러 군관님네! 아까 감옥의 주변을 바장이는(거리
를 오락가락하며 거니는) 걸인이 아무래도 이상하데.
아마도 그가 분명 어사인 듯하니, 그 사람의 얼굴
의 특징을 적은 기록을 자세히 보소."
어사또가 듣고는,
"그놈들, 모두 귀신 같도다!"
하고 또 물품을 출납하는 현사에 가서 들어보니 호
장 역시 그러하다. 육방의 염문을 다한 후에 춘향
의 집에 돌아왔다.

이튿날 아침 조사(朝仕, 조회) 끝에 근읍(近邑) 수령들이 모여들었다. 운봉영장과 구례, 곡성, 순창, 옥과, 진안, 장수 원님이 차례로 들어온다. 좌편에 행수와 군관, 우편에 청령과 사령, 한가운데 본관사또는 주인이 되어 하인들에게 분부하였다.

"관청색(음식을 맡은 아전)을 불러 다과를 올리라! 육고자(쇠고기를 맡은 관노)를 불러 큰 소를 잡고, 예방을 불러 고인(악기 연주하던 사람)을 대령하고, 승발을 불러 차일을 대령하라! 사령들은 잡인을 금하라!"

이렇듯 요란하게 깃발이며 군물이며 육각풍류는 공중에 흐르고, 홍의홍상의 기생들은 백수나삼을 높이 들어 춤을 추고 지화자 둥덩실 하는 소리에 어사또는 마음이 무겁다.

"여봐라! 사령들아, 너의 원님 전에 여쭈어라! 멀리서 걸인이 왔으니 좋은 잔치에 주효 좀 얻어먹자고 여쭈어라!"

"어느 양반인데? 우리 원님은 걸인들을 쫓으라 하니 그런 말은 하지도 마시오!"

사령이 등을 밀쳐 어사또를 내쫓는다.

운봉이 걸인인 체하는 어사또의 거동을 보고 본관 사또에게 청하였다.

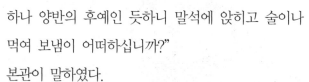

"저 걸인의 의관은 남루하나 양반의 후예인 듯하니 말석에 앉히고 술이나 먹여 보냄이 어떠하십니까?"

본관이 말하였다.

"운봉의 소견대로 하오마는."

하면서도 '마는' 뒷말 소리의 입맛이 사납다. 어사는 속으로 생각하기를,

'오냐! 도적질은 내가 하마. 오라는 네가 받아라!'

그때 운봉이 분부하였다.

"저 양반도 듭시라고 해라!"

어사또가 들어가 앉아 좌우를 살펴보니, 당상의 모든 수령들이 다과상을 앞에 놓고 흥취가 넘치는데

어사또의 상을 보면 통분하지 않을 수 없다. 모서
리 떨어진 개다리소반과 닥나무가지 젓가락에 콩나
물, 깍두기, 막걸리 한 사발이 놓였구나. 상을 받

길로 탁 차 버리고는 운봉의 갈비를 지분거리며 자
꾸 조른다.

"갈비 한 대만 먹읍시다."

"다 잡수시오."

하면서 운봉이 의견을 내었다.

"이러한 잔치에 풍류로만 놀아서는
맛이 적으니 차운(운자를 이어 시를
지음) 한 수씩 하여 보면 어떠하오."

"그 말이 옳소."

하여 운봉이 높을 고(高)자, 기름 고(膏)
자 두 자를 내어 놓자 어사또가 말
하였다.

"걸인이 어려서 추구권(글귀를 뽑아 모은 책)이나 읽
었는데 좋은 잔치에 와서 주효를 포식하고 그냥 가
기가 염치없으니 차운을 한 수 합니다."

운봉이 필연을 내어 주어 어사또가 글을 짓는 것을
살펴보니 민정을 생각하고 본관의 정사를 생각하여
지은 것이다.

금준미주(金樽美酒)는 천인혈(千人血)이요

옥반가효(玉盤佳肴)는 만성고(萬姓膏)라

촉루낙시(燭淚落時)에 민루낙(民淚落)이요

가성고처(歌聲高處)에 원성고(怨聲高)라

금동이의 좋은 술은 만백성의 피요,

옥소반의 맛있는 안주는 만백성의 기름이라.

촛불의 눈물 떨어질 때 백성의 눈물도 떨어지고

노래 소리 높은 곳에 원망 소리도 높았더라.

이렇게 지었으니 본관은 알아보지 못하고 운봉이만
글을 보며 마음속으로,
'아뿔싸! 일이 났다!'

생각하고는 어사또가 하직하
고 간 연후에 공형들을
불러 분부하였다.
"야야, 큰일이 났다!"
공방을 불러 포진 단
속, 병방을 불러 역마
단속, 관청색을 불러 다
담 단속, 옥형방을 불러 죄인
단속, 집사를 불러 형구 단속, 형방을 불러 장부
단속, 사령을 불러 숙직 단속하며 한참을 이렇게
소란하였다.
"여보, 운봉은 어디를 그렇게 다니시오?"
"소피하고 들어오오."
본관은 아무것도 모르고 있다가 술주정을 하며 분
부하였다.
"춘향을 급히 부르라!"

이때 어사또가 군졸들이 쓰는 암호를 보냈다. 서리를 보고 눈짓을 주니 서리와 중방이 역졸을 불러 단속하며 이리 가며 수군 저리 가며 수군수군한다. 서리, 역졸들은 외올망건, 공단쓰개, 새 패랭이 눌러 쓰고 새 짚신에 한삼고의 산뜻하게 입고, 육모방망이 끈을 손목에 걸어 쥐고, 예서 번뜻 제서 번뜻하니 남원읍이 우꾼우꾼한다.

청파역졸들이 달 같은 마패를 햇빛같이 번뜻 들어 크게 외쳤다.

"암행어사 출도야!"

하는 소리에 강산이 무너지고 천지가 뒤집히는 듯하니 초목금수인들 떨지 않으랴!

남문에서,

"출도야!"

북문에서,

"출도야!"

동·서문에서 출도 소리가 맑은 하늘에 진동을 한다.

"공형 들라."
외치는 소리에 육방들이 넋을 잃다가,
"공형이오."
하며 들어오자 등채(채찍)로 휘닥딱 사정없이 내리
친다.
"애고, 나 죽는다!"
"공방, 공방!"
공방이 포진 들고 들어오며 중얼거린다.
"안 하려던 공방을 하라더니 저 불 속에 어찌 들
랴!"
등채로 휘닥딱 치니,
"애고, 박 터졌네!"
좌수 별감은 넋을 잃고, 이방, 호장은 혼이 나가
고, 삼색 나졸(나장, 군뢰, 사령)들은 정신이 하나도
없네!

모든 수령들이 도망하는 꼴을 보니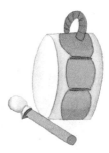
인궤(관청의 도장)를 잃고는 약과를
들고 있고, 병부(군사를 일으키던
표)를 잃고서는 송편을 들고 있고,
탕건 잃고 술통을 쓰고 있고, 갓
잃고 소반 쓰고, 칼집 쥐고 오줌 누고, 부서지느니
거문고요, 깨지느니 북 장구라!

본관 사또가 똥을 싸며 멍석구멍의 새앙쥐 눈 뜨듯
하고는 내아로 들어가서 하는 말이 희한하였다!

"어, 추워라! 문 들어온다, 바람 닫아라! 물 마르
다, 목 들여라!"

관청색은 상 대신 문짝을 이고 내달으니 서리 역졸
들이 달려들어 등채로 후닥딱!

"애고, 나 죽네!"

이 고을은 대감이 좌정하시던 곳이라 어사또가 급
히 명한다.

"소란을 금하고 객사(다른 곳의 관원이 묵는 곳)로
옮겨라!"

하고 좌정한 후에 큰소리로 분부하였다.

"본관을 봉고파직(창고를 봉하고, 관원의 직위 파면)
하라!"
"본관은 봉고파직이오!"

사대문에 방(榜)을 붙이
고 옥 형리를 불러 분
부하였다.

"네 고을의 감옥에 갇
혀 있는 죄인들을 다 올
리라!"

호령하여 죄인들을 올
리자 각각 죄를 물은 후에 죄가 없는 자는 놓아 주
게 하였다. 그리고 한 죄인을 가리켜 물었다.

"저 계집은 무엇인가?"
형리가 어사또께 여쭈었다.

"기생 월매의 딸인데 관정에 포악한 죄로 옥중에
있습니다."

"무슨 죄인가?"
형리가 대답하였다.

"본관 사또 수청으로 불렀더니 수절이 정절이라 수

청을 아니 든다고 관전에게 포악한 춘향이입니다."

어사또가 춘향에게 말하였다.

"너만한 년이 수절한다고 관정에 포악하였으니 살기를 바랄 것이냐? 죽어 마땅하되 내 수청도 거역할까?"

춘향은 아무것도 모르고 기가 막혀 하였다.

"내려오는 관장마다 하나같이 명관이로구나! 수의 사또 들으시오! 층암 절벽 높은 바위가 바람이 분다고 한들 무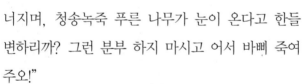너지며, 청송녹죽 푸른 나무가 눈이 온다고 한들 변하리까? 그런 분부 하지 마시고 어서 바삐 죽여 주오!"

하며 향단에게 묻는다.

"향단아! 서방님 어디 계신가 보아라. 어젯밤에 옥문간에 오셨을 때 천만 번 당부하였는데 어디를 가셨는지 나 죽는 줄 모르고 있는가?"

그때 어사또가 분부하였다.

"얼굴을 들어 나를 보라!"

하여 춘향이 고개를 들어 보니, 어젯밤 걸객(乞客)
으로 왔던 낭군이 어사또로 대상에 앉아 있구나!

춘향이 반은 웃고 반은 울면서,

"얼씨구나 좋을씨고! 어사 낭군 좋을씨고! 남원 고
을에 가을이 들면 목숨이 떨어지는 줄 알았는데,

객사에 봄이 들어 이화춘풍(이도령)이 날 살리는구
나. 꿈이냐, 생시냐! 꿈을 깰까 염려로다!"
한참 이렇게 기뻐할 때 춘향 모친이 들어와서 가없
이(끝없이) 즐거워하는 말을 어찌 다 설명하랴. 춘
향의 높은 절개가 광채 있게 되었으니 어찌 아니
좋을 것인가!
어사또가 남원의 공무를 다 살펴본 후에 춘향 모녀

와 향단을 서울로 치행하
는데 위엄이 찬란하여
세상 사람들이 모두 칭
찬하였다.

이때 춘향이 영귀하
게는 되었지만 남원
을 하직하게 되어
일희일비가 아니 될 것인가!

"놀고 자던 부용당아, 너 부디 잘 있거라.

광한루 오작교며 영주각도 잘 있거라.

봄풀은 해마다 푸른데 왕손은 가서 돌아오지 않는
다는 말은 나를 두고 이름이라.

다시 보기 아득하니 만세무량하기를……."

춘향이 고향을 이별하며 하는 말이었다.

어사또는 좌·우도 순읍하여 민정을 살핀 후에 서
울로 올라가 임금께 숙배하니, 삼당상(판서, 참판,
참의)들에게 문부를 사정하게 하신 후 임금께서 크
게 칭찬하시었다. 그리고 즉시 이조참의 대사성을

봉하시고 춘향에게는 정렬부인
을 봉하시어 임금님의 은혜를
사례하고 물러나와 부모 전에
뵈었다.

그리하여 이조판서, 호조판서와
좌 · 우 · 영상까지 다 지내고 나
서 퇴사한 후에, 정렬부인과 더
불어 백년동락하면서 삼남삼녀를 두었는데 하나같
이 총명하여 그 부친을 압도하고 벼슬의 으뜸 품계
를 차지하며 계계승승 길이 전하였다.

낭군 그리워하는 마음이 답답하여 불이 붙네.

한숨이 바람 되어 붙는 불을 더 붙이니 속절없이 나 죽겠네.

홀로 서 있는 국화의 높은 절개는 거룩하고

눈 속의 푸른 소나무는 영원한 절개를 지켰구나.

푸른 솔은 나 같고 노란 국화는 낭군 같다는 생각에

뿌리니 눈물이요, 적시느니 한숨뿐이라.

견우직녀성은 칠석날 상봉할 때에

은하수가 막혔어도 때를 놓친 일이 없었건만

우리 낭군 계신 곳에는 무슨 물이 막혀서 소식조차 못 듣는가.

살아 이렇게 그리워만 하느니 아주 죽어서 잊고지고!

국어과 선생님이 뽑은

한국문학읽기
한국고전읽기
세계문학읽기

앨리스 코너

오그가 올리비아에게 설명하기 시작했다.

"신과 월포드 부인이
사람이 없는 곳에서 아이를 원한다고
말하며 포옹하고 있었지.
그래서 이런 곳에서 아이를 만들지 말라고
한소리 했다."

"네?! 그, 그건······."

그 말을 들은 올리비아의 얼굴이 새빨개졌다.

무척이나 진지한. 놀리려는 감정은 전혀 없는 눈빛.
오그는 그런 눈으로 나를 바라보며
핵심을 찌르는 질문을 던졌다.

"신, 부탁이다. 대답해다오."

오그의 진지한 눈빛에
나는…… 마음을 굳혔다.

**"이전 문명의 기억은 없어.
그 대신……."**

**"……다른 세계에서
살았던 기억이 있어."**

"정말로 오해예요!
거기서 뭘 하려던 게
아니었다고요!"

"하지만 그 분위기는…… **그렇지?**"

"**응.** 당장에라도 뭔가 시작될 것 같았음."

"**정말!** 아니라니까요!"

마리아와 앨리스와 린이 히죽이는 걸 보면
오해라는 걸 이미 알고 있을지도 모른다.
사이가 좋아보여 다행이다.

"시실리 양한테 무슨 일 있나요?
뭔가 필사적으로 오해라고 하는데요."

올리비아 스톤

마리아 폰 메시나

시실리 월포드

"시실리, 미안."

"괜찮아. 마리아는
이런 곳을 싫어하는 걸 아니까.
좀 너무 붙었다 싶기는 했지만."

"으…… 어쩔 수 없었는걸……."

시실리가 지적하자 마리아는 울상이 되어 항의했다.

"저기, 시실리?"

"네?"

"왜 팔을 붙잡고 있는 거야?"

"아내가 남편의 팔을 안으면
안 되나요?"

시실리는 뾰로통하게 뺨을 부풀렸다.

현자의 손자

14

영요영화
의
신세계

영요영화
의
신세계

현자의손자

14

요시오카 츠요시 지음

키쿠치 세이지 일러스트

김덕진 옮김

현자의손자

Contents

14

서장

용이 대량으로 번식했다는, 서방 제국에선 절대로 있을 수 없는 소동과 하오의 국가 전복 계획을 저지한 얼티밋 매지션즈는 밍 가에서 오랜만의 자유 시간을 즐기고 있었다.

그런 상황에서 대부분의 사람이 선택한 행동은 쿠완롱의 수도인 이롱을 관광하는 것이었다.

신 일행이 사는 서방 제국과는 양식이 다른 건물, 마석이 풍부하게 산출되어 발전한 마도구 문화, 독자적인 식문화 등 볼거리가 넘쳐나 매일 외출해도 부족할 정도였다.

그러나 이곳은 말이 통하지 않는 쿠완롱.

통역할 수 있는 사람은 샤오린과 리판 둘밖에 없으니 관광하러 나갈 수 있는 횟수도 한정된 상황이다.

게다가 이롱을 둘러보고 싶은 사람은 얼티밋 매지션즈만이 아니다.

엘스 사절단도 앞으로의 교역을 대비해 이롱의 시장 조사를 희망했다.

그렇다 보니 더욱 순서가 돌아오지 않았다.

그렇게 밍 가에서 시간을 보내고 있을 때, 토니가 어떤 제안을 했다.

바로 이전 문명의 유적을 보고 싶다고 한 것.

그거라면 모두가 갈 수 있고, 무엇보다 가십거리를 좋아하는 토니는 그런 이유가 아니더라도 이전 문명의 유적을 보고 싶어 했다.

그 의견은 만장일치로 받아들여져 얼티밋 매지션즈 전원이 이전 문명의 유적을 관광하게 됐다.

제1장 트레저 헌트? 아니요, 그냥 관광입니다

토니가 유적을 조사하고 싶다고 말한 다음 날, 우리는 곧바로 유적에 갔다.

갈아입을 옷과 식량 등 탐색에 필요한 것은 대부분 이공간 수납에 들어있는 상황.

그러니 이럴 땐 빠르게 움직일 수 있다.

이런 점이 이공간 수납의 장점이라니까.

그리고 빨리 움직인 것에는 이유가 있었다.

지금은 합의 문서를 작성하고 있지만, 그것이 완성되면 샤오린 씨와 리판 씨는 번역 작업에 불려나갈 것이다. 그렇게 되기 전에 가고 싶었다.

쿠완롱의 수도인 이롱의 성벽을 나간 우리는 비행정을 타고 유적으로 갔다.

"그런데 샤오린 씨, 유적이 있는 곳이 사막 지대 맞나요?"

조종사들은 두고 왔기에 내가 조종하기로 했다.

그러니 왔을 때 봤던 유적에 가면 될지 물어보자 샤오린 씨는 고개를 저었다.

"아니요, 이번엔 가까운 곳으로 가죠. 수도에서 그리 멀지 않은 곳에도 유적이 있습니다."

"아, 그렇군요."

"네. 이 숲의 부근이에요."

샤오린 씨는 내게 지도를 보여주며 어떤 지점을 가리켰다.

"진짜 가깝네요."

샤오린 씨가 가리킨 지점은 비행정으로 가면 금방 도착할 곳이었다.

그러나 저번에 들었던 이야기에 따르면 하오가 레일건을 발굴한 곳은 사막 지대의 유적이었을 것이다.

역시 그곳엔 들여보내고 싶지 않은 걸까?

그렇게 생각했지만 샤오린 씨는 예상과는 다른 말을 했다.

"네. 여기라면 관리도 이루어지고, 마물이 모여있지도 않으니까요."

아, 그렇구나.

방치된 유적에는 마물이 둥지를 틀 가능성이 있다.

그런 점에서 수도와 가까운 유적은 충분히 관리되고 있다는 뜻이다.

"관광지이기도 하고 마물은 없을 테니 안심하세요."

샤오린 씨가 미소를 지으며 그렇게 말하자 앨리스가 불만스러운 듯이 말했다.

"에이. 우리라면 마물이 있어도 괜찮은데."

앨리스가 그렇게 말하자 샤오린 씨는 조금 곤란한 표정을 했다.

역시 우리를 아무도 들어가지 않은 유적에 보내고 싶지 않은 걸까?

"그건 알고 있지만, 이번엔 유적을 보고 싶으신 거잖아요? 마물이 모인 유적이라면 느긋하게 둘러볼 시간이 없을 것 같아서……."

"아, 하긴 그것도 그렇겠다."

이번에 이 유적을 고른 것은 샤오린 씨의 배려였던 듯하다.

확실히 마물을 토벌하며 나아가면 천천히 관광할 수 없으니까.

"그러게다. 나도 흥미가 있는 건 이전 문명의 유적이지, 마물이 아니니까. 천천히 돌아볼 수 있는 편이 좋겠어."

처음 이야기를 꺼냈던 토니도 그러는 편이 좋다고 한다.

나는 이전 문명의 마도구를 보고 싶었지만…….

이번엔 샤오린 씨도 동행하니 피하는 편이 좋겠지.

뭐랄까, 샤오린 씨는 올곧으니까.

너무 올곧아서 융통성이 없는 느낌.

내가 이전 문명 마도구에 사용된 것과 같은 문자를 사용하고 있으니 엄청나게 경계하는 것이 느껴진다.

평소엔 그런 경계심을 드러내지 않고 평범하게 대해주지만, 가끔 그런 태도가 드러난다.

레일건을 봤을 때가 그랬다.

일단 그럴 생각은 없다고 이야기했고, 샤오린 씨도 그것을 받아들인 것 같지만 어딘가 마음 한구석에서는 아직 전부 믿어주지는 않는 거겠지.

뭐 그것도 어쩔 수 없으려나.

알게 된 지 아직 몇 개월 정도.

전폭적인 신뢰를 받을 관계가 되기엔 너무 짧은 시간이다.

이런 단기간에 상대를 확실하게 믿는다는 말은 나도 할 수 없다.

그런 말을 하는 건 사기꾼 정도겠지.

그래서 우리와 샤오린 씨의 사이는 표면적인 신뢰 관계로 이루어져 있다.

뭐, 세상 일이 그런 법이지.

일부러 마찰을 일으킬 필요도 없으니 나는 샤오린 씨가 안내한 유적을 향해 비행정을 몰았다.

"잘 피해 가는군."

샤오린 씨가 물러나고 다른 아이들과 이야기를 나누기 시작하자 이번엔 역시 걱정된다며 따라온 오그가 조종석 옆으로 다가왔다.

"아직 완전히 믿을 수는 없겠지. 그렇게 오래 알고 지낸 것도 아니니까."

"그건 그렇지만, 저런 태도를 보이면 역시 마음이 편치 않군."

오그는 불만스러운 듯이 그렇게 말했다.

"뭐야? 네가 그런 말을 하다니. 어쩐 일이래."

내가 놀리듯 그렇게 말하자 오그는 조금 험악한 표정을 했다.

"상황을 고려하면 자세한 내용을 보여주고 싶지 않은 샤오린 씨의 태도는 당연한 거다만…… 그래도 불쾌하군."

"흠."

나는 그렇게 대답하고 조종에 집중했다.

샤오린 씨가 알려준 유적과 가까워졌으니 놓치지 않도록 자세히 봐야 하니까.

그렇게 바깥 풍경에 집중하고 있으니, 함께 있던 토르가 뭔가 중얼거렸다.

"……솔직하지 않으시긴……."

"토르, 뭐라고 했어?"

"네? 아니요."

"응?"

나와 거리가 멀었고 작은 목소리로 말한데다가 조종에 집중하고 있었기에 듣지 못했다.

무슨 말을 했던 걸까.

토르와 율리우스는 히죽이고 있고, 오그는 두 사람을 노려봤다.

아, 토르가 오그를 놀리는 말을 했구나.

사이가 좋아 다행이다.

그것보다 뭔가 보이기 시작했다.

"샤오린 씨, 저건가요?"

내가 샤오린 씨를 부르자 샤오린 씨가 조종석으로 다가와 밖을 확인했다.

"아, 맞아요. 저기예요."

보이기 시작한 것은 구멍이 잔뜩 뚫린 거대한 사각형 돌이 지면 위로 비스듬하게 튀어나온 광경.

그 가까이에 쿠완롱 양식이라 할 수 있는 건물이 세워져 있었다.

"저기가 수도에서 제일 가까운 유적이에요. 그 앞에 있는 건물이 관리사무소이니 그 앞에 착륙해주세요."

샤오린 씨의 말대로 건물 앞에 비행정을 착륙했다.

비행정에서 내려온 우리는 하늘에서 본 사각형 돌을 올려다보았다.

"하늘에서 봤을 때도 크다 싶었는데 가까이에서 보니 굉장하네……."

제일 관심이 많은 토니가 그렇게 중얼거리자 모두가 동의하듯 끄덕였다.

그리고 천천히 관찰하던 오그는 감탄한 얼굴로 다시 돌을 올려다보았다.

"믿기지 않지만…… 확실히 이건…… 인공물이군."

사막 지대에서 봤을 때 확신했지만 실제로 보니 크기에 압도되네.

그렇다, 우리가 본 것은.

쓰러진 고층 빌딩의 일부였다.

이 크기로 볼 때 아마도 상당한 고층 빌딩일 것이다.

30층 이상은 될법하니 100미터는 가볍게 넘을 것이다.

그나저나 이전 문명에 전생의 기억을 지닌 사람이 있었던 것은 확실한 모양인데, 건설업에 종사했던 사람이었던 걸까?

이런 거대한 빌딩을 초보자가 지어봤자 쓰러지기만 할 테니까.

다들 빌딩의 크기에 압도되어 말도 안 나오는 듯했지만, 나는 이걸 지은 사람이 신경쓰여 말이 나오지 않았다.

그러자 뒤에서 샤오린 씨가 말을 걸었다.

"놀라셨나요? 이게 이전 문명의 유적으로 알려진 것이에요. 아마도 건물이었을 거라고 예상하는데 어느 정도의 높이였는지, 어떻게 지었는지는 아직 미지의 영역이라고 해요."

빌딩을 올려보며 그렇게 말하는 샤오린 씨는 어딘가 살짝 자랑스러운 표정이었다.

"안타깝게도 원형을 온전히 유지한 건물은 없지만, 일부만으로도 굉장하죠?"

"정말로…… 이걸 보는 것만으로도 이전 문명이 엄청난 기술을 지녔다는 걸 알 수 있겠어."

토니는 그렇게 말하며 빌딩을 이리저리 둘러보기 시작했다.

다들 그를 따라서 함께 둘러보았다.

"……이건 자연적인 돌을 판 걸까? 아니면……."

"이건 인공물이야."

내가 오그의 말에 대답하자 오그와 샤오린 씨가 나를 보았다.

"……어째서 그렇게 생각하시나요?"

와, 샤오린 씨가 경계심을 드러내잖아.

하오와 용에 관해서는 협력적이었지만, 이전 문명에 관해서는 경계심을 풀지 않네.

하지만 섣불리 얼버무리면 더 경계당할 테니 인공물이라고 판단한 이유를 설명했다.

"아니, 돌 안에 뭔가 들었잖아? 저건 강도를 보강하기 위한 거지? 그런 게 자연계에도 있어?"

내가 그렇게 말하자 샤오린 씨와 리판 씨를 제외한 모두가 다시 건물을 살펴보았다.

"정말이네. 신이 말한 것처럼 돌 안에 뭔가 들어있어."

"샤오린 씨! 만져도 되겠슴까?!"

그것을 확인한 마리아가 이해된다는 듯이 중얼거리고 마크가 샤오린 씨에게 만져도 되는지 물었다.

"네? 네. 괜찮아요."

"감사함다!"

허가를 받은 마크는 빌딩을 향해 달려갔다.

"아~! 혼자만 가다니! 너무해~!"

그것을 본 유리도 뒤를 따랐다.

이렇게 되면 자연스럽게 모두가 빌딩 옆까지 가게 된다.

"오…… 이건 철임다."

부서져 드러난 철골.

그야 그렇겠지.

고층 빌딩을 지을 때 철골이 없으면 위험하니까.

"아, 그렇구나~. 이 형태로 가공해서 강도를 높인 거구나~."

철골은 그저 곧기만 한 철봉이 아니라 단면이 H 모양을
하고 있다.

그렇게 하는 것으로 강도를 더욱 높이는 것이다.

"아! 어쩐지 실 조각이 튀어나온 건가 싶었는데 이것도 철
이었어!"

앨리스가 철골보다 가는 철을 발견했다.

철근이군.

"이걸로 더욱 강도를 높인 건가…… 이렇게까지 해서 강도
를 올려야 했다니, 얼마나 거대한 건물이었을지……."

오그가 철골과 철근으로 보강된 빌딩을 보며 중얼거렸다.

"우리나라의 왕성도 견고하게 만들어졌다고 생각했다만,
이건 그 이상이로군."

"그렇다면 왕성에도 같은 기술을 사용하면 더 크게 만들
수 있다는 말씀인가요?"

시실리가 그렇게 묻자 마크와 유리는 고개를 저었다.

"우리나라에도 같은 재료가 있기는 한데~."

"이건 강도 자체가 다르다."

"어떻게 하면 이렇게 단단하게 만들 수 있을까~?"

유리는 그렇게 말하며 빌딩의 외벽을 탕탕 두드렸다.

이쪽 세계에도 콘크리트가 있어서 일반 가정부터 왕성까지 폭넓게 사용된다.

그러나 이 빌딩에 사용된 콘크리트는 그것과 비교할 수 없을 정도의 강도를 지녔다.

다시 말해 이것과 같은 철골과 철근을 사용해도 같은 강도를 얻을 수 없다는 뜻이다.

"하지만 이 공법은 훌륭하군. 이것을 받아들이면 이 건물만큼은 아니더라도 지금보다 큰 건축물을 만들 수 있을 테고, 강도도 늘어날 거다."

"그러네요. 이제 더 단단한 재료를 개발할 수만 있으면 이것에 필적하는 건물도 지을 수 있을 겁니다."

"여기에 완성형이 있으니 만들 수 있겠지~."

앞으로 나라를 다스리게 될 왕태자와 우리의 기술자 두 사람이 열심히 대화를 나눈다.

오그는 도시를 튼튼히 만들 수 있는 가능성을 발견해 기대를 품었고, 마크와 유리는 단순히 새로운 기술에 흥분한 듯하다.

하지만…….

"저…… 이만 가볼까요? 아직 유적 입구조차 들어가지 않았으니까요……."

샤오린 씨의 조심스러운 말에 정신을 차린 세 사람.

그렇다.

여긴 아직 입구다.

"알겠슴! 입구에 들어가기 전부터 이렇다니, 안에 들어가면 더 굉장한 기술이 있을 검다!"

마크는 그렇게 말하며 제일 먼저 유적 입구를 통해 안으로 들어갔다.

"치사해~! 나도 갈래~!"

"잠깐, 두고 가지 마!"

달려가는 마크를 쫓아 유리와 올리비아도 유적으로 들어갔다.

"오고 싶다고 말한 건 나였는데 말이지."

자신보다 흥분한 마크와 유리를 본 토니가 쓴웃음을 지었다.

토니는 단순한 호기심으로 유적을 보고 싶었을 뿐이었으니까.

다만 이전 문명의 엄청난 기술을 본 기술자는 당해낼 수 없다는 거겠지.

"뭐, 우리는 천천히 관광하자. 기술적인 부분은 저 두 사람에게 맡기자고."

내가 그렇게 말하자 다들 이상한 눈으로 쳐다봤다.

뭐지?

"아니…… 이런 건 네가 제일 흥분할 줄 알았는데."

"의외로 냉정하네요."

앨리스와 시실리가 그런 말을 했다.

어? 내가 저렇게 될 거라고 생각했던 거야?

그렇게 생각하고 주변을 둘러보니 다들 고개를 끄덕인다.

정말로?

모두의 심각한 평가에 충격을 받으니 앨리스와 린이 어마어마한 말을 던졌다.

"어라? 혹시 신 군은 이미 알고 있는 거야?"

"역시 월포드 군에게는 이전 문명 시대의 기억을 지닌 의혹이 있음."

"뭐?!"

지금 여기서 그 이야기를 꺼내는 거야?!

난 잘 넘어간 주제라고 생각했는데.

그렇게 생각하고 샤오린 씨를 보니…….

그녀는 확연한 의혹의 눈초리로 나를 보고 있었다.

으아, 전혀 잘 넘어갔던 게 아니었구나.

"그, 그런 농담은 넘어가고 우리도 이만 들어가자. 조사원을 빼놓고 셋이서 먼저 들어갔으니까."

"아! 그, 그랬네요! 『바로 들어가죠!』"

마지막 말은 조사원에게 한 말이겠지.

샤오린 씨와 함께 서둘러 유적 안으로 들어갔다.

성실한 반장 같은 기질이라고나 할까, 샤오린 씨는 이런 규율 위반을 허용하지 않는 성격이다.

그 성격을 잘 이용했다.

일단 샤오린 씨의 의혹에서 벗어나 안도하고 있으니 오그가 곁으로 다가왔다.

"자, 솔직히 말해봐."

주위에 들리지 않을 정도의 작은 목소리로 그렇게 말했다.

"소, 솔직히?"

안도하고 있던 참에 허를 찔려서인지 나도 모르게 혀가 꼬였다.

이런.

이상한 의혹을 심어줬는지도 모른다.

그렇게 생각해서 식은땀을 흘리니 오그가 웃었다.

"뭐, 됐다. 그보다 우리도 들어가자."

"으, 응. 그래."

다행이야……

추궁하지 않는 모양이다.

그렇게 생각하고 숨을 내쉰 뒤 나도 유적 안으로 들어갔다.

유적 안이라지만 유적은 땅에 파묻힌 상태.

그 땅을 파서 통로로 만들었을 뿐 유적이 된 거리가 땅 밑에 만들어진 것이 아니다.

곳곳이 보강된 통로를 걸었다.

통로에는 마석을 사용한 것으로 보이는 조명이 설치되어 있기에 밝기가 충분했다.

통로는 몇 개의 분기로 나뉘어 있었지만, 화살표가 그려진 간판이 설치되어서 헤맬 일이 없었다.

관광지가 됐다고 했으니 관광객이 길을 헤매지 않도록 배려한 거겠지.

정돈되지 않은 통로는 뭘까?

발굴할 때 팠던 통로일까?

그런 생각을 하며 걷고 있으니 곁에 있던 시실리가 속삭였다.

"상당히 긴 통로네요."

통로는 줄곧 내리막길이었으니 계속해서 지하로 내려가고 있는데, 쉽게 목적지에 도착하지 않았다.

꽤나 깊게 들어왔으니 불안해졌을 것이다.

내 왼팔을 꼭 붙들어 밀착한 채 걸었다.

평소라면 시실리를 달래며 연인처럼 걸었겠지만, 지금은 그럴 수 없었다.

그 이유는.

"바, 방금 건물은 이 지하에서 튀어나온 거지? 대체 얼마나 큰 거야…… 어디까지 이어진 거지……?"

마리아가 함께 있었기 때문이다.

그것도 시실리와 마찬가지로 내 오른팔을 붙들고 밀착하

면서…….

"마리아, 너무 붙는 거 아니야?"

왼쪽에서 들리는 시실리의 목소리가 차가웠다.

……왼팔도 서늘하네…….

"지, 지금은 좀 봐줘! 날 이런 곳에서 혼자 둘 생각이야?!"

"아니, 그럴 리가 없잖아."

"그랬다간 평생 용서하지 않을 거야!"

"정말…… 어쩔 수 없네. 통로가 끝날 때까지 만이야?"

"아, 알았어."

마리아의 필사적인 모습에 시실리가 양보했다.

이 통로, 조명이 설치됐다지만 역시 어둡긴 하니까.

거기에 좁기까지.

유령이나 귀신을 싫어하는 마리아에게 이런 통로를 혼자 걷는 일이란 고문이나 마찬가지일 것이다.

마리아도 처음엔 적당한 거리를 유지했지만, 계속해서 걸으면서 점차 가까워지더니 결국엔 내 팔을 붙잡고 말았다.

시실리는 그것에 대항해 다른 팔을 붙잡은 형태.

평소의 시실리였다면 억지로라도 나와 마리아를 떨어뜨리려 했겠지만 마리아는 시실리의 친한 친구.

어렸을 때부터 줄곧 함께였으니 마리아가 이런 분위기를 무척 싫어한다는 것도 안다.

일단 뭔가를 붙들고 싶은 것일 뿐일 테니 너그러이 넘어가

주는 것 같다.

그렇게 한동안 걸으니 길이 갈라진 곳에서 이야기를 나누는 앨리스와 린, 그리고 토니와 합류하게 됐다.

"뭐해?"

내가 말을 걸자 우리를 발견했는지 이쪽을 보았다.

그리고 깜짝 놀란 얼굴로 말했다.

"신 군, 마리아를 애인으로 삼은 거야?"

"안 삼았어!"

"누가 될 줄 알고!"

"하하……."

황당한 오해를 한 앨리스에게 나와 마리아가 동시에 부정했다.

사정을 아는 시실리는 쓴웃음을 떠올렸다.

"아, 그렇구나. 여기 어두우니까."

"그, 그것보다 너흰 여기서 뭐 하는 거야?!"

앨리스도 상황을 파악했는지 이해해주었다.

마리아는 그것을 들킨 것이 부끄러웠는지 큰소리로 화제를 전환했다.

내 오른팔을 붙든 채.

……다른 애들과 만났는데도 팔을 놓지 않는구나.

"그게 말이지, 앨리스하고 린이 이쪽으로 가면 뭐가 있을지 궁금해서."

토니의 그 말에 상황을 파악했다.

"……길에서 벗어나려는 앨리스와 린을 토니가 말린 거구나."

"응.

토니가 어쩔 수 없다는 듯이 어깨를 으쓱이며 긍정했다.

정말이지 이 두 사람도 여전하네.

"하지만! 신 군도 신경 쓰이지?"

"흥미를 억누를 수 없음."

"그런 건 샤오린 씨나 조사원의 허가를 받지 않으면 안 되잖아. 어쩌면 중요한 것이 있을지도 모르니까."

""그러니까 더 보고 싶은 거지!""

"안 돼! 일단은 정해진 길을 따라 가자."

""흥.""

앨리스와 린이 토라진 얼굴을 하지만 이곳은 다른 나라의 유적.

멋대로 행동했다가는 국제 문제가 벌어질 수도 있다.

그리고 반장 기질인 샤오린 씨가 허락하지 않겠지.

"자, 가자."

좀처럼 표정을 풀지 않는 앨리스와 린에게 말을 걸고서 우리는 정해진 길을 따라 통로를 걷기 시작했다.

……그랬는데.

"마리아, 아직 무서워?"

"응?"

다른 아이들과 합류해 여섯 명이 되어 꽤나 밝은 분위기가 됐는데도 마리아는 오른팔을 놓지 않았다.

"아! 미, 미안!"

마리아는 자신이 내 오른팔을 붙들고 있다는 사실을 모르고 있었는지 내 말에 깜짝 놀라 다급히 내게서 떨어졌다.

"이제 괜찮아. 고마워, 신."

"아니, 신경 쓰지 마."

"시실리, 미안."

"괜찮아. 마리아는 이런 곳을 싫어하는 걸 아니까. 좀 너무 붙었다 싶기는 했지만."

"으…… 어쩔 수 없었는걸……."

시실리가 따끔히 지적하자 마리아는 울상이 되어 항의했다.

그러나 사람이 늘어 마리아의 불안도 상당히 해소됐는지 내게서 떨어져서도 평범하게 대화할 수 있게 됐다.

그렇게 여섯이서 행동을 시작했는데…….

"저기, 시실리?"

"네?"

"왜 아직도 팔을 붙들고 있는 거야?"

마리아는 떨어졌는데 시실리는 아직 붙들고 있었다.

어라?

마리아에게 대항했던 거니 이제 그만 놓아도 괜찮은 것 아닌가?

그렇게 생각하고 물었는데, 시실리는 뽀로통하게 뺨을 부풀렸다.

"아내가 남편의 팔을 안으면 안 되나요?"

"문제 없습니다."

응, 전혀 문제없다.

나는 왼팔에 시실리를 단 채로 걸음을 걸었다.

"제길…… 이런 곳에서까지 찰싹 붙다니…… 하지만 계기를 만든 건 나였으니…… 큭."

내게서 떨어진 마리아가 원통한 표정을 했다.

먼저 붙잡았던 건 마리아였으니까.

나와 시실리가 밀착하고 있어도 불만을 늘어놓지 못하는 건가.

선두를 앨리스와 린이, 그 뒤를 토니와 마리아, 제일 뒤에 우리가 걷는 대열로 통로를 나아갔다.

몇몇 갈림길을 더 지나고 나니 통로의 끝이 보였다.

"아! 이제야 끝났다!"

"길었음."

긴 통로의 끝이 보이자 앨리스와 린이 달려갔다.

"자, 잠깐! 나도 갈래!"

빨리 이 좁고 어두운 통로에서 벗어나고 싶었던 마리아도 그 뒤를 따랐다.

"유적에 도착한 모양이야. 기대되네."

달려가는 앨리스, 린, 마리아를 보며 토니가 중얼거렸다.

"뭐야, 토니도 달려갈 줄 알았는데."

"뭐, 서두르지 않아도 유적이 사라지는 건 아니니까 천천히 관찰하면서 가려고."

토니는 빨리 보고 싶다기보다 찬찬히 관찰하고 싶은 모양이다.

"그나저나 토니가 이런 고대 유적을 좋아할 줄은 정말 몰랐네."

"그러게요. 토니 씨는 새로운 물건이라든가 화려한 물건을 좋아할 줄 알았어요."

"나도 그렇게 생각했어."

마리아와 시실리, 내가 그렇게 말했다.

토니의 여성 문제는 리리아 씨와 사귀는 것으로 마무리됐지만 가벼운 이미지는 그대로 남았다.

실제로 몸에 걸친 액세서리와 옷도 왕도에서 유행하는 것이니까.

그렇기에 수상한 음모론을 좋아할 줄은 전혀 몰랐다.

"하하, 내 방에 온 리리아도 같은 말을 했었지. 내 방에는 도시 전설을 다루는 잡지가 잔뜩 있거든."

"그러고 보니 그런 걸 읽는다고 했었지."

"정말로 의외예요."

"그래? 뭐, 진짜로 믿는 건 아니야. 황당한 추측을 읽는

게 재밌거든."

"그건 뭐, 알 것 같아."

"그러고 보니 신 군도 가끔 읽었죠? 그런 잡지를."

"정말?"

시실리의 가벼운 한 마디에 토니가 곧바로 반응했다.

"뭐야, 그랬으면 말해주지 그랬어!"

같은 취미를 지닌 사람을 발견했다고 생각했는지 토니가 무척이나 기쁜 얼굴로 내게 다가왔다.

아, 이거 성가신 일로 번지겠는걸……

"이번 특집은 어땠어? 내가 볼 땐……."

"저, 저기, 토니 씨."

"응? 왜, 시실리 양?"

"이제 도착했는데요……."

"어? 아! 정말이네!"

토니와 이야기를 나누는 동안 통로가 끝난 듯하다.

그 사실을 깨달은 시실리가 토니에게 말을 걸자, 토니는 내게 말을 걸던 것을 멈추고 유적 안으로 들어갔다.

"하아…… 고마워, 시실리."

저렇게 취미에 푹 빠진 이야기를 일방적으로 듣게 되면 무척이나 피곤해지니 시실리가 토니의 주의를 돌려준 것이 고마웠다.

그렇게 생각하고 시실리에게 고맙다고 말하자 시실리는

쓴웃음을 지었다.

"토니 씨의 저런 모습은 처음 봤어요."

"그러게. 그럼 우리도 이전 문명의 유적이라는 걸 구경해볼까?"

"네."

그렇게 말하며 우리는 통로에서 나왔다.

그리고 그곳에 펼쳐진 광경에 말문이 막혔다.

"괴, 굉장해……."

시실리는 절로 그런 소리가 나온 듯했다.

반면 나는 아무런 말도 하지 않았다.

그 이유는 우리가 본 유적이…….

전생에서 본 풍경과 너무나도 똑같았기 때문이다.

멸망한 문명

제2장

　　나는 말문이 막힌 채 이전 문명의 유적이라는 광경을 바라보았다.

　　여기저기에 쓰러진 빌딩.

　　단단하게 굳혀진 지면.

　　이건, 아스팔트다.

　　고층 빌딩뿐만이 아니라 5~10층 정도의 건물도 있었다.

　　그런 빌딩이 쓰러지거나 무너진 것도 있었지만 아직 멀쩡한 것도 있었다.

　　그리고 여기저기에 존재하는 자동차.

　　그렇다, 자동차다.

　　철판 외관에 바퀴가 달려 스스로 달리는, 만들려다가 브레이크를 만들 수 없어 포기했던 그것이다.

　　그것이 여기저기에 놓여 있었다.

　　나는 멍하니 주위를 둘러보았다.

　　고층 빌딩이 있었던 걸 보면 이 주변은 회사가 많았던 곳일까.

　　가정집처럼 보이는 것이 없었다.

우리 이외의 인기척이 느껴지지 않는 붕괴된 거리.

그 광경을 본 나는 마치 영화 속 전생의 멸망한 세계를 보고 있는 것만 같았다.

아니, 실제로 이곳은 멸망한 세계다.

그렇게 생각한 나는 어쩔 줄 모르게 됐다.

"……군. 신 군!"

"응?"

전생과 너무나도 닮았지만 황폐한 풍경에 넋이 나간 나는 시실리가 부르는 것도 모르고 있었다.

"아, 미안, 시실리. 잠깐 멍하니 있었어."

"그래요……? 저기, 괜찮아요?"

시실리의 목소리를 무시한 것을 사과하자 걱정스러운 표정을 한다.

"괜찮아. 무슨 일이야?"

내가 그렇게 묻자 시실리는 걱정스러운 표정인 채로 말했다.

"뭐랄까…… 괴로워 보여서요."

"어……?"

그 직후 조금 떨어진 곳에서 목소리가 들렸다.

"굉장해! 여기 뭐야?!"

"마치 다른 세계."

"정말로."

순수하게 감탄한 앨리스.

마치 다른 세계에 온 것만 같다고 말하는 린과 그에 동의하는 토니.

다들 본 적 없는 광경에 흥분을 감추지 못했다.

땅속을 파낸 듯한 공간에는 본 적 없는 거대한 건축물이 수없이 있다.

그 대부분이 무너졌다지만 지금 보이는 광경은 이쪽 세계에서 본 적 없는 것들이었다.

그야 이쪽 세계만 아는 사람들이라면 놀라겠지.

그 사이에서 괴로운 표정을 하고 있으니 시실리도 걱정이 되겠지.

"미안, 아무것도 아니야. 그나저나…… 여긴 지하 도시인가?"

우리가 있는 곳은 깊은 지하.

이 도시는 지하에 만든 것일까?

"아니에요."

내가 지하 도시가 아닐까 생각하니 샤오린 씨가 그 생각을 부정했다.

"이 유적은 대부분이 땅속 깊은 곳에 묻혀있었어요. 그래서 한번에 전부 파내는 것은 무리라고 판단해 조금씩 발굴하며 파고 들어갔던 거죠."

샤오린 씨는 그렇게 말하며 벽을 가리켰다.

거기엔 금속 망으로 막아둔 구멍이 몇 군데 보였다.

"저기가 제일 처음 연결된 구멍이에요. 저기서부터 서서히 파고 내려온 뒤 다른 통로를 파서 통로를 연결한 거예요. 여기에 오는 도중에 갈림길이 있었죠?"

"아, 그렇구나. 그렇다면 정규 루트 이외의 통로는 저기로 연결된 거군요."

"맞아요. 아, 천장은 마법으로 굳혔으니 무너질 걱정은 없어요."

그렇구나.

이 유적은 오랜 세월 동안 땅속으로 완전히 묻힌 건가.

대체 이전 문명은 얼마나 옛날에 있었던 문명일까.

그 생각을 하니 웅장한 역사에 로망을 느끼면서도 문득 다른 생각이 들었다.

이 거리를 보면 이전 문명은 상당히 발전했다는 사실을 알 수 있다.

그런데 어째서 멸망했을까?

이 도시가 땅속에 완전히 묻힐 정도의 세월이 흐를 동안 발견되지 않았다는 것은 인류가 상당히 긴 세월간 고대 문명을 부활시킬 수 없었다는 뜻이다.

어쩌면 인류는 전멸 직전까지 내몰렸던 건지도 모른다.

어째서 그런 일이 벌어졌을까?

그렇게 생각하며 다시 거리를 둘러보았다.

그러자 빌딩의 일부가 부자연스럽게 파진 곳이 보였다.

그것을 보고서 확신했다.

과거에 전쟁이 있었을 것이라고.

지금껏 이전 문명의 멸망 원인이 전쟁이었을 것이라고 추측했을 뿐이었지만, 지금은 그것을 확신하게 됐다.

그리고 파괴된 정도로 볼 때 아마도 그걸 만들었을 것이라는 생각이 들었다.

대량 파괴 병기.

세상에는 억지력이라는 것이 있다.

난폭하게 표현하자면 「이쪽엔 이렇게 강력한 무기가 있으니까 공격하지 마」라는 것이다.

이전 문명에 전생했던 사람은 그렇게 생각하고 만들었겠지.

하지만 운용하는 것은 이쪽 세계의 사람이다.

강력한 무기를 사용하고 싶은 욕구를 이겨내지 못하고 사용하고 말았겠지.

그 결과가 이것이다.

이런 광경을 보니 샤오린 씨가 우려했던 지나치게 강력한 마도구를 절대로 만들어선 안 되겠다는 생각이 들었다.

그런 생각을 하고 있을 때, 시실리가 조용히 나를 바라보고 있다는 사실을 깨달았다.

"응? 왜?"

"아니요, 뭔가 생각에 잠겨있기에 무슨 생각을 하나 싶어서요."

"이렇게 굉장한 도시를 만든 문명이 어째서 멸망한 건지 생각했어."

내가 시실리의 질문에 대답하자 이번엔 샤오린 씨가 내 의문에 답했다.

"전쟁이 일어났기 때문일 겁니다."

쿠완룽에서도 같은 판단을 하는 듯하다.

하긴, 일부분이 파인 빌딩을 보면 그런 생각을 하는 것도 당연하지.

"그건 그렇고 어떻게 이 도시를 파괴했을까 싶어서요."

내가 그렇게 말하자 샤오린 씨가 조용히 이야기했다.

"이롱에서 남쪽으로 며칠 정도 떨어진 곳에 커다란 호수가 있어요."

"샤오린 씨?"

호수?

갑자기 왜 그런 이야기를?

"그 호수가 말이죠, 맞은편이 보이지 않을 정도로 커요."

"네……."

정말 무슨 이야기를…… 아니, 그런 거구나.

"그리고 그 호수의 지도를 만들기 위해 측량했더니……."

샤오린 씨는 잠시 틈을 두고 이렇게 말했다.

"거의 완벽한 원형이었다고 해요."

"네?!"

"……."

시실리는 놀랐지만, 나는 예상했던 범주였기에 그다지 놀라지 않았다.

"그렇다면…… 그 호수가 인공적으로 만들어졌다는 뜻인가요?"

시실리는 경악한 나머지 목소리가 커졌다.

시실 리가 이렇게 당황하는 일은 별로 없는데, 많이 놀랐나 보다.

"아마도 이전 문명의 전쟁에서 믿을 수 없는 위력을 지닌 마법이나 무기가 사용된 것 같아요. 우리 쪽 학자의 말에 따르면 그때 만들어진 구덩이에 물이 고여 호수가 됐을 거래요."

게다가 완벽한 원형이라면…….

"하늘에서인가……."

내가 그렇게 말하자 샤오린 씨의 눈이 커졌다.

"네. 그 학자도 그렇게 말했어요."

세계의 발전 정도로 볼 때 비행기가 있어도 전혀 이상하지 않다.

하늘에서 대규모 마법이나 대량 파괴 병기가 줄줄이 떨어지는 전쟁…….

지옥이네.

그리고 형태로 남은 것은 그 호수뿐일지도 모르지만 지형을 자세히 조사하면 움푹 들어간 토지도 제법 있지 않을까?

물어보진 않을 거지만.

"······잘 아시네요, 신 님."

아, 또 의심의 눈초리로 바라본다.

그럼 이쪽 세계에서도 통하는 변명을 해야지.

"샤오린 씨가 말했잖아요."

"네?"

"호수가 완벽한 원형이라고."

"그게 왜요?"

"지상에서 대규모 마법을 쓰면 원이 아니라 선, 혹은 부채 꼴 흔적이 생기거든요."

내 말에 시실리가 알겠다는 듯이 끄덕였다.

"아, 그거군요."

"그거요?"

"전에 신 군이 우리가 사용하는 마법 훈련장에서 굉장한 마법을 사용한 적이 있어요. 그때 지평선으로 뻗은 선이 생겼거든요."

시실리가 그렇게 말하자 샤오린 씨가 「무슨 짓을 한 건가요?」라고 말하는 시선으로 나를 바라보았다.

"뭐, 그건 그렇다 치고 지상에서 마법을 사용하면 그렇게 될거고, 그런 위력을 지닌 무기를 지상에서 사용하면 사용한 쪽도 휘말릴 수밖에 없어요. 그러니 하늘에서 사용할 수밖에 없는 거죠."

내 추측을 들은 샤오린 씨는 숨을 내쉬었다.

"굉장하시네요. 우리 쪽 학자들이 몇 년 동안 의논한 끝에 나온 결론에 바로 도달하시다니……."

샤오린 씨는 놀라지 않았다.

오히려 더욱 의심이 깊어진 눈초리였다.

어라?

실수였나?

샤오린 씨에게 한 말이 실수였는지 당황하고 있으니 샤오린 씨가 진지한 얼굴로 말했다.

"이 이야기를 들으면 사막 야영지에서 제가 신 님을 경계한 이유를 아시겠죠?"

"그야 뭐……."

우리 쪽 서방 세계에서는 그런 과거의 흔적이 보이지 않는다.

그러나 샤오린 씨를 포함한 쿠완롱 사람들은 다르다.

실제로 아득히 먼 옛날에 있었던 세계를 멸망시킨 전쟁의 흔적을 알고 있다.

거기서 나오는 마도구에 사용된 것과 비슷한 문자를 사용하는 나를 경계하는 것도 무리가 아니겠지.

"전에도 말했지만 나는 이런 광경을 만들 생각은 없어요."

내가 그렇게 말하자 샤오린 씨는 복잡한 표정을 했다.

"……그 말을 믿으라는 건가요?"

"그런 말밖에는 할 수 없어요."

그 말에 샤오린 씨는 입을 다물었다.

아마 지금 샤오린 씨는 속으로 크게 갈등할 것이다.

샤오린 씨의 걱정을 없앨 수 있는 제일 좋은 방법이 있다.

그러나 그것을 실행하는 것은 망설여진다.

그 방법은…….

"아니면…… 지금 여기서 저를 죽이실 건가요?"

"……!"

"신 군?!"

내 말에 샤오린 씨는 놀란 표정으로 나를 보았다.

……어떻게 속마음을 알았냐는 표정이네.

시실리는 내가 갑자기 그런 말을 꺼내자 놀라고 있다.

"저는 이런 광경을 만들 수 있는 힘이 있어요. 아무리 제가 그 힘을 사용할 생각이 없다고 말해도 그 말을 믿어줄 정도로 우리는 오래 알고 지낸 사이가 아니잖아요. 그렇다면 차라리…… 그렇게 생각하지 않겠어요?"

내가 그렇게 말하자 샤오린 씨는 입술을 깨문 채 고개를 숙였다.

"그건…… 그럴 수는 없습니다……."

"어째서요?"

내가 그렇게 말하자 샤오린 씨는 고개를 들었다.

그 얼굴은 당장에라도 울음을 터뜨릴 것 같았다.

"당신은…… 신 님은 우리를 구해주셨으니까요……. 언니의 병을 고쳐주시고 우리의 적인 하오를 실각시켜 상회를 구해주신······ 은인이십니다."

울 것 같으면서도 띄엄띄엄 말하는 샤오린 씨.

······아니, 이미 눈물이 흐르고 있다.

"그런 은인을! 해칠 수는 없습니다! 하지만! 하지만······ 도저히 불안을 떨칠 수 없어요······."

샤오린 씨는 그렇게 말하며 두 손으로 얼굴을 감싼 채 울기 시작했다.

"제가 어떻게 해야 하죠?! 은인이신 신 님을 의심하고 싶지 않아요! 하지만······ 자꾸 그런 생각이 들어요!"

"샤오린 씨······."

지금까지 상당히 고민했겠지.

시실리가 힘겹게 속내를 털어놓은 샤오린 씨를 배려하듯 바라보았다.

"정말로······ 요즘 머릿속이 혼란스러워요. 어떻게 해야 좋을지 모르겠어요."

샤오린 씨는 얼굴을 가렸던 두 손을 내렸다. 그 얼굴은 방금 전과는 전혀 달라서 순식간에 나이가 든 것처럼 보였다.

어떻게 해야 좋을지 모르겠다고.

그건 나도 모른다.

그렇다고 내가 죽어줄 수도 없다.

나는 이제 혼자가 아니다.

시실리가 있고, 실버가 있다.

내가 사라지면 분명 슬퍼할 것이다.

가장 사랑하는 사람을 슬프게 할 수는 없다.

아무도 해답을 찾지 못한 채, 우리 세 사람의 침묵이 이어졌다.

"그럼 샤오린 씨가 알스하이드로 오면 되겠군."

"으엇! 깜짝이야!"

내 뒤에서 갑자기 오그의 목소리가 들려 정말로 깜짝 놀랐다.

돌아보니 오그 외에도 토르와 율리우스도 함께였다.

"신을 믿을 수 없다고 했지? 그럼 알스하이드로 와서 신을 감시하면 된다."

"……전하께선 제가 신 님을 감시해도 괜찮다는 말씀이신가요?"

샤오린 씨는 의아하다는 눈으로 오그를 보았다.

마찬가지로 나도 시선을 돌리니 오그는 황당하다는 표정을 했다.

"뭐야, 벌써 잊었어? 이번 일이 끝나고 나라로 돌아가면 각국에서 사무원이라는 명목의 감시자가 오잖아."

진짜로 잊고 있었다.

그런 나를 보며 오그는 깊은 한숨을 쉬었다.

"하아…… 정말이지, 넌……. 뭐, 그렇게 됐다. 앞으로 우리는 조직으로 활동할 예정이다만, 우리의 힘이 일반적이지 않다는 것은 자각하고 있다. 그 일로 샤오린 씨와 같은 걱정을 하는 자도 있지."

"그 불안을 해소하기 위해 각국에서 감시할 사람을 파견하기로 했습니다."

"이건 전하께서 직접 제안하신 일이외다."

오그의 말을 토르와 율리우스가 이었다.

"그러니 가능하면 쿠완롱에서도 인원을 파견했으면 좋겠군. 비행정을 비롯한 대량 발생한 용 토벌, 그리고 마인이 된 하오를 물리친 모습을 이쪽 나라에서도 잔뜩 봤으니 말이다. 우리를 위험하다고 생각하는 자도 나오겠지."

오그는 그렇게 말하며 샤오린 씨를 똑바로 응시했다.

"그 감시원으로 샤오린 씨가 와준다면 걱정거리가 사라질 거다."

"하, 하지만 감시원은 나라가 정하는 일이라……."

"지금부터 우리나라의 말을 배워서 말인가? 그게 대체 언제가 될지 모르지. 그렇다면 이미 통역 없이 대화할 수 있고, 우리와도 면식이 있는 샤오린 씨가 적임이라고 생각한다만?"

그러고 보니 샤오린 씨 이외에 적임자가 없을 것 같네.

오그의 말에 한동안 생각에 잠긴 샤오린 씨는 오그를 보며 말했다.

"그럼 그 감시원 일은 제가 나라에 제안해 입후보하겠습니다."

샤오린 씨의 말을 들은 오그는 훗 하고 웃었다.

"그래, 그래줬으면 좋겠군."

"그럼 이 관광이 끝나면 유황전으로 가겠습니다. 전하, 감사합니다."

샤오린 씨는 그렇게 말하며 깊숙이 고개를 숙이며 우리에게서 떨어져 리판 씨와 이야기를 나누기 시작했다.

아무래도 샤오린 씨의 고민은 해결할 수는 없어도 타협할 수는 있었던 모양이다.

"좋은 타이밍이었어. 솔직히 어떻게 하나 싶었거든."

"어쩌다 근처를 지나갔을 뿐이다. 그리고 앞으로 쿠완롱과 국교를 맺게 될 거다. 다른 나라에서 감시원을 파견했다는 이야기를 들으면 불만도 나올 테지."

"그것도 그러네."

일석이조라는 건가.

쿠완롱에서 감시원을 파견할 테고, 나와 가까이 있으면 샤오린 씨의 불안도 해소될 날이 올 것이다.

역시 오그는 굉장하네.

"그럼 우리는 이만 가지. 이 거리는 앞으로 도시를 세울 때 참고가 되겠어."

오그는 그렇게 말하며 떠났다.

"그래. 고맙다."

그런 오그의 뒷모습을 향해 그렇게 말하자 한쪽 손을 들어 대답하며 그대로 떠났다.

"저 녀석, 왜 저렇게 폼을 잡지?"

"후후, 분명 부끄러운 걸 거예요."

"그런가?"

"그럼요."

뭐, 아무렴 어때.

"그럼 우리도 유적을 둘러볼까?"

"네!"

샤오린 씨가 리판 시에게 가버렸으니 나와 시실리 둘이서 유적을 둘러보게 됐다.

일단 그거지.

자동차부터!

◆

"우연히 지나가던 길……이라고 하셨습니까?"

신 일행과 헤어지자 토르가 쿡쿡 웃으며 그렇게 말했다.

그런 토르를 아우구스트가 노려보았다.

"뭐냐? 무슨 말이 하고 싶은 거지?"

"전하께서도 참 솔직하지 않으시옵니다."

토르에게 한 말을 율리우스가 답했다.

두 사람 모두 같은 생각인 듯하다.

"샤오린 님이 신 님과 합류했다고 보고하자마자 바로 움직이셨으면서."

토르와 율리우스는 아우구스트의 명령으로 샤오린을 감시했다.

그리고 토르에게서 무선 통신기를 통해 샤오린이 신과 합류했다는 연락을 받은 아우구스트는 곧바로 신 일행이 있는 곳으로 갔다.

그리고 세 사람이 합류하자 건물 뒤에서 신과 샤오린의 대화를 듣고 있었다.

샤오린이 신에게 무슨 짓을 하지 않도록 하기 위한 배려였지만, 설마 샤오린이 거기서 자신의 심정을 토로할 줄은 예상하지 못했다.

"그나저나 역시 신을 살해하는 것까지 시야에 넣어두고 있었군."

아우구스트는 아무리 변명해봤자 토르의 말이 맞으니 억지로 화제를 돌리기로 했다.

그런 아우구스트를 보고 미소를 떠올린 토르와 율리우스는 아우구스트의 노림수에 넘어가주기로 했다.

"네. 하지만 그 일로 상당히 고민했던 모양이었습니다."

"신 님을 가만히 바라보던 일이 있었습니다만 어떻게 할지 망설였던 모양이외다."

두 사람이 이야기를 받아주자 화제가 변했다고 느낀 아우구스트는 안도하며 대화를 이어나갔다.

"강력한 힘을 두려워하는 것은 인간으로서 자연스러운 일이다. 하지만 그 상대가 은인이니 어떻게 하면 좋을지 알 수 없었던 거겠지."

"맞습니다. 괴로웠을 겁니다."

"하지만 그것도 전하 덕분에 상당히 괜찮아진 듯하오."

"그랬으면 좋겠다만."

아우구스트는 그렇게 말한 뒤 유적으로 시선을 돌렸다.

지금은 앞으로 어떻게 될지 뭐라 말할 수 없으니 고민을 멈춘 것이다.

화제도 돌릴 수 있었고.

그러나 사태는 아우구스트의 예상과 달랐다.

"그나저나 전하께선 자상하시외다."

"……응?"

"신 님을 걱정할 뿐만 아니라 샤오린 님까지 도와주실 줄이야. 정말이지 감탄했소이다."

"……딱히 그런 게 아니야. 샤오린 씨가 마침 적절한 인재였을 뿐이지."

아우구스트는 그렇게 말한 뒤 자꾸 그 이야기를 꺼내지 말라는 시선을 두 사람에게 보냈다.

두 사람은 일반인이라면 위축될법한 시선을 받았지만 전혀 동요하지 않았다.

"네, 그럼 우리도 탐색해보죠."

"물론이외다."

토르와 율리우스는 그렇게 말한 뒤 건물 안을 들여다보기 시작했다.

그런 두 사람을 지켜본 아우구스트는 피곤한 듯이 한숨을 쉬며 머리를 긁적였다.

"내가 놀림거리가 되다니……."

첫 번째 측근들의 성장을 듬직하면서도 성가시다고 생각하며, 아우구스트는 유적을 둘러보았다.

◆

오그 일행과 떨어진 우리가 제일 먼저 간 곳은 아까부터 신경 쓰여서 참을 수 없었던 물건의 곁이다.

"이게 뭘까요?"

시실리는 이게 무엇인지 전혀 모르는 듯하다.

이건 지금의 세계에는 존재하지 않는 물건.

자동차다.

"아마도 탈것이겠지."

이쪽 세계에는 없는 것이니 아마라고 말해두었다.

"네? 하지만 이 바퀴는 너무 작지 않나요?"

아주 오랫동안 방치됐을 테니 자동차의 타이어도 잔뜩 손상됐을 것이다.

발굴 당시 너무 오래되어 엉망이 된 타이어는 주변의 흙과 함께 제거되었는지 지금은 휠만이 남아있었다.

내부 장식도 엉망이었고 금속 부분에 부식과 열화가 엿보이긴 했지만 형태는 유지하고 있었다.

"그리고 말이 끌 수도 없겠는데요?"

시실리가 생각하는 탈것은 마차인 듯하다.

아마도 쿠완롱 사람들도 마찬가지겠지.

그래서 방치됐다.

"스스로 달리는 것 아닐까?"

"스스로…… 그러고 보니 전에 신 군이 스스로 달리는 탈것을 만들고 싶다고 했었죠?"

시실리는 그렇게 말하며 나를 본 뒤 한숨을 쉬었다.

"신 군이 어째서 이걸 제일 먼저 보고 싶어 했는지 이해했어요."

"응?"

"……이걸 만들 거죠?"

"……."

시실리가 가만히 나를 본다.

…….

나는 시선을 돌렸다.

"역시나……."

"아, 아니, 내가 생각했던 것과 거의 같은 거라서. 따라한
다기보다 참고하고 싶다고나 할까……."

"어쨌든 만들려는 거잖아요. 할머님께 또 혼나도 전 몰라요."

시실리는 황당해하면서도 반대하지 않았다.

역시 나를 제일 잘 이해해준다니까.

"안 된다고 해도 만들 테니까 막지는 않겠지만 할머님의
허가는 받는 게 좋을 거예요."

"……허가?"

"그걸로 몇 번이나 혼났잖아요……."

말하면 분명 화낼테니 몰래 만들까 했는데.

……어느 쪽이든 혼나는 건가…….

"그건 나중에 생각하자. 지금은 이걸 해석하고 싶어."

"정말이지……."

음, 예전에는 내가 하는 일을 믿어줬는데 최근에는 잔소리
가 늘기 시작했다.

결혼하고 어머니가 되면 역시 달라지는 법인가?

불평은 그만하고 눈앞의 자동차를 조사했다.

우선 보닛이 열려 있으니 그 안을 보았다.

그러자 예상대로 거기에 있는 것은 내연 기관 엔진이 아니
었다.

"……이게 뭘까요? 굉장히 복잡한 모양이네요……."

"아마 이게 동력일 거야."

보닛 안에 든 것은 모터 같은 물건이었다.

아니, 같은 것이 아니라 마력으로 움직이는 모터겠지.

그것이 아래를 향해 설치되었고, 톱니와 샤프트로 바퀴에 동력을 전달하는 구조였다.

"어디 보자…… 아, 여기에 마석을 넣는 건가."

조사해 보니 예상대로 마석을 넣기 위한 부위도 있었다.

마석으로 움직이는 마력 모터.

완벽한 친환경 차량이네.

"마석으로 움직이는 건가요? 그렇다면 계속 움직이기만 하지 않나요……?"

"마력은 계속 움직이겠지. 하지만 그게 전달되는 것을 차단하면 되고, 마석의 마력 공급도 차단하면 동력도 멈춰."

시실리의 의문은 클러치를 달면 해결될 테고, 온오프 스위치를 만들면 마력 공급도 차단할 수 있다.

내가 자동차를 만든다면 그렇게 할 것이라고 생각하니 시실리는 복잡한 표정으로 나를 바라보았다.

"응?"

"……아니에요."

뭐지? 뭔가 말하려던 것 같은데…….

아무것도 아니라고 하면 더 물어보기도 그렇다.

그렇게 생각한 나는 계속해서 자동차를 분석했다.

제일 보고 싶었던 브레이크.

전생에서 나는 자동차나 오토바이를 좋아해서 어느 정도의 구조는 안다.

그러나 브레이크는 생명과 연관된 부품이라 만져본 적이 없다.

아니, 원리는 알고 있다.

휠에 달린 브레이크 디스크를 캘리퍼로 감싼 뒤 유압으로 캘리퍼 안에 든 패드를 디스크에 압착되게 한다.

그 마찰로 브레이크가 걸린다.

하지만 안타깝게도 구조는 모른다.

그래서 꼭 이 자동차에 설치된 브레이크를 보고 싶었다.

"어디…… 이건가."

타이어가 사라진 덕분에 바퀴 안을 들여다보기 쉬워 간단히 찾을 수 있었다.

예상대로 브레이크 디스크를 감싸듯 캘리퍼가 설치되어 있다.

거기에서 호스가 달려 있어야 하는데, 너무 오래되어 사라진 모양이다.

하지만 그건 아무래도 좋다.

너무나도 갖고 싶었던 캘리퍼가 눈앞에 있다.

"이걸 가지고 가면 안 될까?"

"……말없이 가져가면 혼날 거예요."

"그렇겠지…… 샤오린 씨한테 물어볼까?"

나는 아까 헤어졌던 샤오린 씨에게 통역을 부탁해 조사원에게 말을 걸었다.

『이거를요?』

"네."

『이건 어떻게 사용하는지 모르는 물건인데요?』

"그런가요?"

『네…… 혹시 이게 뭔지 아는 겁니까?!』

앗, 이런.

괜한 일을 벌인 건지도 모르겠다.

"신 님…… 역시 당신은……."

샤오린 씨에게 통역을 부탁했으니 그녀도 대화 내용을 알고 있다.

그 때문에 이상한 눈으로 바라본다.

어라? 아까 다 해결된 것 아니었어?!

"역시 이전 문명 시대의 기억이……."

"아, 아니! 이건 내가 만들고 싶었던 물건과 닮았거든요! 그래서 그런 물건 아닐까 싶었던 것뿐이라고요!"

"호오…… 처음 듣는군."

오그?! 여긴 어떻게?!

"아까 그런 일이 있었던 샤오린 씨를 데려가는 게 보여서 말이다. 좋지 않은 예감이 들어서 와봤더니……."

"신 님! 무슨?! 대체 무엇을 만들려 하시는 겁니까?!"

황당해하는 오그와는 대조적으로 토르는 필사적인 모습이었다.

공업 도시의 차기 영주니까.

내가 뭔가를 만들 때마다 이런다.

하지만 역시 이번엔 토르를 무시할 수가 없다.

"아, 그게…… 스스로 움직이는 탈것을 만들고 싶어서……."

내가 그렇게 말하자 오그가 커다란 한숨을 쉬었다.

"너…… 아주 잠깐, 정말로 아주 잠깐 말이다? 어째서 그렇게 잠깐 눈을 뗀 사이에 이런 일을 벌이는 거지?!"

"스스로 움직이는 탈것이라니…… 신 님! 당신은 말 목장을 도산시킬 생각입니까?!"

"그럴 생각은 아니라니까! 상담해볼까 하긴 했지만!"

"너는 정말 계속해서…… 내가 과로사하는 꼴을 보고 싶은가?"

"아, 아니. 그럴 생각도 없는데……."

"그럼 어쩔 생각이지?"

"……타보고 싶어서."

내가 그렇게 말하자 오그의 관자놀이에 힘줄이 불거졌다.

"대체 넌 언제쯤 자중하는 법과 상식을 배울 거냐!"

"그, 그러니까 자중해서 만들지 않았잖아!"

"방금 그걸 만들기 위해 유적의 물건의 반출 허가를 받으려 하지 않았나!"

"퍼뜨리진 않을게! 내가 개인적으로 타고 다니기만 할 테니까! 약속할게!"

나는 필사적으로 부탁했다.

그 결과 절대로 남에게 보이지 않도록 오그가 감시하는 것을 조건으로 허가를 받았다.

"고마워!"

"말해두겠다만 반출 허가는 이곳의 조사원이 내리는 거다. 거부당하면 포기해."

"알고 있어!"

나는 오그의 허가를 받아 환한 미소를 떠올린 채 조사원을 바라보았다.

우리의 대화를 샤오린 씨의 통역으로 들은 조사원은 경직된 표정이었다.

『그, 그렇군요…… 무기가 아니고 오랫동안 방치된 물건이니 딱히 상관없습니다.』

됐다! 허가가 나왔다!

"고맙습니다!"

나는 너무 기뻐 큰 목소리로 고맙다고 말하며 자동차가 있는 곳으로 달려갔다.

"아! 잠깐만요, 신 군!"

시실리도 따라왔다.

◆

"허가하실 줄은 몰랐습니다."

신이 달려간 뒤 토르가 아우구스트에게 말했다.

그 말을 들은 아우구스트는 미간을 찌푸리며 포기한 듯 입을 열었다.

"저 녀석이 만드는 물건은 어딘가 이상하지만 상당히 유용한 물건이 많지. 이 무선 통신기도 그렇잖아? 우리는 이제 이걸 포기할 수 없다. 공개할지는 나중에 생각하기로 하고 일단 만들게 한 뒤에 판단하기로 생각을 고쳤지."

아우구스트는 신에게 잔뜩 설교를 늘어놓지만, 실제로는 신의 마도구의 은혜를 상당히 받고 있다.

매번 조정하느라 고생하지만 신이 만드는 마도구에 흥미가 없다고 하면 거짓이다.

"우선 만들게 하고서 세상에 선보이기에 문제가 있다면 공개하지 않으면 될 뿐이다."

"금지하는 게 아니시군요."

"……금지했다간 남몰래 만들 것만 같아서 말이지. 그럼 내 눈에 보이는 범위에서 개발하게 놔두는 편이 낫다."

아우구스트의 말에 신이 남몰래 마도구를 만들어 갑자기 완성품을 보여주는 미래가 쉽게 연상됐다.

"그럴법합니다."

"그보다, 확실히 그럴 것이외다."

세 사람은 서로의 얼굴을 마주 보고는…….

"""하아……."""

깊은 한숨을 내쉬었다.

◆

아까 봤던 자동차가 있는 곳으로 돌아간 나는 서둘러 이 공간 수납을 열고 차량을 통째로 넣었다.

가지고 돌아가서 빈 공방에서 분해하자.

구동 부품의 완성품이 있으면 공방의 기술자들도 바로 똑같은 물건을 만들어줄 테고, 해답을 찾지 못했던 브레이크의 작동 원리도 해석할 수 있다!

이게 쿠완롱에 온 이후로 제일가는 성과 아닐까?!

"어휴…… 돌아가면 빈 공방에 틀어박힐 생각이죠?"

"응?"

시실리?! 그, 그걸 어떻게!

깜짝 놀라 시실리의 얼굴을 보니 뾰로통한 표정이었다.

"저와 실버를 내버려 둘 생각인가요?"

"그, 그런 건 아니야!"

"정말이죠? 약속이에요?"

"물론이지!"

위험해라……

지나치게 흥분한 나머지 시실리와 실버를 방치할 뻔했다.

분해와 해석은 적당히 하자.

아, 위험했어.

그나저나 굉장한 수확이다.

염원하던 브레이크의 샘플을 손에 넣을 줄이야!

이전 문명의 전생자도 참 좋은 일을 했네…… 아니, 아니지. 세계를 망가뜨리는 대량 파괴 병기를 만들었으니 완전히 칭찬할 수는 없겠네.

토니의 갑작스러운 생각으로 시작된 유적 관광이었지만, 예상 밖으로 큰 의미가 있었다.

이전 문명에 전생자가 있었다는 것도 알게 됐고 이전 문명이 멸망한 이유도 대충 알게 됐다.

그리고 무엇보다 브레이크…….

"어……."

나는 거기서 문득 떠올랐다.

자동차, 철근 콘크리트의 고층 빌딩, 아스팔트가 깔린 도로.

병기인 레일건과 비행기.

나아가 대량 파괴 병기.

그리고 보니 샤오린 씨가 광선총 같은 물건을 갖고 있었지.

이걸 전부 전생자가 만든 걸까?

혼자서?

나는 건축업에 종사한 적 없으니 고층 빌딩을 세우는 기술과 지식이 없다.

아스팔트도 자연에서 채굴되는 것이 있다는 것은 알지만 도로를 깔 정도라면 인공적으로 만들었을 것이다.

나는 그걸 어떻게 제작해야 하는지 전혀 모른다.

그런 지식을 한 명이 전부 갖고 있었다고?

"아니……."

나는 다시 유적을 둘러보았다.

전생과 흡사한 도시.

이것을 전부 전생자 한 명이 만들었다고?

거기에 의문을 품은 순간 나는 어떤 가설에 도달했다.

전생한 사람이…… 여럿이었던 것이 아닐까?

그렇게 생각하면 이 장대한 광경도 이해가 된다.

건축업에 종사하던 사람, 자동차 정비공, 도로 포장…… 다양한 직종의 사람들이 전생의 기억을 떠올렸다고 한다면…….

"아니, 하지만……."

그렇게 쉽게 전생한 사람을 찾을 수 있는 건가?

나는 이쪽 세계에 온 이후로 전생의 기억을 지녔다는 사람을 만난 적이 없다.

역사 속에서도 몇 명인가 의심되는 사람은 있지만 확증이 있는 것은 한 사람뿐이다.

할머니가 보여준 그 인물의 수기가 증거가 됐다.

그렇게 굉장히 적은 전생자가 여럿이라니…….

현실적이지 않…….

"……!"

갑자기 두려운 광경이 뇌리에 떠올랐다.

설마…… 이전 문명은 그걸 실행한 건가…….

내가 전에 세운 가설.

『유소년기에 죽을 고비를 겪고 살아남을 경우, 극히 드물게 전생의 기억을 떠올린다.』

어쩌면 이전 문명 사람도 그 생각에 도달했고, 실행한 것이 아닐까?

그 결과로 많은 사람이 전생을 떠올린 건가?

그리고 그 전생자들이 다른 전생자보다 앞서려고 한다면?

그 의욕이 폭주한다면…….

아니, 폭주했겠지.

그 결과가 이 폐허다.

나는 멸망한 도시를 보며 이전 문명의 어두운 면을 엿본 듯한 기분이 들었다.

이전 문명이 지금보다 발전했다면 마법 기술도 지금보다

발전했을 것이다.

치유 마법도 지금보다 뛰어났을 것이 분명하다.

그렇다면 어린아이를 죽음의 고비에서 되돌리는 것도 그리 어렵지 않았을지도 모른다.

하지만.

그 행위를 인위적으로 한다는 것은, 그 이전 단계가 있다는 것이다.

다시 말해, 어린아이를 죽음의 고비로 몰아넣는 행위가.

이전 문명의 사람들은 고도의 치유 마법이 있으니 괜찮다고 생각했었는지도 모른다.

어쩌면 치유 마법의 존재로 사람들의 생존율이 오르고 인구가 과잉됐는지도 모른다.

그러다가 서서히 도덕관이 결여됐다고 한다면…….

전부 내가 멋대로 하는 상상이지만 전혀 불가능한 이야기는 아니다.

무섭네…….

아직 확증이 있는 건 아니지만 전생을 떠올리는 방법에 대해서는 절대로 아무에게도 알려지지 않도록 해야지.

"신 군?"

그런 생각을 하고 있으니 시실리가 나를 불렀다.

그러고 보니 아까부터 한 마디도 하지 않았구나.

"응? 왜 그래?"

"아, 아니요. 어쩐지 괴로운 표정으로 유적을 보기에 무슨 일이 있는 건가 싶어서요."

괴로운 표정.

과거에 벌어졌을지도 모르는 악행을 생각했었으니까.

게다가 지금 나는 어린아이의 아버지다.

만약 실버가 그런 일을 당한다면…….

그런 생각까지 들고 말았다.

"응, 아니. 어떻게 하면 오그가 허가할까 생각했어."

나는 재빨리 그런 변명을 했다.

그것이 문제인 것도 사실이니까.

내 말에 시실리는 곤란한 표정을 했다.

"무슨 일이 있는 건가 싶어서 걱정했잖아요."

"하하, 미안. 그럼 물건도 회수했으니 다시 유적을 둘러볼까?"

"그래요."

그렇게 우리는 다시 유적이 된 거리를 돌기 시작했다.

도중에 앨리스와 린이 건물에서 나오는 걸 보면 안으로 들어가도 되는 모양이다.

나와 시실리도 가까이에 있던 쓰러지지 않은 건물 안으로 들어갔다.

그 건물 안에는 선반과 같은 것이 잔뜩 놓여 있었고, 그 위로 어떤 잔해가 놓여 있었다.

이건…….

"여긴 혹시 가게였을까요?"

건물 안을 둘러보며 시실리가 그렇게 말했다.

시실리의 말대로 이곳은 물건을 파는 상점이었을 것이다.

게다가 이건…….

선반 위에 놓인 잔해를 보고 확신했다.

여긴 가전제품점이다!

아니, 정확하게는 마도구 가게일까?

무엇에 쓰는 물건인지 알 수 없는 것들뿐이지만 아마도 확실할 것이다.

무언가를 화면으로 보여주는 느낌이고, 숫자 같은 것도 있다.

아까 내가 집었던, 무엇인지 알 수 없는 잔해는 어쩌면 통신기일지도 모른다.

내가 아는 통신기…… 다시 말해 스마트폰과는 모양이 제법 다르다.

통신기라고 하면 내가 살았던 시대에서는 스마트폰이 주류였지만 전생의 기억을 떠올린 기술자가 많았다면 공간 디스플레이를 개발했어도 이상하지 않다.

어쩌면 그런 기술이 사용된 통신기일지도 모른다.

뭐, 그건 개인적으로는 좀 별로지만.

개별적인 통신기는 개인정보 덩어리다.

공간 디스플레이가 있으면 사생활이 그대로 세어나가지 않을까?

어쩌면 다른 사람에게 보이지 않도록 처리됐을지도 모르지만.

나는 그런 생각을 하며 가게 안을 둘러보고 시실리의 질문에 답했다.

"그러게, 아마도 마도구 가게가 아니었을까?"

"마도구 가게요?"

시실리는 이해가 잘 안되는 모양이다.

무리도 아니지.

이전 문명이 멸망하고 천 년 이상은 지난 후의 모습이니까.

자동차는 금속으로 이루어진 부분은 남아있었지만, 좌석처럼 금속 이외의 소재는 거의 원형이 남아있지 않았다.

다시 말해 금속을 사용한 부분만 남아있다.

"무엇에 쓰는지 알 수 없는 형태의 물건이 많으니까 마도구가 아닐까 싶었어."

내가 그렇게 말하자 시실리는 신기하다는 표정이었다.

"신 군도 모르는 건가요?"

"모르겠어."

그리고 상당한 수의 기술자가 없으면 이런 유적이 만들어지지 않는다.

많은 분야의 기술자가 없으면 통신기를 만들 수 없다.

통신은 가능해도 콘텐츠를 만들 수 없으니까.

그런 세계였으니 기술력이 상당했을 것이다.

전생에서도 잠깐 사이에 「벌써 이런 물건이 나왔어?」라고 생각하게 만드는 도구가 잔뜩 있었다.

그걸 고려하면 원형이 남지 않아 어떤 형태였는지도 상상할 수 없는 도구가 예상 밖의 일에 사용됐다 해도 이상하지 않다.

그런 당연한 말을 했을 뿐인데…….

"아니요…… 신 군도 모르는 일이 있는게 의외라서요."

"에이, 모든 걸 아는 건 아니라니까."

시실리는 나를 어떻게 생각하는 걸까?

내가 모든 것을 알 리가 없는데.

아는 거라고는…… 아니, 그만두자.

"이런 문명을 세운 사람들이 만든 물건이잖아. 상상도 안 돼."

"그렇군요."

내가 그렇게 말하자 시실리는 살짝 안도한 얼굴을 했다.

……뭘까?

혹시 내가 여기에 있는 마도구를 보고서 영감을 얻었다고 생각했던 걸까?

"여긴 참고가 될 물건이 없는 것 같으니 다른 곳에 갈까?"

"네."

나와 시실리는 함께 건물 밖으로 나왔다.

거기서 마크와 올리비아, 그리고 유리와 마주쳤다.

"아, 월포드 군. 지금 나온 건물은 뭐였슴까? 재밌는 물건이라도 있었슴까?"

이미 여기저기 돌아봤는지 표정에서 생기가 도는 마크와 유리에 비해 올리비아는 잔뜩 피곤해 보였다.

"아, 여긴 마도구 가게였던 모양인데……."

""마도구 가게?!""

"으, 응. 하지만 참고가 될 만한 물건은 없었…… 아, 들어 갔네."

아직 이야기가 끝나지 않았는데 마크와 유리는 건물 안으로 뛰어 들어갔다.

남겨진 올리비아를 보니 쓴웃음을 짓고 있었다.

"두 사람 모두 마도구 가게를 찾고 있었어요. 그래서 가만히 있을 수 없었던 모양이에요."

"그, 그렇구나. 하지만 상당히 오래된 유적인데? 원형이 남아있는 것도 없었는데……."

"그렇겠죠……."

올리비아는 한숨을 쉬며 가게 쪽으로 발걸음을 옮겼다.

"저도 일단은 같이 다니기로 해서요. 저희는 신경 쓰지 말고 가셔도 돼요."

"그렇구나. 그럼 저 둘이 폭주하지 않도록 잘 지켜봐줘."

내가 그렇게 말하자 올리비아와 시실리의 움직임이 뚝 멈추고 눈이 휘둥그레졌다.

어? 뭐지?

"월포드 군이 그런 말을 하다니……."

"신 군, 괜찮아요?! 열이라도 있나요?!"

"잠깐!"

내가 그런 말을 하는 게 그렇게 의외라는 거야? 올리비아! 그리고 시실리도!

"하아…… 나도 그 정도는 분별할 줄 안다고."

그러니까 의외라는 표정 좀 하지 말라고.

"여긴 다른 나라의 유적이니까 파손되거나 멋대로 가져가면 안 된다는 건 알고 있어. 그러니까 아까 그걸 가져가도 되는지 허가를 받으러 갔잖아?"

"그러고 보니 그랬네요."

시실리는 방금 일을 떠올린 듯하다.

"저기…… 그거라니요?"

아까는 없었던 올리비아가 불안한 듯이 물었다.

그 질문에 어째서인지 시실리가 대답했다.

"올리비아 양, 미안해요. 신 군이 또 뭔가 떠올린 모양이라……."

"어? 응?"

"돌아가면 또 폐를 끼칠 것 같으니 미리 사과해둘게요."

"아…… 또 마크가 불려나가게 되나 보네요……."

"네. 마크 씨와 공방 사람들께 폐를 끼칠 거예요. 죄송해요."

시실리는 그렇게 말하며 고개를 숙였다.

사모님끼리의 대화 같네.

올리비아도 그렇게 생각했는지 얼굴을 붉히며 허둥대기 시작했다.

"저, 저기! 마크의 시간을 빼앗는 건 그렇지만, 공방 쪽은 저하고 관계가 없어요!"

어라?

""올리비아 (양)은 빈 공방의 사모님 아니었어?""

"아직 아니라고요!"

아, 그렇구나. 아직 결혼식을 올리지 않았지.

"하지만 빈 공방에선 이미 그런 대우잖아요?"

"하으……."

"그럼 올리비아 양에게 말해두는 것도 이상한 게 아니죠?"

시실리가 고개를 갸웃하며 그렇게 말하자 올리비아는 포기한 듯이 한숨을 쉬었다.

"정말…… 알았다고요. 공방 사람들한텐 말해둘게요……."

"부탁드려요. 돌아가면 저도 인사드리러 갈게요."

"알겠어요."

올리비아는 그렇게 말한 뒤 터벅터벅 두 사람이 있는 가게 안으로 들어갔다.

"깜빡했어요. 마크 씨와 올리비아 양이 아직 결혼하지 않았다는 걸요."

"나도. 평소에도 너무 가까워서 부부라고 해도 이상하지 않을 정도였으니까."

"그러게요."

우리는 그렇게 인식했지만 정작 당사자는 그런 대우를 받으면 부끄러워한다.

어째서지?

"왜 저렇게 부끄러워하는 걸까?"

"후후, 전 어쩐지 알 것 같아요."

"정말?"

"네. 결혼식을 올리고 정식 부부가 되기 전에 아내처럼 불리는 건 어쩐지 부끄러운 법이거든요."

"그렇구나."

"네. 결혼식 후에는 오히려 기뻐지지만요."

"아, 그건 알 것 같아."

시실리는 결혼식 전에 아내라고 불리면 부끄러워했지만, 결혼한 후에는 인정받은 것만 같아 기뻐했다.

올리비아도 지금 그런 상황이겠지.

"그러고 보니 이번에 쿠완롱의 일이 갑자기 생긴 건데 마크와 올리비아는 결혼식 준비 괜찮으려나?"

"이미 거의 끝났으니 괜찮아요."

"그러고 보니 여자들끼리 준비했다고 했었지?"

"저희 때는 나라가 대부분 준비해줬으니까요. 저와 엘리 양이 한 일은 드레스를 고르는 것 정도였어요. 이번엔 우리가 결혼식 준비를 할 수 있어서 즐거워요."

올리비아의 드레스도 모두가 직접 만든다고 한다.

시실리만이 아니라 마리아와 유리, 앨리스와 린까지 올리비아의 집으로 가서 준비를 도왔다.

다들 즐겁게 준비하던 것이 인상적이었지.

마크는 아무것도 하지 않았지만.

남자 쪽의 준비라면 예복준비로 끝이다.

이런 걸 보면 결혼식은 여성을 위한 식이라는 걸 다시금 깨닫게 되네.

마크와 올리비아의 결혼식은 그 지역을 관할하는 교회에서 열린다고 한다.

그 후에 올리비아의 본가인 요리점을 빌려 파티를 열 예정이다.

……평민의 결혼식은 이런 거겠지?

하긴 알스하이드 대성당에서 창신교의 교황님께 축복을 받는 식을 열고 싶어도 그럴 수 없을 테니 좋은 추억이 되긴 했지만.

시실리도 기뻐했었고.

"올리비아 양은 이제 신혼이니까 마크 씨를 너무 부르면 안 돼요."

"……내가 가정불화의 원인이 되려나?"

"맞아요. 이제 학생이 아니니까 그런 면도 자중해주세요."

그렇구나. 학생일 때처럼 가볍게 놀러 가자고 말할 수도 없게 되는 건가.

조금 쓸쓸하지만 그것이 가정을 가진다는 것일지도 모르겠네.

전생 때는 결혼하지 않았으니 어떤 느낌인지 잘 모른다.

지금부터 알아가야겠지.

"엘리 양도 학원을 졸업하고 이제 왕태자비로서 전하와 함께 공무에 나서게 될 테니 예전처럼 만날 수 없다는 사실이 쓸쓸하네요."

아무래도 졸업하고 관계가 달라지는 것은 우리 남자들만이 아닌 모양이다.

엘리는 오그와 결혼해 왕태자비가 됐지만 신분은 아직 학생이었다.

그래서 공식적인 자리에 나오는 일이 별로 없어서 시실리를 포함한 얼티밋 매지션즈의 여성진과 자주 어울렸다.

그러나 학원을 졸업하면 왕태자비로서의 공무를 본격적으로 맡게 된다.

그러고 보니 전생에서도 학교를 졸업할 때마다 이래저래 상황이 달라졌었지.

이쪽 세계에 전생한지도 벌써 17년이 지나서 이런 느낌을 까맣게 잊고 있었다.

고작 3년이지만 고등 마법 학원에서 보낸 생활이 너무 즐거웠다.

"조금 쓸쓸하지만 이게 어른이 된다는 거로군요."

시실리도 즐거웠던 학원 시절을 떠올렸는지 살짝 우수에 젖은 표정으로 그렇게 말했다.

확실히 쓸쓸하지만……

"우리는 괜찮아."

"네?"

내 말에 시실리가 알쏭달쏭한 표정을 했다.

"졸업해도 다들 같은 곳에 취직하게 됐고, 시실리와 올리비아와 엘리는 앞으로 다른 접점이 생길 테니까."

"다른 접점이요?"

시실리는 전혀 모르겠는지 고개를 갸웃했다.

그러나 나는 이쪽 접점이 평생 이어질 거라고 생각한다.

"응. 같은 엄마라는 접점."

"어, 엄마……!"

내 말에 시실리의 얼굴이 붉어졌다.

"부부라고 해서 꼭 아이를 가져야 하는 건 아니야. 하지만 엘리와 올리비아는 특히나 주위에서 아이를 바라고 있을 테고, 본인들도 원하고 있겠지?"

"그, 그러네요. 두 사람은 입장 때문에라도 그렇지만 자신들이 그걸 원하고 있으니까요."

엘리는 왕태자비로서, 미래의 왕비로서 아이를 낳는 것이

의무라 할 수 있다.

올리비아도 주위에서 마크를 대신할 빈 공방의 후계자를 낳기를 바라고 있다.

그리고 시실리는 아직 출산 경험은 없지만 실버를 갓난아기 때부터 키운 육아의 선배다.

앞으로도 여러모로 접점이 있을 것이다.

"그러네요. 엄마끼리…… 엄마끼리라니……."

아직 동료들 사이에 아이가 있는 여성은 시실리뿐.

집에는 육아의 선배인 할머니가 있지만 대하기 편안한 또래의 친구는 없었다.

공원에서 마주치는 아이 엄마는 있지만 시실리는 성녀라 불리는 인물.

주위의 엄마들은 웃으며 담소를 나누면서도 어딘가 서먹한 면이 있다고 한다.

성녀님과 친구가 되는 건 송구하다면서.

그러니 대등한 엄마의 입장이면서 친구 될 수 있는 것은 엘리와 올리비아 정도일 것이다.

셋이서 육아에 관해 이야기를 나누는 광경을 떠올렸는지 시실리는 기쁜 얼굴로 미소 지었다.

"즐거울 것 같아요."

생글생글 기뻐하는 시실리는 그렇게 말했다.

"그러게. 하지만 나도 육아에 신경 쓸 거야."

"후후. 네, 기대할게요. 실버 아빠."

시실리는 그렇게 말하며 나와 팔짱을 꼈다.

방금 전 유적을 보고 과거의 아이들에게 비인도적인 행위를 했을지도 모른다고 생각한 뒤여서인지 실버와 앞으로 태어날 아이들의 미래에는 불행한 일이 없었으면 한다.

아, 그러고 보니.

"누가 처음이 될까?"

"네?"

내 말에 시실리가 무슨 말인지 모르겠다는 표정을 했다.

아, 주어가 없었구나.

"아니, 아이가 생기는 게."

"……앗!"

내가 그렇게 말한 순간 시실리의 얼굴이 새빨개졌다.

"이것만큼은 예측할 수 없으니까. 경쟁할 일도 아니고."

"그, 그러네요.……"

시실리는 그렇게 말한 뒤 내 팔을 꼭 안았다.

"저, 저기……."

"응?"

"이 일이 끝나면……."

"……."

얼굴을 붉게 물들이고 촉촉한 눈으로 바라보는 시실리.

그 모습에 나는 숨을 죽였다.

그리고 마음을 굳힌 시실리가 입을 열었다.

"저기…… 아이가…… 갖고 싶어요."

"……!"

그 모습과 말이 내 심장을 사로잡았다.

"꺅!"

나는 참지 못하고 시실리를 안았다.

"돌아가면 바로 노력해보자."

"신 군……."

이제 서로의 마음이 폭발 직전.

자연스레 나와 시실리의 얼굴이 가까워지고…….

"이봐……."

""……?!""

갑작스럽게 들린 목소리에 나와 시실리는 깜짝 놀라고 말았다.

"인기척이 드문 타국의 유적에서 그런 일을 벌이려 하다니…… 국제 문제라도 일으킬 셈인가?"

말을 건 사람은 말투는 차분하지만 핏대를 세운 오그.

그 옆에는 샤오린 씨가 새빨개진 얼굴을 두 손으로 가리며 손가락 사이로 이쪽을 엿보고 있었다.

어라…… 언제부터 보고 있었던 거지?

"정말이지 너희는…… 이번에도 잠깐 눈을 뗀 사이에 이런 짓을."

황당해하며 그렇게 말한 오그.

"저, 저기…… 그, 그런 건 아무도 없는 방에서 해야……."

샤오린 씨는 새빨개졌으면서도 정말이지 착실한 그녀가 할 법한 말을 했다.

"뭐야, 뭐야? 혹시 자극이 필요했어?"

"매너리즘 때문?"

어느 틈에 앨리스와 린까지 있었다.

"야외에서……?! 그, 그런 고등 기술까지……!"

야, 마리아.

그런건 고등 기술이라고 하지 않는다고.

"그보다 이상한 오해 말라고! 아무리 그래도 이런 곳에서 그런 행동을 할 리가 없잖아!"

내가 그렇게 말하자 오그가 의심의 눈초리를 보냈다.

"호오? 그러고 보니 너희는 아까 무슨 이야기를 했었지?"

"어? 누가 제일 먼저 아이가 생길까 이야기했지. 그리고, 아이를 원한다고……."

"……그런 이야기를 한 뒤 열렬하게 포옹했으면서도 오해라는 건가?"

"……."

아이를 원한다. 열렬한 포옹. 그다음은?

……

"죄……."

"죄?"

"죄송합니다."

"신 군?!"

시실리가 놀랐지만 나는 이 상황을 뒤집을 돌파구가 떠오르지 않는다.

"제대로 부정해주세요! 그렇지 않으면 전……."

오해를 풀려고 필사적인 시실리는 잠시 말을 끊은 뒤 이렇게 외쳤다.

"밖에서도 하는 변태가 되잖아요!"

『…….』

……모두의 침묵이 뼈저리다.

"……아?!"

모두가 침묵하자 자신이 무슨 말을 했는지 이해한 시실리.

"어, 어머!"

"으헉!"

너무나도 부끄러웠는지 시실리는 내 가슴으로 돌격해 얼굴을 묻고 말았다.

도저히 다른 사람들 얼굴을 볼 수 없었던 듯하다.

"정말이지…… 사이가 좋은 건 다행이다만 지킬 건 지키도록."

"아니, 딱히 이상한 걸 하려던 건 아닌데……."

"……뭐, 됐다. 그보다 슬슬 유적을 나갈까 하는데 더 보고 싶은 곳은 있나?"

고맙게도 오그가 먼저 화제를 돌려주었으니 거기에 편승하기로 했다.

"보고 싶은 곳은 있긴 하지만 끝이 없으니까. 보고 싶으면 나중에 또 오면 돼."

"그래. 그럼 이만 돌아가지."

무선 통신기로 모두에게 연락한 우리는 유적 탐색을 마치고 돌아가기로 했다.

돌아갈 때는 게이트를 쓸 수 있지만 조사원들이 있으니 너무 대놓고 쓰지 않는 편이 좋다고 판단해 걸어서 돌아가게 됐다.

그 사이에도 시실리는 내 팔에서 얼굴을 들지 못하고 계속 부끄러워했다.

나는 그런 시실리의 머리를 쓰다듬어 달래주며 앞으로 태어날 아이들에 대해 어렴풋이 생각했다.

그때는 오그가 나를 가만히 바라보고 있던 것을 전혀 깨닫지 못했다.

제3장 거실 담화, 그리고……

"정말로 오해예요! 거기서 뭘 하려던 게 아니었다고요!"

"하지만 그 분위기는…… 그렇지?"

"응. 당장에라도 뭔가 시작될 것 같았음."

"정말! 아니라니까요!"

밍 가에 도착한 후에는 시실리도 기운을 되찾아 다른 아이들에게 필사적으로 오해였다는 것을 설명했다.

뭐, 마리아와 앨리스와 린이 히죽이는 걸 보면 오해라는 건 이미 알고 있을지도 모른다.

알고 있으면서 놀리는 거겠지.

사이가 좋아 보여 다행입니다.

"시실리 양한테 무슨 일 있나요? 뭔가 필사적으로 오해라고 하는데요."

그러고 보니 올리비아와 유리와 마크는 마도구 가게에 있어서 못 봤었지?

어떻게 한다.

내 입으로 오해하게 만든 그 일을 설명해야 하나?

그렇게 생각하고 있으니 오그가 올리비아에게 설명하기 시작했다.

"신과 월포드 부인이 사람이 없는 곳에서 아이를 원한다고 말하며 포옹하고 있었지. 그래서 이런 곳에서 아이를 만들지 말라고 한소리 했다."

"네?! 그, 그건……."

그 말을 들은 올리비아의 얼굴이 새빨개졌다.

"그러니까 그럴 생각은 전혀 없었다니까!"

"아이를 원한다는 대화에서 시작된 그 행동을 봤는데 오해하지 말라는 쪽이 무리겠지."

"돌아가면 그렇게 하자고 말했었다고!"

그렇게 소리친 뒤에 실수였다는 것을 깨닫고 자신의 입을 막았다.

다른 사람들 앞에서 알스하이드로 돌아가면 아이를 만들겠다고 큰소리로 선언하고 말았다.

오그를 보니…….

아, 역시 배를 잡고 웃고 있다.

"그…… 그런가. 큭! 뭐, 히, 힘내…… 푸핫!"

"참지 말고 그냥 웃어!

내가 그렇게 말하자 오그는 사양하지 않고 폭소하기 시작했다.

마리아와 앨리스와 린의 오해를 풀려던 시실리는 두 손으로 얼굴을 가리고 고개를 숙였다.

저기까지 들렸구나…….

"그, 그나저나 왜 그런 이야기가 나온 건가요? 이미 부부니까 이상한 이야기는 아니지만요."

올리비아는 참 착하다니까…….

어떻게든 감싸주려고 한다.

"아니, 시실리와 엘리와 올리비아 중에서 누가 첫 번째가 될까 이야기하다가."

"처음이라니요?"

아, 이번에도 말이 부족했구나.

"아이가 생기는 거."

"……!"

……당사자인 올리비아에게 말해버렸다.

아, 올리비아는 물론 마크까지 새빨개졌잖아.

붉어진 두 사람을 보고 있으니 방금까지 폭소하던 오그가 차가운 목소리로 말을 걸었다.

"너, 거기서 엘리 이야기는 왜 나와?"

"아니, 엘리는 왕태자비니까 꼭 아이를 낳아야 하잖아?"

"당연하다."

"올리비아도 마크의 아이가 빈 공방의 후계자가 된다고 했잖아."

"마, 말했는데요……."

"우리도 학원을 졸업했으니 결혼도 할 테고, 예전 같은 관계가 아니게 되잖아? 하지만 엄마끼리라면 앞으로 더 친밀해질 수도 있다는 이야기를 했었어."

"그래서 누가 제일 먼저 아이를 낳을까 이야기했다는 건가."

"시실리는 실버의 엄마지만 아직 아이를 낳은 건 아니잖아. 그래서……"

"이야기의 흐름은 알겠다. 하지만 그것과 거기서 그런 행동을 한 건 별개의 문제지."

"그러니까…… 아."

그건 돌아간 뒤에 하려고 했다고 말하려다가 문득 떠올라 입을 다물었다.

오그는 히죽거리고 있다.

제길, 이 녀석도 마리아와 마찬가지로 알면서 이러는 거야.

"이야기가 성가셔지니까 알고 있으면 복잡하게 만들지 마."

"크크, 정말이지 너희는 보고 있으면 질리지 않는군."

"질려도 되니까 그만!"

정말이지 이 녀석은!

"그건 그렇고 이건 진지한 이야기이다만, 월포드 부인, 빈 부인. 만약 임신하게 되면 바로 보고해다오."

"임신……."

"하아…… 이제 그냥 부인이라고 부르세요."

임신이라는 구체적인 단어를 듣고서 얼굴이 더욱 붉어진 시실리와 빈 부인이라고 불리는 것에 포기한 표정을 떠올린 올리비아.

"진지한 이야기라니…… 아, 린이 말했던 그거구나."

"그래. 임신 초기는 마력이 불안정해져 마법을 쓸 수 없게 된다. 그 사이에는 사람이 부족해질 테니까."

"안정기에 들어서도 임산부를 현장에 내보낼 수는 없잖아?"

"그 기간엔 치료원에 보낼까 한다. 월포드 부인은 말할 것도 없고 빈 부인도 치유 마법을 쓸 수 있으니까."

"그렇구나."

치료원이라면 임산부에게도 부담이 적겠구나.

확실히 진지한 이야기다.

앞으로 있을 법한 상황을 이야기하자 마리아가 고개를 숙였다.

왜 그러지?

"으…… 나도 임신했을 때를 걱정해주는 일이 생겼으면……."

"우리한테는 머나먼 이야기네……."

마리아와 앨리스가 애절한 표정을 한다.

린은 흥미 없어 보이네.

"너희도 그럴 때가 올 거야~."

"시끄러워, 배신자!"

"맞아! 전하! 그 이야기는 유리한테도 해줘요!"

"칼튼에게?"

"자, 잠깐~!"

유리가 엄청 당황한다.

그보다 유리에게도 그 이야기를 하라니…… 그러니까 임신한 이후의 이야기를 하라는 뜻이니까…….

"어? 유리도 결혼해?"

"아, 아직 안 해~."

"아직이라면 언젠가 할 예정이구나."

"그, 그건 아직 몰라~."

"그렇다면 아직 구체적인 이야기는 나오지 않았나 보네. 상대는 모건 씨?"

내가 그렇게 말하자 유리만이 아니라 시실리도 깜짝 놀란 표정을 했다.

참고로 모건 씨는 빈 공방에서 일하는 가죽 기술자.

나도 항상 신세 지고 있다.

그 사람이 만드는 가죽 제품은 깔끔하고 멋지니까.

"어째서 월포드 군까지 아는 거야~?!"

"응? 빈 공방에서 사이좋게 이야기하는 걸 본 적 있으니까. 사귄다고 한다면 이해가 되고."

"신 군, 알고 있었나요?!"

"알고 있었다기보다 아마 그렇지 않을까 정도?"

"너무해요! 알려주지 그랬어요!"

완전히 부활한 시실리가 내게 다가왔다.

그보다 너무하다니…….

"확인한 것도 아니고 말을 들은 것도 아니니까 말할 수 없지."

"으~."

동료의 사랑 이야기라는 흥미로운 이야깃거리를 알려주지 않아 토라진 시실리.

토라진 얼굴도 귀엽다.

"그런가, 칼튼도 그런 예정이 있다면 바로 알려주도록. 숨기면 주위에 안 좋은 영향이 생긴다."

"네~ 알겠어요~."

유리는 힘없이 대답했다.

왜 풀이 죽은 거지?

"어휴, 엘리스~. 말하면 어떻게 해~."

유리가 삐친 듯이 앨리스를 바라보았다.

그보다 이름을 말해버린 것은 나였다.

"미안. 혹시 비밀로 하고 싶었어?"

"시실리에게도 비밀로 해달라고 했는데~."

아, 유황전에서 밍 가로 돌아왔을 때구나.

시실리가 내게 무슨 말을 하려던 때 입막음을 했었지.

"어라? 그 이야기였어?"

"네. 설마 신 군이 알고 있을 줄은 몰랐어요."

"그보다 원흉은 앨리스지~. 앨리스가 그런 말을 하니까 들켰잖아~."

"어라? 앨리스는 그때 우리 곁에 있지 않았어?"

유리를 납치한 것은 시실리와 마리아뿐이었을 터.

"난 알고 있었는걸."

"그래?"

앨리스가 다른 사람의 연애 사정을 알고 있다니, 의외다.

"린하고 같이 유리랑 자주 놀았거든."

"그때 거리에서 유연히 상대와 만났음."

"뭔가 수상한 느낌이 났었지."

"심문하니 불었어."

"심문이라니……."

유리에게 무슨 짓을 한 걸까…….

"대체 유리하고 나하고 다른 게 뭐야? 가슴? 역시 가슴이야?"

마리아가 초점이 없는 눈으로 자신의 가슴을 주물렀다.

그만해, 마리아!

충분히 표준 이상이니까!

마리아의 경우 가슴이나 용모의 문제가 아니라 단순히 이상형의 기준이 너무 높은 탓인 것 같은데…….

함부로 위로해주면 역효과가 될 것 같으니 그만두자.

"아, 나는 그런 게 없어서 다행이네."

"저도 그렇습니다."

"소인도 그렇소이다."

"아, 토니와 토르와 율리우스는 보고할 필요가 없구나."

토니의 여자 친구인 리리아 씨는 총무국에서 근무한다고
했던가?

사무원이니 임신해도 일할 수 있고 애초에 얼티밋 매지션
즈와 관계가 없으니 보고할 필요가 없다.

토르와 율리우스도 마찬가지.

결혼하면 배우자는 그대로 영지 경영 일을 돕는다고.

그것도 얼티밋 매지션즈와는 관계가 없다.

"보고할 의무는 없지만, 축하해야 하니 알려다오."

"하하하. 전하께서 축하해주신다면 리리아도 깜짝 놀라겠
네요."

"이제는 좀 익숙해졌으면 좋겠다만 말이지."

"그러고 보니 오그도 토니와 리리아 씨의 결혼식에는 참석
할 거지? 괜찮은 거야?"

"글쎄? 긴장해서 벌벌 떨지도 모르겠네."

토니는 하하하 웃으며 그렇게 말했다.

"우리와 알게 된지도 2년 이상 지났는데 대체 언제쯤 익숙
해질 건지."

오그는 한숨을 쉬며 그렇게 말했다.

"리리아는 특별한 능력이 없는 평범한 일반 시민이니까요.
다른 사람과 만날 때마다 긴장된다더라고요."

"그래? 하지만 카렌 씨나 사라 씨는 우리와 꽤 친해진 것
같던데."

"귀족인 것만 해도 특별한 거지."

그건 그럴지도.

"뭐, 현자님과 도사님이 조부모인 신 정도는 아니겠지만."

"그렇게 생각하면 실버 군도 상당히 특별하네요."

"증조부모가 현자님과 도사님이고 부모가 영웅과 성녀이니 말이오. 확실히 특별하구려."

그렇게 말하면 마치 우리 집안이 이상한 것처럼 들리잖아.

실버는 이상할 정도로 귀엽지만!

그때 앨리스가 가볍게 툭 던지듯 오그에게 물었다.

"그러고 보니 전하. 어째서 신 군은 귀족이 되지 않는 건가요?"

그 말로 모두의 시선이 일제히 오그에게 집중됐다.

그러고 보니 그런 이야기는 한 번도 들어본 적이 없었네.

앨리스의 말을 들은 순간 오그의 미간이 찌푸려졌다.

"신의 공적만 본다면 충분히 귀족이 될 수 있다. 일반적이라면 후작 정도의 작위는 수여해야 할 실적이지."

"마인 토벌, 스이드 구조, 슈투름을 토벌해 구 제국령을 탈환, 거기에 수많은 마도구까지 개발했으니까요. 그리고 고정식 통신기의 인프라가 완성될 것 같으니 슬슬 개인에게도 풀릴 것 같습니다."

토르가 손가락을 접어가며 내가 했던 일들을 열거했다.

그렇게 생각하니 상당히 많은 일을 했네.

"확실히 그중 하나만으로도 귀족 지위를 수여했어도 이상하지 않소이다."

"어? 그럼 어째서 받지 않는 거예요?"

앨리스가 그렇게 묻자 오그는 깊은 한숨을 쉬었다.

"알스하이드에서 작위를 수여해 귀족이 된다면 알스하이드 왕가에 충성을 맹세한다는 뜻이다. 다시 말해 알스하이드 왕가의 명령을 따를 의무가 발생하는 건데…… 신은 이미 세계의 영웅이지. 알스하이드에서 그런 짓을 했다간 전 세계에서 무슨 말을 들을지 알 수 없지."

그랬던 거야?

"그리고 그것보다 그런 짓을 벌이면 멀린 님과 멜리다 님께서 가만히 계시겠나?"

"우와…… 분명 화내실 거라고요."

"그래. 그러니 신에게 귀족 지위를 수여하기 어렵다."

"흠……."

귀족이 되고 싶다는 생각을 전혀 해본 적이 없어서 관심이 없다는 듯이 대답했더니 오그의 어깨가 축 처졌다.

"멀린 님과 멜리다 님도 마인 토벌의 공적으로 귀족 지위를 수여한다는 이야기를 마다하셨다지. 그런 점은 두 분의 가르침을 받은 손자답다고나 할까."

"그런 이유도 있을지 모르지만 난 열다섯 살까지 숲에서 살았다고. 지금 생활만 해도 충분한데 뭘 더 바라겠어."

깊은 숲속 생활을 하다 갑자기 도시로 나와 저택 생활을 했다.

거기에 취하는 사람도 있겠지만, 전생에서 그럭저럭 나쁘지 않은 생활을 보내던 평민으로서는 지금 상황만으로도 충분하다.

오그는 내 반응에 감탄한 듯하다.

"네 그런 점만큼은 정말로 대단하군."

"만큼은……."

그것 말고는 좋게 평가할 점이 없다는 거야?

"하지만 확실히 야심이 없는 것 같아."

"그래. 만약 신이 야심가였다면 지금쯤 제2의 슈투름이 됐어도 이상하지 않을 테니까."

토니가 앨리스의 말에 동의했다.

그런 이야기를 전에도 나바르 씨에게 한 적이 있는데, 세계 정복처럼 성가신 일은 하고 싶지 않다.

그런 이야기를 나누는 중 린은 고개를 갸웃했다.

"큰 힘을 지닌 인간은 힘에 도취되어 교만해지기 쉬움. 월포드 군은 어째서 그렇게 되지 않았어?"

"그렇게 물어도……."

흥미가 없었다는 말밖에는…….

린의 질문에 어떻게 대답해야 좋을지 알 수 없어 곤란해하고 있으니 쓴웃음을 지은 시실리가 도와주었다.

"할머님께서 계시니까요."

"""아……."""

그 한마디만으로 모두가 이해했다는 듯이 고개를 끄덕였다.

"신이 두려워하는 사람이 있었지."

"멜리다 님께는 정말로 감사할 따름입니다."

"정말 그러하오."

확실히 마법의 힘으로만 말하자면 지금의 나는 할머니보다 강할 것이다.

그러나 어째서인지 할머니에겐 거스를 수 없다.

……어렸을 때부터 각인된 건가?

아무렴 어때.

"그럼 할머니 덕분인 셈 치자."

그 설명이 제일 간단하고 설득력도 있다.

앞으로는 그렇게 말하고 다녀야지.

그때, 올리비아가 새로운 의문을 던졌다.

"멜리다 님이 윌포드 군에게 엄하신 건 알겠는데요, 실버 군에게는 어떨까요?"

"그건……."

나는 평소 할머니의 모습을 떠올렸다.

"푹 빠지셨지."

"정말 그러세요."

할머니는 실버에겐 정말 약하다.

엄할 때는 엄하지만 그것은 실버가 위험한 행동을 해서 혼낼 때뿐.

그 이외엔 다소 어리광을 부려도 곤란한 표정을 지을 뿐이다.

쿠완롱으로 오는 도중 잠깐 집으로 돌아갔을 때, 실버가 크게 울어서 당황했을 뿐이었으니까.

할머니는 실버에게 정말로 약하다.

"나도 손자인데…… 나는 할머니한테 혼난 기억이 훨씬 많아."

이 대우의 차이는 대체 뭘까?

어리광부리는 실버에게 쓴웃음을 지은 할머니는 「이것 참 별수 없구나」 하고 말한다.

그런 모습은 내가 어렸을 땐 한 번도 본 적이 없다.

어째서일지 알 수 없어 하자 모두의 시선이 내게 모였다.

그 얼굴엔 놀라움으로 가득했다.

역시 나를 대할 때와 실버를 대할 때의 차이에 놀란 모양이네.

"신기하지? 역시 손자하고 증손자는 다른가?"

내가 그렇게 말하자 모두의 얼굴이 더욱 놀라움이 차올랐다.

뭐지?

"신, 진심으로 말하는 건가?"

"응?"

오그는 진짜로 놀란 듯하다.

뭐야, 이 반응은?

"실버는 착한 아이니까."

"응, 착한 아이."

앨리스와 린이 그렇게 말했다.

"잠깐. 실버가 착한 아이라는 건 백 퍼센트 동의하지만 그렇게 말하면 내가 나쁜 아이인 것 같잖아!"

나도 어렸을 땐 할아버지, 할머니의 말을 잘 들었고 일도 많이 도와드렸다고!

나도 착한 아이야!

"하지만~ 전에 멜리다 님께서 월포드 군은 손이 많이 가지 않는 아이였지만 잠시만 눈을 떼면 무슨 짓을 저지를지 알 수 없는 아이라고 하셨는데~."

그렇게 말한 것은 우리 중에서 제일 할머니와 친한 유리.

그러고 보니 할아버지와 할머니를 도울 때 항상 칭찬해주셨던 것 같다.

하지만 마법 실험을 할 때와 마도구를 만들 때는 엄청나게 혼났다.

"어라? 지금하고 별로 다르지 않네?"

지금도 할머니에게 혼나는 가장 큰 원인은 새로운 마법과 마도구를 개발했을 때이다.

어렸을 때 혼났던 원인도 마찬가지.

경악할만한 사실을 깨달았을 때 어째서인지 오그가 생각에 잠긴 얼굴을 했다.

"신, 참고로 어렸을 적에 뭐라고 혼났었지?"

"어? 음, 위험한 행동은 하지 말라는 게 많았던 것 같네."

그때 정신 연령은 어른이지만 몸은 어린아이였으니까.

어른이 걱정하는 것도 당연하다.

그래도 정신은 어른이다 보니 그만 어린아이의 범주를 넘어선 행동을 하다 혼나고는 했었지.

"그렇군. 신이 쉽게 자중하지 않는 이유를 알게 된 것 같다."

오그의 말에 모두가 주목했다.

"어? 무슨 뜻이에요, 전하."

마리아도 흥미가 있는지 오그에게 물었다.

"어디까지나 추측에 불과하고 신도 자각하지 못하는 거겠지. 신은 어렸을 때부터 멜리다 님께 자주 혼났다. 하지만 그건 어린아이가 마법을 쓰는 건 위험하다는 이유가 대부분이었다."

뭐, 그렇게 말했지.

"너는 지금도 멜리다 님께서 그런 이유로 혼내셨다고 생각하지 않나?"

"응?"

"이제 어린아이가 아니니 위험하지 않다. 그렇게 생각하기에 멜리다 님의 충고가 몸에 배이지 않았겠지."

오그가 그렇게 말하자 모두가 이해했다.

아니, 아무리 그래도 그건 아니지.

"나도 할머니가 혼내는 이유 정도는 안다고."

그렇게 말하자 오그가 노려보았다.

"그럼 어째서 지금까지 자중하지 않는 거지?"

"그건……."

전생에서는 당연한 일이었으니까…….

"아니, 있으면 편리하겠다 싶어 개발했더니 사실 그런 물건을 아무도 생각해본 적이 없었던 일이 많았던 것뿐이라……."

그렇게 말하니 오그가 깊은 한숨을 쉬었다.

"하아…… 네 발명품은 생활에 도움이 되는 물건이 많은 것도 사실이지."

"그렇지? 그럼 그렇게 화낼 필요 없잖아."

"……가끔 이번에 스스로 달리는 탈것처럼 기존의 업자를 위협하는 물건을 떠올리니 네가 만드는 물건을 경계할 수밖에 없는 거다."

"일단은 그 점도 고려하기는 했는데……."

"호오? 어떤 생각이지?"

어라? 의외로 반응을 보이네?

"음, 도시 안에서는 지금처럼 마차를 달리게 하고 스스로 달리는 탈것은 다른 도시로 이동할 때만 사용하면 되지 않을까 싶었어."

"도시 간 이동도 이미 마차를 사용하고 있을 텐데."

"할머니가 발명한 마도구를 사용한 거 말이지? 그건 말에

게 상당한 부담이 되고, 그렇게 오래 달릴 수 없잖아?"

"확실히 도시 안을 달리는 마차와 비교하면 수가 상당히 적군."

"그렇다면 마차 업자에게 스스로 달리는 탈것을 만들게 하고 마차는 도시 안에서만 사용하게 하면 마차 업계가 망하지는 않을까 싶었지."

일단은 나름대로 생각해본 결과인데…… 안 되려나?

그렇게 생각해서 말하니 오그가 진지한 얼굴로 토르와 율리우스를 불러 대화를 시작했다.

"전하, 그거라면 괜찮을지도 모릅니다."

"마도구라면 피로를 모르니까 말이오."

"장거리 이동에 혁명이 일어날 겁니다."

"그렇겠지. 아니, 하지만……."

세 사람은 한동안 대화를 나눴고 얼마 후 오그가 나를 보았다.

"확실히 그거라면 괜찮을 것 같다만…… 제일 손해 보는 사람이 있다."

"손해?"

"멜리다 님이지. 마차에 쓰이는 마도구는 멜리다 님이 권리를 갖고 계신다. 장거리 이동을 스스로 달리는 탈것으로 교체할 경우 그 마도구가 쓸모없어져. 그렇게 되면 멜리다 님이 손해를 보게 되지."

아, 그런 뜻인가.

"딱히 상관없지 않아?"

"뭐?"

"할머니는 이미 돈이 넘칠 정도로 부자잖아? 그리고 그것 말고도 다른 마도구의 권리를 갖고 있으니까 이제 와서 권리 한두 개가 사라진다 해도 아무렇지도 않을 거야."

"그런가?"

"……아마도."

할머니도 이제 연세가 제법 되시니 돈을 더 벌지 않아도 괜찮지 않을까.

지금도 고용인들의 급여 외에는 쓸 곳이 없다고 하니.

……아, 최근에는 실버의 장난감을 자주 사주시지.

그런 생각을 하고 있으니 오그가 한숨을 내쉬었다.

"스스로 달리는 탈것이 완성되지도 않은 상황에서 계속 이야기해봤자 의미가 없겠지. 신, 일단 약속대로 완성되면 바로 내게 보여다오."

"알고 있어."

그렇게 말하고 오그와 대화를 마쳤을 때였다.

""월포드 군! 스스로 달리는 탈것이라는 건 뭐야?!""

눈이 반짝이는 마크와 유리가 굉장한 기세로 물었다.

아, 오그가 이마에 손을 얹고 한숨을 쉬네.

"신에게 너무 물들었어……."

내가 무슨 독극물을 푼 것도 아니잖아!

◆

"하아…… 이제야 풀려났네."

마크와 유리에게 자동차에 대해 잔뜩 설명하게 된 나는 소파에 털썩 앉았다.

"수고했어요. 여기, 차요."

"고마워, 시실리."

시실리가 지친 내게 차를 건네주었다.

알스하이드에서 차라고 하면 홍차를 가리키는 것인데, 쿠완롱에서 나오는 차는 중국의 차와 비슷했다.

그릇도 티 컵이 아니라 동양식의 손잡이가 없는 잔.

그것을 받아들고 뜨거운 차를 마셨다.

"하아."

"그나저나 신 님은 맛있게 드시네요. 그렇게 마음에 드셨나요?"

뜨거운 차가 지친 몸을 풀어주자 나도 모르게 한숨이 나와 샤오린 씨가 살짝 기쁜 듯이 물어보았다.

그 얼굴은 아까에 비하면 상당히 밝았다.

자신의 심정을 토로한 것과 그 해결책을 찾았기 때문이겠지.

"만약 괜찮으시다면 선물로 찻잎을 가지고 돌아가시겠어요?"

"괜찮아요?"

샤오린 씨의 제안에 나도 모르게 얼굴에 희색이 돌았다.

"네. 맞다, 다기도 필요하실 테니 그것도 준비할게요."

"그, 그런 것까지! 괜찮아요!"

오, 찻잎만이 아니라 주전자와 잔까지 준다는 건가.

나는 단순히 고맙다고 생각했지만 시실리는 무척이나 미안해했다.

그런 시실리에게 샤오린 씨가 고개를 저었다.

"괜찮습니다. 이건 지금까지 계속 신 님을 의심의 눈으로 보았던 것에 대한 사죄의 의미도 있으니까요."

"그런가요."

"네. 그러니 이번엔 받아주세요."

"이번이라고요?"

시실리의 질문에 샤오린 씨가 미소 지었다.

"네. 지금은 환율도 확정되지 않았으니까요. 다음부터는 꼭 구매해주시면 감사하겠습니다."

이번엔 사죄의 의미를 겸해 공짜로 주지만, 다음엔 사달라는 샤오린 씨에게 시실리도 미소 지었다.

"후후. 그럼, 감사히 받을게요. 고맙습니다."

"네. 앞으로도 잘 부탁드려요."

시실리와 샤오린 씨는 서로 바라보며 미소 지었다.

아까 그런 일이 있었다고는 상상도 할 수 없을 정도로 온

화한 분위기였다.

"그나저나 그 유적에 아직 이용 가치가 있는 물건이 있었군요."

방금까지 시실리와 미소 짓던 샤오린 씨가 내게 말을 걸었다.

"제가 보기에 그 유적은 보물덩어리라고요. 어째서 방치된 거죠?"

그만큼 고도의 문명을 간직한 유적이 남아있는데 어째서 손을 대지 않는지 신기하기만 했다.

"그건 유적에서 발굴되는 출토품 중에 그대로 쓸 수 있는 물건이 무기뿐이기 때문입니다."

"그대로…… 아, 그런 뜻이구나."

"네. 무기 이외의 물건은 부식되거나 원형이 남아있지 않은 것이 많지만 무기만큼은 원형이 그대로 출토돼요."

"흐음. 그럼 그런 건가? 일용품은 부서져도 괜찮지만 무기는 부서지면 곤란하니 원형을 유지하는 부여가 되어 있는 걸까요?"

"아마도 그런 것 같습니다."

"응? 무슨 말이야? 그럼 일용품에도 똑같은 부여를 하면 좋잖아?"

나와 샤오린 씨가 대화를 나누니 앨리스가 궁금해졌는지 그렇게 물었다.

"무기는 적을 쓰러뜨리기 위한 물건이지만 동시에 자신을 지키기 위한 거잖아? 그런 물건은 망가지면 곤란하지만 일용품은 망가지지 않으면 곤란해."

"어째서?"

"망가지지 않으면 새 걸 사지 않으니까."

전생에서도 가전제품은 오래된 제품일수록 잘 망가지지 않고 신제품일수록 쉽게 망가지는 경우가 있다.

새것을 사거나 소모품을 구입하지 않으면 기업이 돈을 벌수 없기 때문이다.

"우와, 너무하네!"

"어쩔 수 없다, 앨리스 양. 일용품은 어느 정도 사용하다 교환하지 않으면 이익이 나오지 않으니까 말임다……."

앨리스는 기업의 노림수를 너무하다고 판단했지만 마크는 그 의미를 이해한 듯하다.

공방의 아들이니까.

"혹시 마크 네 마도구도 망가지기 쉬워?"

"그렇지 않습다! 다만 유적에서 나오는 무기처럼 망가지지 않는 부여를 하지 않는 것뿐임다! 그리고 그렇게 부여해도 의미가 없슴다."

"어째서? 망가지지 않는 게 좋잖아."

"부여해도 계속 마력을 공급하지 않으면 의미가 없슴다."

"아, 그렇구나. 그렇다면 유적에서 나오는 무기는 마석이 사용된 거야?"

앨리스가 묻자 샤오린 씨가 끄덕였다.

"상태 유지용이라 굉장히 작지만요."

"와, 진짜 사치품이잖아?"

서방 세계에서 마석은 아직 희귀한 물건이니까.

이렇게 마석을 잔뜩 사용했다니 인공적으로 만들었다는 설이 농후해졌다.

이전 문명이 멸망한 이후 지금까지 끊임없이 마석을 채굴했다면 그 마석 광산에 있는 인공 마석 제조기가 마력을 흡수해 마석을 생성, 다시 그 마석을 에너지 삼아 다시 마석을 생성하는 사이클이 완성됐을 것이다.

어떤 의미로는 영구 기관이네.

"그나저나 일부러 마석을 사용하면서까지 무기의 상태를 유지하려 하다니…… 이전 문명은 그렇게나 살벌한 세계였던 건가?"

무기에 상태 유지가 부여된 사실에 오그의 미간이 찌푸려졌다.

"글쎄요? 그런 고도의 문명을 이룩했을 정도니까 전쟁이 빈번하게 일어나지 않았다는 뜻 아닐까요?"

"그러나 건물이 손상된 것을 보면 전쟁이 벌어졌다고 밖에는 할 수 없소이다."

"마물 대책일까? 샤오린 씨, 무기는 어떤 유적에서 발굴되지?"

토르, 율리우스와 대화하던 오그가 샤오린에게 물었다.

"이번에 우리가 갔던 유적에서 발견되는 일은 거의 없어요. 다만 발견될 때는 한꺼번에 대량으로 발견됩니다."

"흠, 군의 무기 창고 같은 곳인가?"

"아마 그럴 거예요."

오늘 갔던 유적은 오피스 거리 같았으니까.

그런 곳에 무기가 있을 리는 없겠지.

하지만 거의라는 말은 가끔 발견된다는 뜻이겠지.

방위를 위해서인지 범죄에 사용하기 위해서인지는 알 수 없지만 무기를 지닌 사람도 있었다는 뜻이다.

그리고 한꺼번에 나온다는 것은 오그의 말처럼 무기 창고 같은 곳이겠지.

옛날이나 지금이나 마물에게 피해를 보는 건 마찬가지라는 건가.

"그렇다면 하오는 그 무기를 무기고에서 발굴했다는 뜻이로군."

오그가 그렇게 말하자 샤오린 씨가 솔직하게 끄덕였다.

"그렇습니다. 장군의 말로는 하오가 모반을 일으킬 정도로 강력한 무기가 보관된 무기고를 발견했다는 보고는 없었다고 해요. 지금 하오의 사병에게서 정보를 캐고 있으니 곧 장소를 알아낼 거예요."

"그만큼 엄중히 관리되고 있다는 건가."

"그 무기가 다시 발굴되어 좋지 않은 사상을 지닌 사람의 손에 넘어갈 경우 최악의 사태도 고려해야 하니까요."

"군도 예의 주시한다는 거로군."

"네."

하오가 빼앗았던 레일건은 탄이 장전되지 않았기에 아무런 피해가 없었지만, 만약 탄이 장전되어 있어서 발사됐더라면……

쿠완룽의 황제가 어디에 있는지는 모르지만 만약 황제가 있는 곳을 조준해 발사했더라면 그대로 끝.

황제의 사망으로 정변이 일어났을 것이다.

"최근 새로운 유적이 발견되지 않았지만 이번 일로 유적 탐색에 힘을 쏟을 겁니다."

"유적 탐색이라……."

샤오린 씨의 이야기를 들은 오그는 팔짱을 끼고 생각에 잠겼다.

"왜 그래?"

"아니, 쿠완룽에서는 이렇게 간단히 유적이 발견되는데 우리 쪽에서는 전혀 발견되지 않는다 싶어서."

"그러고 보니 그러네요. 그 때문에 알스하이드에서는 이전 문명이 음모론처럼 다뤄지니까요."

오그의 의문에 음모론을 좋아하는 토니가 반응했다.

"이전 문명은 이 주변에서만 발전했다는 뜻인가?"

"그렇게 굉장한 도시를 만들 수 있을 정도였잖아? 그럼 더이상하지."

앨리스와 마리아도 이야기에 참가했다.

유령을 싫어하는 마리아도 잃어버린 이전 문명이라는 음모론이라면 무섭지 않나 보다.

"하지만 쿠완롱에는 이렇게 많은 유적이 있는데 어째서 알스하이드 주변에는 없는 거야?"

"……흔적도 없이 먼지가 되어 사라졌기 때문…… 아닐까?"

앨리스의 말에 그만 그런 말이 나오고 말았다.

그 순간 모두의 시선이 내게 집중됐다.

"아마 알스하이드 위치에 있던 나라와 쿠완롱 부근……동방 세계에 있던 나라가 충돌한 게 아닐까? 그래서 서방세계에 있던 나라는 완전히 패배한 거지. 그야말로 도시와마을 하나 남기지 않을 정도로."

"마, 말도 안 돼…… 그런 일이 가능하다는 건가…….''

내 추측에 오그가 떨리는 목소리로 그렇게 말했다.

하긴 이쪽 세계의 상식으로는 믿기 어렵겠지.

"가능했던 게 아닐까? 아무래도 이전 문명의 사람들은 하늘도 날았던 모양이니까."

내가 그렇게 말하자 토르는 알겠다는 표정을 했다.

"그건…… 다시 말해 하늘에서 극대 마법을 발사했다는……."

"꼭 마법이라고는 할 수 없어. 마도구를 뿌렸을지도 모르지."

하늘에서 극대 마법 정도의 위력이 있는 마도구가 대량으로 떨어지는 모습을 상상한 모양이다.

모두의 얼굴이 창백해졌다.

"어째서 그렇게 됐는지는 모르겠지만…… 어느 쪽이 그걸 먼저 사용한 것 아닐까? 그래서 복수하겠다며 같은 마도구를 사용한 거지. 그 결과 서로 물러설 수 없게 되어 한쪽이 괴멸할 때까지 싸웠던 것 아닐까?"

선을 넘어버린 것과 물러날 때를 놓친 것.

이 두 가지가 이전 문명의 붕괴로 이어지지 않았을까.

"전쟁이 끝난 뒤의 세계가 어떻게 됐을까? 한쪽은 완전히 멸망하고 다른 한쪽도 문명을 유지할 수 없을 정도의 타격을 받아서 인류는 거의 멸망 직전까지 갔을 거야."

이전 문명의 기록은 완전히 소실됐으니 어느 정도의 파괴였는지 상상할 수조차 없다.

그러나 살아남은 소수의 인류는 조금씩 수를 늘려나갔고, 결국 지금의 세계가 만들어졌을 것이다.

"기록이 없으니 전부 상상에 불과하지만."

내가 그렇게 말하자 조용히 이야기를 듣던 모두가 긴 숨을 내쉬었다.

"너…… 정말이지 무서운 상상을 하는군."

그렇게 말한 오그는 질려버린 표정이었다.

어? 그런 고도의 문명이 멸망할 정도니 쉽게 상상할 수 있지 않아?

그러나 그렇게 생각한 것은 나뿐이었던 듯하다.

"정말 상상 맞아? 어쩐지 확신에 가까운 느낌이었는데……."

마리아의 말에 모두가 수긍했다.

"확신은 아니야. 샤오린 씨에게서 들은 이야기와 그만큼 고도로 발달된 문명이 사라진 것, 알스하이드 주변, 아니 서방 세계에서 유적이 전혀 발견되지 않는 것을 고려하면 그렇게 생각하는 게 당연하잖아?"

전생과 비슷한 이쪽 세계에서 전쟁이 벌어졌다면 그런 일이 벌어졌을 것 같다는 생각을 들키지 않도록 이런 단계를 밟아 추측했다고 알리자 하나둘씩 수긍하기 시작했다.

"하늘에서 무차별 공격했다면 일반 시민도 휘말릴 수도 있을 텐데요……."

"전쟁에 일반 시민을 휘말리게 했다는 것은 믿고 싶지 않지만…… 그거라면 이해할 수 있겠군. 용납할 수는 없다만."

"그거면 돼. 아니, 그렇지 않으면 안 되지."

애초에 전쟁이란 벌어지면 안 되는 것이지만 국가 간의 이해관계라든가 영토 문제 등으로 전쟁이 벌어지고는 한다.

그런 국가 간의 전쟁에서 일반 시민은 관계가 없다.

그런데도 이전 문명 시대에 일어난 전쟁에서는 나라가 통째로 사라졌다.

그렇다면 일반 시민이 수없이 희생됐다는 뜻이다.

……추측이지만, 어린아이에게 전생의 기억을 떠올리게 하는 행위를 인위적으로 벌인 것으로 여겨지는 이전 문명.

윤리관이 상당히 일그러졌던 것인지도 모른다.

그렇게 생각한 것은 나뿐만이 아니었다.

"국민을 모조리 없애다니…… 슈투름 같네."

앨리스가 평소와는 다르게 침통한 표정으로 중얼거린 그 말이 모두의 심정을 대변했는지 다들 표정이 어두워졌다.

"이전 문명 시대에도 마인이 있었을까?"

마리아의 의문에 오그는 생각에 잠겼다.

"어쩌면 그랬을지도 모르겠다만 더 무서운 것은 그런 행동을 일반적인 사람이 했을 경우다. 오히려 그랬을 가능성이 더 높겠지."

슈투름과 그를 따르던 마인들은 제국을 향해 두려울 정도의 원한을 품었다.

그래서 황제와 귀족뿐만 아니라 일반 시민까지 학살했다.

그러나 이전 문명에서 일어난 것은 전쟁.

원한에 의한 복수가 아니다.

그런데 적국 전체를 없앨 때까지 싸우다니…… 제정신이 아니다.

"그나저나 이전 문명에서 마도구를 만든 자는 그렇게 될 가능성을 고려하지 않았던 건가? 말 그대로 세계가 멸망했으니 말이다."

"설마 정말로 사용할 줄은 몰랐던 것 아닐까?"

오그의 의문에 대답하자 이야기를 계속하라는 듯이 나를 바라본다.

"제작한 사람은 억지력으로 삼을 생각 아니었을까? 이쪽엔 이런 무기가 있다고 알려 적국이 함부로 공격하지 못하도록 견제하려던 거겠지. 하지만 상대 나라도 그에 대항해 비슷한 무기를 만들었을 거야. 그리고 어느 나라가 실제로 사용하고 만 거지. 그 후로는 보복에 보복이 이어지고……."

내 말에 모두 입을 다물고 침묵했다.

그렇게나 의외였던 걸까?

상황을 추리해보면 어렵지 않게 도달할 법한 가설인데.

"개발한 사람도 실제로 사용하지 말라고 주의했을 거야. 이전 문명의 위정자는 그런 개발자의 말을 듣지 않았던 거지."

강력한 마도구이니 사용했다.

그뿐이었겠지.

이전 문명이 어떤 정치 체제였는지는 모른다.

전제군주제였는지, 민주제였는지.

위정자 일족 중에서 전생의 기억을 지닌 자가 있었다면 그 마도구를 사용하지 않도록 진언할 수도 있었을 것이다.

그러나 전생의 기억을 떠올리기 위해선 어린아이를 죽음 직전까지 몰아넣어야 한다.

위정자의 아이에게 그런 짓을 할 것 같지는 않다.

그 결과, 마도구를 사용해선 안 된다는 것을 모르는 자가 지도자가 되었다.

그리고 멸망한 것이다.

그렇게 이전 문명이 멸망한 원인을 추측하고 있던 중 앨리스가 생각지도 못한 말을 했다.

"음, 이건 그거네. 그 가설이 더 진짜 같아졌어."

"가설?"

무슨 말이지?

그렇게 생각하니 뒤이어 나온 말에 심장이 고동쳤다.

"신 군이 이전 문명 시절의 기억을 지녔다는 가설 말이야!"

"잠깐…… 무슨 말이야, 앨리스."

깜짝이야.

진짜 깜짝 놀랐어!

설마 방금 이야기를 듣고 그런 말을 꺼낼 줄은 전혀 몰랐다.

그렇게 생각하고 주위를 둘러보니 다들 의외라는 표정……이 아니었다.

어라? 다들 조금은 의심했던 거야?

그렇게 생각하고 오그를 보니 진지한 표정이었다.

"처음엔 헛소리라고 생각했다만…… 지금 이야기를 들어보니 코너의 말이 사실이라는 생각이 드는군."

너도?!

어? 이런, 혹시 말이 너무 많았던 건가?

전생의 기억과는 상관없이 조금만 추리하면 도달할 수 있는 이야기를 한 건데.

　"……우리나라의 조사단도 신 님께서 말씀하신 추론에는 아직 도달하지 못했어요. 하지만 신 님의 설명을 들으니 그 가설이 사실인 것 같습니다."

　샤오린 씨는 애초에 내가 이전 문명의 마도구에 부여된 문자와 같은 문자가 사용하는 점을 수상히 여겼기 때문인지 그 이야기를 믿는 눈치다.

　"네가 말하는 억지력으로서 강력한 마도구를 개발. 그것을 하늘에서 투하하는 전술. 각국이 했을 행동. 전부 우리는 상상도 할 수 없는 일이다."

　오그는 그렇게 말한 뒤 진지한 얼굴로 내게 말했다.

　"신. 이건 무척 중요한 일이다. 이전 문명이라는 고도로 발달된 문명이 정말로 존재했으며, 그것이 멸망했다. 그것을 알게 된 지금 나는 반드시 알아야 한다."

　"알아야 한다니, 뭘?"

　"……우리의 세계도 이대로 문명이 발전한다면 이전 문명과 같은 결말을 맞이하게 될 것인지를."

　나는 그 말에 오그가 무엇을 걱정하는지 이해했다.

　지금 세계에서는 인류의 손으로 인류를 멸망시키는 일은 없을 것이다.

　세계를 증오해 없애려 하는 마인 이외에는.

그러나 앞으로 문명이 발달된다면 어떨까.

마을이나 도시 하나를 파괴할 정도의 병기가 발명되지 않을 것이라고 장담할 수 없다.

그렇게 될 경우 이전 문명과 같은 결말을 맞이하게 될 가능성도 있다.

그렇게 되지 않도록, 그것을 회피할 방법을 알아둬야 한다고 생각하는 거겠지.

"신. 솔직하게 말해다오…… 네겐 이전 문명 시대를 살았던 기억이 있나?"

"……."

무척이나 진지한, 놀리려는 감정은 전혀 없는 눈빛.

오그는 그런 눈으로 나를 보며 핵심을 찌르는 질문을 던졌다.

나는, 오그의 그 시선에서 눈을 돌려 주위를 보았다.

그곳에 보이는 것은 내 친구들.

내게 휘말려 인생이 달라진 사람들.

나는 지금까지 이 소중한 사람들에게 진실을 밝히지 않았다.

그건 굉장히 큰 배신이 아닐까?

전생의 기억이라는 이쪽 세계에는 없는 지식을 활용해 과분한 입장까지 손에 넣었다.

그것은 친구들만이 아니라 이쪽 세계에 사는 사람 모두를 속이는 것이 아닐까?

그러나 그것을 밝히면 모두가 나를 꺼려하지 않을까…….

하지만.

그렇게 갈등하고 있으니 오그가 다시 말을 걸었다.

"신, 부탁이다. 대답해다오."

그것은 애원에 가까웠다.

오그는 단순한 흥미로 묻는 것이 아니다.

이 세계의 앞날을 걱정하기에 묻는 것이다.

그런데도 나는…… 다른 사람들이 꺼려할지도 모른다는 생각만 했다.

정말…… 정말로 한심하네.

나는 오그의 진지한 눈빛에…… 마음을 굳혔다.

"이전 문명의 기억은…… 없어."

내가 말한 순간 오그가 안타깝다는 얼굴을 했다.

"그런가…… 안타깝군."

실제로 목소리에도 그런 감정이 담겨 있었다.

그 안타깝다는 말은 내가 이전 문명의 기억이 없는 것이 안타까운 것인지, 솔직히 말해주지 않은 것이 안타까운 것인지는 알 수 없었다.

어쩌면 실망했는지도 모른다.

그래서 나는.

"이전 문명의 기억은 없어. 그 대신……."

말할 거다.

"⋯⋯다른 세계에서 살았던 기억이 있어."

나는 최대의 비밀을 털어놓았다.

폭로

제4장

"다, 다른 세계의 기억이라고⋯⋯?"

오그는 믿을 수 없다는 표정으로 그렇게 중얼거렸다.

"잠깐, 잠깐! 그게 대체 무슨 뜻이지?! 이전 문명과는 다른 건가?!"

믿을 수 없다기보다 영문을 알 수 없다는 느낌이네.

그건 다른 아이들도 마찬가지인지 무척이나 당황스러운 표정이었다.

그중에서 누구보다도 빠르게 이해한 사람이 있었다.

"신! 그, 그건 이세계를 말하는 거야?!"

음모론과 괴담을 좋아하는 토니.

그쪽 잡지에서도 번번이 「이세계에서 온 사람」이나 「이세계로 연결된 문」과 같이 수상쩍은 특집이 실리는 경우가 있다.

음모론 애호가들 사이에서 이세계는 은근히 일반인 주제이기도 하다.

실제로 내가 이세계에서 살았던 기억을 지니고 있으니 그런 기사가 실리면 나도 모르게 읽게 된다.

어쩌면 나 이외에도 전생한 사람이 있을지도 모르니까.

하지만 그런 기사의 대부분은 날조였지.

이세계의 자세한 이야기는 실리지 않았고, 마지막에는 반드시 「그럴지도 모른다」거나 「여겨진다」는 투로 마무리된다.

"그, 그래서?! 신이 있던 이세계는 어떤 곳이었어?!"

"토니는 의심하지 않는 거야?"

"솔직히 말해 신이 이세계에서 왔다고 해도 이상하게 수긍이 가!"

토니가 그렇게 말하자 다들 같은 표정을 했다.

"어? 그걸로 끝이야?"

"그걸로 끝이라니, 뭐가?"

내 말의 의미를 알 수 없었는지 마리아가 그렇게 되물었다.

"아니, 다들 나를 멀리 하지 않을까 싶었거든……."

지금까지 내가 전생의 기억을 지녔다는 것을 밝히지 않았던 이유를 말하자 마리아가 황당한 표정을 했다.

"솔직히 말해서 신은 이미 특수한 범주니까."

"특수한 범주? 무슨 범주?"

"인간이라는 범주에서."

"……."

어라?! 날 인간이라고 보지 않았던 거야?!

"그래서 이세계의 기억이 있다고 말해도 그렇구나 싶은 거지."

"맞습니다. 솔직히 신 님의 머릿속이 어떻게 된 건지 항상 궁금했습니다만 이세계의 기억을 지녔다면 이해가 됩니다."

"동감이오."

"이해가 된다고?!"

토르와 율리우스는 어째서인지 속이 시원한 표정이었다.

뭐랄까, 목에 걸린 생선 가시가 빠진 것처럼.

그, 그렇게 수상하게 여겼다니…….

"저기! 그럼 우리가 입은 의상의 디자인도 이세계의 디자인이야?"

앨리스에게 준 옷이라면 큐티 스리 의상 말이겠지.

"뭐, 맞아."

"그럼 이해돼. 그건 너무 참신했거든."

앨리스와 마찬가지로 그곳을 입었던 린도 이해가 된다는 표정이었다.

"그렇다면 월포드 군이 개발한 마도구는 이세계에 있었던 마도구라는 말임까?!"

"더 자세히 알려줘~!"

마크와 유리는 다른 쪽으로 흥분했다.

……너희는 언제 그렇게 마도구에 푹 빠지게 됐니?

아, 그 점은 수정해야겠지.

"마도구는 없었어."

""응?""

내 말에 마크와 유리는 고개를 갸웃했다.

"내가 기억하는 세계에는 마법이 존재하지 않았어."

『뭐?!』

그 설명에 다들 영문을 알 수 없다는 표정이 됐다.

"잠깐. 네가 기억하는 세계…… 전생이라고 할까, 그곳에서 마법이 없었다면 어째서 네 마법은 그렇게 강력한 거지?"

"마법이 없는 대신 과학이 발달했거든."

"과학?"

"그래, 이쪽 세계에서도 다양한 현상이 일어나잖아? 불을 붙이면 불탄다든가 물을 차갑게 하면 얼음이 된다든가 물을 가열하면 증발한다든가."

"네가 마법을 사용할 때 떠올리는 이미지를 말하는 거군."

"맞아. 그게 발달했었어. 그것을 응용해서 마도구와 같은 효과를 얻는 거지."

그렇게 설명했지만 잘 이해하지 못한 듯하다.

그야 그렇겠지. 마도구는 마법으로 움직이는 것이니까 그 이외의 원리를 이해할 리가 없다.

"전생에서는 다양한 현상이 이용됐는데, 그중에서 제일 많이 이용된 것이 전기였어."

"전기?"

"번개 말이야."

내가 그렇게 말하자 번개 마법이 특기인 오그가 경악으로 눈이 휘둥그레졌다.

"말도 안 돼! 번개는 확실히 강력한 힘이지만, 그건 찰나의 자연 현상이다! 어떻게 그런 것을 이용한다는 거지?!"

"알기 쉽게 번개로 말했을 뿐이지, 자연계의 번개를 이용하는 게 아니야."

"자연계의…… 그렇다면 인공적으로 번개를 만든다는 뜻인가?!"

"가능해."

그 말에 다시 경악하는 오그.

"인공적인 번개…… 전기를 만드는 방법은 몇 가지 있지만 전부 아는 건 아니야. 그런 전문 지식은 없으니까."

"전부가 아니라면 일부는 안다는 말이로군."

"응. 이렇게 하는 거야."

나는 종이에 모터를 그렸다.

축에 코일을 감아 주위에 자석을 배치하는 무척이나 간단한 물건.

"여기에 전기를 흘려보내면 이 축이 회전해."

"……아니, 전기의 이용 방법이 아니라 어떻게 만드는 건지 물었다만……."

"반대로 이 축을 돌리면 전기가 발생하고."

이건 어디까지나 원리일 뿐이고 실제 발전기는 더 복잡한 구조일 테지만 그것까지는 모른다.

"그렇군…… 이런 지식이 네 안에 있다는 뜻인가."

"어디까지나 일반적인 지식뿐이지만."

"그런 원리를 사용해 어떤 물건을 만들었던 거지?"

오그의 질문에 나는 최대한 대답했다.

우선 내가 만들고 싶었던 자동차가 전 세계를 달렸던 것.

자동차 이외에도 수많은 사람을 한 번에 태울 수 있는 열차나 하늘을 나는 비행기가 있었던 것.

그리고 우주까지 진출했다고 말하자 모두가 멍한 표정이 되었다.

"후우…… 네가 비상식적인 이유를 이제야 알겠군. 그런 물건을 경험했던 너라면 그게 상식이었던 거겠지. 그래서 네가 당연한 듯이 재현하려던 것이 우리에겐 비상식적으로 보였던 건가."

"그런 점은 산속에서 자란 탓도 클지도 몰라. 세상이 어떻게 흘러가는지 몰랐었으니까."

"그렇군. 그런데 그 전생의 기억은 언제부터 있었지? 태어날 때부터인가?"

"아니, 내가 전생의 기억을 되찾은 것은 할아버지가 거둬주셨을 때였어."

내가 그렇게 말하자 오그는 실수했다는 표정을 했다.

"……미안하다."

"괜찮아. 뭐, 기억이 그때부터여서 부모의 얼굴은 몰라."

"그렇군."

그 후로 이것저것 이야기했다.

마법이 없는 세계에서 전생했으니 모두가 재미없어하는 마력 제어 연습이 너무 즐거워서 지나치게 연습했던 일.

전생의 과학 지식을 마법에 응용할 수 있다는 사실을 알게 되어 놀이처럼 마법을 잔뜩 실험했던 일.

기준이 할아버지였던 것과 전생의 기억에서는 더 굉장한 무기가 있었기에 한참 멀었다고 생각했던 일을 이야기하니 다들 황당해하면서도 이해가 된다는 표정이었다.

나는 그것이 신기했다.

"저기…… 다들 화나지 않아?"

"왜?"

내 말에 앨리스가 알 수 없다는 듯이 고개를 갸웃했다.

"아니, 교활한 것 같다거나……."

내가 그렇게 말하자 다들 얼굴을 마주 보았다.

"딱히 교활한 행동은 하지 않았잖아요?"

"어?"

시실리가 한 말이 믿기지 않아 나도 모르게 되물었다.

"신 군이 있던 세계에는 마법이 없었던 거잖아요? 그렇다면 이쪽에 다시 태어난 이후로 많은 연습을 한 거죠?"

"그렇긴 해."

"그럼 신 군의 마법은 노력으로 얻은 힘이잖아요. 아무도 나쁘게 생각 안 해요."

시실리는 그렇게 말한 뒤 생긋 미소 지었다.

솔직히 이 이야기를 하면서 제일 무서웠던 것이 시실리의 반응이다.

나와 시실리는 결혼했다.

이런 중대한 비밀을 숨긴 채.

비밀을 고백하면 시실리에게 버림받지 않을까 줄곧 두려워했다.

그러나 시실리는 지금까지 숨겨왔던 비밀을 받아주었다.

"저기, 시실리는 화나지 않았어?"

"뭐가요?"

"내가 비밀을 숨긴 걸……."

"그러네요……."

시실리는 그렇게 말하며 고개를 살짝 숙였다.

"솔직히, 말해주지 않은 건 섭섭해요. 하지만 말하기 어렵다는 것도 이해해요. 그러니 화나지 않았어요."

"그래……."

"하지만……."

"응?"

"……제게만 알려줬더라면 좋았을 걸 하고 생각하긴 했어요. 그랬다면 둘만의 비밀이 생겼을 테니까요."

부끄러운 듯이 그렇게 말하는 시실리를 본 나는 정말이지 행복한 녀석이라는 기분이 들었다.

이렇게 중대한 일을 숨겼는데도 여전히 나를 사랑해주는

시실리가 너무나도 사랑스러워 참을 수 없었다.

나도 모르게 옆에 앉아 있던 시실리를 안았다.

"시실리⋯⋯."

"신 군⋯⋯."

"미안하지만 그런 건 나중에 해주겠나?"

""⋯⋯!""

오그의 일침에 정신을 차린 우리는 주위에 모두가 모였다는 사실을 떠올리고 재빨리 몸을 떨어뜨렸다.

주위를 둘러보니 다들 히죽거리고 있다.

"이걸 보면 방금 했던 이야기는 월포드 부인이 첫 번째가 될 것 같군."

여기서 아까 했던 이야기를 꺼내지 말라고!

아, 시실리도 새빨개진 얼굴을 가리고 있잖아.

그러나 그 덕분인지 주위의 분위기가 부드러워졌다.

솔직히 전생을 고백하고 이런 분위기가 될 줄은 몰랐다.

나는 반칙에 가까운 행동을 한 셈이니 비난을 받아도 이상하지 않다고, 오히려 그렇게 생각했다.

그런데 비난하기는커녕 지금까지의 일들을 이해하며 아무 일도 없었던 듯이 예전처럼 대해준다.

너무나도 고마운 일이다.

"다들⋯⋯ 고마워."

"네가 뭘 고맙다고 한 건지 모르겠다만 조금 더 자세한 이야기를 들려주겠나?"

"그래. 뭐든지 물어봐. 대답할 수 있는 거라면 뭐든 대답할게."

"좋아, 그럼 우선……."

오그는 그렇게 말한 뒤 계속해서 질문했다.

그 질문 내용은 무척이나 광범위해서 내가 모르는 것도 많았다.

그런 점은 미안했다.

다만 세계의 주요 정치 형태에 관해 이야기했을 때 오그가 무언가 생각에 잠겼다.

"왜 그래?"

"아니, 너 이외에도 이세계의 기억을 지닌 녀석이 있을 것 같나?"

아, 그거 말이구나.

"있어. ……아니, 있었어."

내가 그렇게 말하자 오그의 눈이 커졌다.

"단언하는 걸 보면…… 그게 누구인지 안다는 거로군."

"그래. 맛시타라고 알아?"

"전설의 마도구 장인 말이지? 설마 그 맛시타가 전생의 기억을 지녔다는 건가?"

"그 외에도 의심되는 사람은 있지만 이 사람만큼은 확실해."

"어째서지?"

"할머니한테 맛시타의 일기를 보여달라고 한 적이 있거든."

내 그 말에 제일 먼저 반응한 사람은 유리였다.

"전설의 마도구 장인 맛시타의 일기~?! 말도 안 돼~! 월 포드 군, 그런 걸 갖고 있었어~?!"

"할머니한테 보여 달라고 한 거지 내 게 아니야. 부탁하면 보여주지 않을까?"

"아잉~! 너무 기뻐~!"

"으앗!"

흥분한 유리는 나를 껴안았다.

나는 소파에 앉아 있었고 유리는 서 있었으니 내 얼굴이 유리의 가슴에 파묻혔다.

숨을······.

"신 군······."

오싹해진다.

왼팔이 얼어붙을 것만 같다.

"유리 양······ 연인이 있으면서 그런 행동을 하면 안 되죠······."

"아, 미안, 시실리~."

"푸하!"

유리가 떨어져 숨을 쉴 수 있게 됐다.

살았다······.

사인이 아내 이외의 여성의 가슴에 파묻혀 질식사라니, 손 가락질당하기 딱이다.

"고마워, 시실리. 덕분에 살았어."

궁지에서 구해준 시실리에게 고맙다고 하자 시실리는 살짝 뾰로통해진 모습이었다.

"저 이외의 가슴에 얼굴을 파묻다니……."

"아니, 내가 한 게 아니잖아?!"

"……나중에 그 기억을 제가 덮어써줄 거예요."

살짝 토라진 듯이 올려다보며 말하는 시실리를 어떻게 거스를 수 있을까?

아니, 불가능하다!

"응. 부탁해."

"적당히 좀 해라."

정면에 앉은 오그의 관자놀이에 힘줄이 불거졌다.

"미안. 그래서, 맞시타가 왜?"

"아무 일도 없었던 듯이 태연하게 이야기를 되돌리다니……
뭐, 신이 말하는 민주주의라는 게 신경 쓰여서."

"응. 내가 있던 시대엔 대부분의 선진국이 그랬어."

"그건, 누구나 정치가가 될 수 있다는 말인가?"

"명목상으로는 가능해."

"명목상으로는?"

"그야 그렇잖아? 갑자기 정치에 관한 지식이 전혀 없는 사
람이 선거에 나가 당선될 것 같아?"

"그것도 그렇군."

"신인이 당선되는 건 변호사라든가 의사처럼 고학력자가 많았지."

"그게 고학력인지는 모르겠다만 확실히 학식이 있는 자가 유리하겠군."

"그리고 유명인도."

"유명인?"

"연예인이나 운동선수가 많았어. 인지도가 높으니 표를 모으기 쉬운 거지."

"……그래도 되는 건가?"

"제대로 정치를 공부하면 되지 않을까? 개중에는 나라의 주요직에 앉은 사람도 있었으니까. 그래서 그게 맛시타와 무슨 관계야?"

"아니, 맛시타가 아니라…… 어쩌면 신과 같은 세계의 기억을 지닌 사람이 있을지도 모른다고 생각했다."

"어째서?"

"아니, 아직 지금은 말할 때가 아니야."

"그게 뭐야……."

자기가 꺼낸 말이면서 지금은 말할 때가 아니라니.

뭔가 자기 안에서 결론을 지은 건가?

"그런데 어째서 맛시타의 일기를 지닌 멜리다 님이 그 사실을 모르시는 거지?"

"아, 그거 말이구나. 전생의 기억에 관해서는 전생의 문자로 쓰여 있었거든. 그게 내가 살던 나라의 문자와 같아서 나는 읽을 수 있었어. 하지만 할머니는 몰라서 암호로만 생각했던 거지."

"설마……."

"내가 부여할 때 사용하는 문자야."

내가 그렇게 말하자 샤오린 씨가 움찔 반응했다.

"그건 네가 만든 문자가 아니라 전생의 문자였군."

"맛시타의 마도구에 같은 문자가 부여되어 있었거든. 그래서 조사해봤어."

"잠깐. 맛시타의 마도구는 전부 사라졌을 텐데?"

"그렇지도 않아. 다들 시민증 가지고 있지?"

"당연하…… 설마?!"

"그래, 이 시민증은 맛시타의 마도구라고 하잖아? 할머니한테 배웠어."

"그랬군……."

다들 시민증을 꺼내 바라보기 시작했다.

마크와 유리는 특히나 열심히 보네.

"잠깐만요. 그렇다면 이전 문명 시대에도 신 님과 마찬가지로 전생한 사람이 있었다는 말인가요?!"

샤오린 씨가 경악한 얼굴로 그렇게 외쳤다.

"그럴 거예요. 그보다 거의 확실하겠죠."

"그게 어떻게 된 거죠?! 신 님의 이야기로는 문명이 발달한 것은 최근 백 년 정도라고 하셨잖아요?! 이전 문명은 몇 백 년…… 어쩌면 몇 천 년 이전인데!"

"그렇게 말해도…… 어쩌면 영혼이 세계를 건너면서 시간 의 개념이 사라지는 걸지도 몰라요."

"맛시타도 이백 년 정도 이전 인물이다. 신의 가설이 맞을 지도 모르지."

"그야말로 신만이 알겠네."

이것만큼은 검증할 방법이 없다.

"하지만…… 그렇다면 신과 같은 지식을 지닌 사람이 있어 서 그 문명을 만들었다면……."

"아마도, 한 명이 아니었을 거야."

"뭐?"

"그건 한 사람의 지식만으로 할 수 있는 게 아니야. 더 많 은 전문 지식을 지닌 사람이 있지 않으면 그런 도시를 세울 수 없어. 아마도 몇 명은 있었을 거야."

"신과 같은 사람이 몇 명이나…… 상상하고 싶지도 않군."

"이 녀석……."

그 이야기는 아까 상식이 다를 뿐이라는 걸로 이해해주기 로 했으면서!

오그의 말에 화를 내니 토르가 지극히 당연한 의문을 던 졌다.

"하지만 그렇게 운 좋게 이세계의 기억을 지닌 사람이 있을까요? 그것도 몇 명이나."

"정말 그러네. 너무 운이 좋잖아."

토르에게 동의한 마리아 이외의 사람도 그걸 의아해하는 것이 보였다.

"네가 볼 땐 어떻지? 네가 아까 했던 말을 보면 뭔가 짐작되는 것이 있는 것 아닌가?"

오그의 질문에 나는 순간 말해야 할지 망설였다.

그러나 결국 말하기로 했다.

비밀로 했다가 나중에 들키는 것보다 지금 알려주고 대책을 마련하는 편이 좋겠다고 판단했다.

"……내가 전생의 기억을 떠올린 건 할아버지가 거둬줬을 때라고 말했지? 차가운 비를 맞아 가사 상태에 빠졌었다고 했었고."

가사 상태라는 말을 했을 때 옆에 앉아 있던 시실리가 내 손을 꼭 쥐었다.

나도 그 손을 꼭 쥐며 시실리에게 미소 지었다.

"다행히 할아버지가 발견하기 전에 다시 숨을 쉬었다고 해. 우는 소리를 듣고 나를 발견했다고 하니까."

안심시키려고 되도록 자상한 목소리로 말했지만 시실리는 다시 슬픈 표정이 됐다.

아직 한 살 정도의 갓난아기 때 그런 경험을 한 것에 가슴이 아픈 거겠지.

과거의 일인데도 그런 식으로 생각해주는 시실리의 마음이 고마웠다.

　"그래서 할아버지가 치유 마법을 걸어주셨어. 애매하지만 그때의 일도 어렴풋이 기억해."

　"그렇다면 가사 상태에서 돌아왔을 때 전생의 기억을 떠올린 건가."

　"그래. 그리고 맛시타의 일기에도 비슷한 내용이 적혀 있었어. 맛시타는 어렸을 때 마차에 치여 생사를 헤맬 정도로 크게 다쳤다고 해. 그리고 몸이 나았을 때 지금까지의 기억과 전생의 기억이 모두 있어 혼란스럽다고 적혀 있었어."

　"……그런 건가?"

　역시 오그네, 벌써 깨달은 모양이다.

　"아마도 유소년기에 죽을 고비를 넘으면 극히 드물게 전생의 기억을 떠올리는 게 아닐까 싶어."

　내가 그렇게 말하자 앨리스가 알 수 없다는 표정을 했다.

　"왜 극히 드물다는 거야?"

　"유소년기에 죽을 고비에 처하는 아이는 은근히 있을 거야. 다치거나 병에 걸리거나 해서."

　앨리스의 의문에 대답하자 시실리가 보조하듯 말했다.

　"그러네요. 치료원에도 가끔 그런 아이가 운반되어 올 때가 있어요. 하지만 전생의 기억을 떠올린 듯하지는……."

　"그렇지? 그러니까 극히 드물다는 거야."

"그렇구나."

앨리스는 그 답변을 받아들였다.

"저기, 그럼 어째서 유소년기라는 건가요?"

지금까지 그다지 대화에 끼지 않았던 올리비아가 새로운 의문점을 던졌다.

"어른은 아이 이상으로 죽을 고비를 넘나드는 일이 많은데 그런 사례가 보고된 적이 없어. 그리고 단순히 전생의 기억을 떠올린 것으로 보이는 사례 때문이지. 그리고 이건 완전히 상상일 뿐이지만 뇌가 완전히 발달하기 전이기 때문일 수도 있어."

"그렇다면 그 외에도 있다는 말인가?"

"이건 맛시타처럼 증거가 있는 건 아니지만 솔로 선장이 그렇지 않을까 싶어."

내가 그렇게 말하자 토르가 곧바로 반응했다.

"솔로 선장이라면 그 이글 호의 솔로 선장 말입니까?!"

토르는 겉보기와는 다르게 모험처럼 남자아이 같은 걸 좋아하는 면이 있지.

"맞아. 솔로 선장의 이야기에서 어렸을 때의 일이 적혀 있었어. 어렸을 때 절벽에서 떨어져 크게 다친 솔로가 죽을 고비를 넘으니 천재가 됐다고 하더라고."

"그렇군…… 확실히 신이 말한 설과 일치하는군."

"증거는 없지만."

어쩌면 맛시타와 마찬가지로 수기가 남아 있을지도 모른다.

다만 문제는 솔로 선장은 미국인 같으니 그 수기가 영어로 적혀 있을 것이다.

······난 영어는 잘 못해서······.

하지만 솔로 선장의 수기를 찾아보는 것도 재밌겠다는 생각을 하고 있으니 오그가 깜짝 놀란 표정을 했다.

아, 알아차린 모양이구나.

"설마······ 이전 문명 사람은 그걸 깨닫고······."

그렇게 말한 오그의 얼굴이 창백해졌다.

그리고 거기서 연상되는 사태에 모두의 안색이 어두워졌다.

"아마도. 이전 문명 사람은 어린아이를 일부러 가사 상태로 만든 뒤 치유 마법을 사용해 억지로 되살렸을 거야."

내가 그렇게 말하자 밍 가의 거실에 묵직한 침묵이 찾아왔다.

"아이를······ 일부러 가사 상태에······."

"그게 뭡까?! 어떻게 그런 짓을 함까?!"

올리비아는 창백해져서 몸을 떨었고 마크는 얼굴을 붉혀가며 분노했다.

이 두 사람도 아이를 바라고 있었으니까.

아이에 대한 비인도적이라 할 수 있는 행위를 자행한 것에 참을 수 없는 모양이었다.

"침착해라, 빈. 어디까지나 과거의 일이다."

"……! 네…… 알겠습니다."

오그의 설득으로 마크는 흥분을 가라앉혔다.

그러나 아직 마음이 정리되지 않았는지 조금 무서운 표정을 했지만 올리비아가 떠는 것을 보고서 그 어깨를 안아주었다.

그걸로 조금은 진정된 듯하다.

시실리도 올리비아와 마찬가지로 떨고 있었기에 어깨를 안아 위로해주었다.

"그나저나…… 정말로 그런 일이 있었던 걸까요?"

토르는 믿고 싶지 않다는 듯이 그렇게 말했다.

하지만.

"그 도시에 사용된 기술은 한두 명의 지식으로 어떻게 되는 게 아니야. 어느 정도는 마법으로 보완했을 거라지만 상당히 숙련된 사람이 없으면 그런 도시를 만들 수 없어."

"……악마의 소행이로군."

오그도 나와 같은 감상인 듯하다.

……다행이다.

믿고 있었지만, 만약 그러는 것이 유용하다고 생각한다면 전력을 다해 막아야 했다.

"신의 이야기로는 전생의 기억을 떠올리는 건 극히 드물다면서? 대체 몇 명의 아이를 실험대로 삼았던 걸까……."

"그건 모르겠지만, 상당한 수가 아닐까? 그리고 떠올리는 게 이세계의 기억만이라고는 할 수 없어."

"어?"

마리아가 혐오감을 드러내며 중얼거린 말에 대답하자 깜짝 놀란 얼굴로 나를 바라보았다.

"그렇잖아? 전생이 같은 세계의 과거일지도 모르고, 이전 문명보다 더 발달한 이세계일지도 몰라."

내가 그렇게 말하자 토니가 알겠다는 표정을 했다.

"그렇구나. 이세계도 하나가 아니라는 뜻이지?"

역시 토니는 이런 이야기라면 이해가 빠르다.

"나는 그렇지 않을까 생각해."

지금보다 문명이 발달한 세계의 기억을 떠올리면 당첨이라는 느낌 아니었을까?

당첨이라는 표현은 너무 과한 느낌이라 말로 꺼낼 수는 없지만.

"하지만 이전 문명에서 사용된 부여 문자도 그렇고 맛시타도 그렇고, 신과 같은 세계에서 전생한 사람이 많은 것 아닌가?"

내 가설에 오그가 의문을 던졌다.

"이건 어디까지나 추측인데, 괜찮을까?"

"그래."

"아마도 나와 맛시타가 있던 세계와 이쪽 세계가 「가까운」 걸지도 몰라."

"가깝다고? 뭐가 말이지?"

"차원의 좌표라고나 할까, 세계의 거리가 가까운 것 아닐까?"

"……미안하다. 무슨 말인지 전혀 모르겠군."

내 설명을 듣고 오그뿐만 아니라 토니와 다른 아이들도 알 수 없다는 표정이었다.

"이쪽 세계는 예전 세계와 생태계가 많이 닮았어. 동물이나 식물, 물론 인간도."

"인간이 같은 건 당연한 것 아닌가?"

"그래? 어쩌면 호랑이라든가 사자 같은 인간이 존재하는 세계가 있을지도 모르잖아?"

"설마……."

"단언할 수 있어?"

"음……."

"그런데도 여긴 모든 동식물이 예전 세계와 많이 닮았어. 그러니 두 세계의 거리가 가까운 게 아닐까 생각한 적이 있어."

"흠……."

오그는 팔짱을 끼고 생각에 잠겼다. 하긴 갑자기 사전 지식도 없이 이런 이야기를 들어도 바로 이해할 수 없겠지.

"신! 신이 있던 세계가 평행 세계일 가능성은 없을까?!"

아, 여기 있었네. 사전 지식이 있는 사람이.

토니의 질문에 대한 대답도 준비되어 있다.

"그렇지는 않을 거야. 왜냐하면 별자리의 위치가 다르고 지형도 다르거든."

"그렇구나."

"평행 세계는 아니지만 세계 자체의 거리는 가깝다고 생각하면 되지 않을까? 나도 자세히는 모르겠지만."

내가 그렇게 말하자 오그는 이해를 포기한 듯하다.

"어쩔 수 없군. 어쨌든 세계가 가까우니 영혼도 오가기 쉽다는 건가?"

"진상은 신만이 알겠지."

내가 그렇게 말하자 오그는 힐끔 시실리를 보았다.

"이런 이야기를 창신교 신자에겐 들려줄 수 없겠군."

"말해도 믿지 않을 테니 하지 않을 거예요."

오그의 말속에 담긴 치료원의 신자에겐 말하지 말라는 뜻을 시실리도 알아차린 듯하다.

하긴 애초에 믿어주지도 않겠지.

"신 님. 처음 주제에서 많이 벗어났는데 슬슬 중요한 이야기를 해주시겠어요?"

우리가 이것저것 고찰하고 있으니 샤오린 씨가 그렇게 말했다.

"중요한 이야기?"

"그렇군. 신의 이야기가 너무 충격적이라 잊고 있었다."

오그는 그렇게 말하며 나를 바라보았다.

"너는 이전 문명의 전쟁에 대해 상당히 자세히 알고 있더군. 그렇다면 네가 있던 세계에도 같은 전쟁이 벌어졌었나?"

아, 그런 뜻이구나.

"아니. 전생에서 엄청나게 강력한 병기는 있었지만, 그게 사용된 전쟁은 벌어지지 않았어."

"만들기는 했다는 거군."

"말 그대로 억지력으로써. 그걸 사용하면 그야말로 이전 문명처럼 세계가 멸망한다는 걸 알고 있으니 내가 있던 시대에서는 사용하지 않았어."

"그 후에는 알 수 없다는 뜻인가."

"계속 사용되지 않기를 바랄 뿐이지."

"상당히 좋지 않은 표정을 하시네요."

내 얼굴에 혐오감이 드러났는지 샤오린 씨가 그렇게 지적했다.

"그야 그럴 수밖에요."

"어째서죠?"

"……그 무기는 과거에 한 번…… 아니, 두 번 사용된 적이 있어요."

나는 거기서 일단 말을 끊은 뒤 다시 말을 이었다.

"사용된 곳은…… 전생에서 제가 살았던 나라예요."

그 순간 주위가 술렁였다.

"하지만 제가 태어난 시절보다 70년 이전인 옛날이에요. 저는 어렸을 때부터 그 병기가 주는 피해의 크기와 비참함을 배우며 자랐어요. 그래서 나는 도시를 날려버릴 정도의 병기를 혐오해요."

그래서 나는 절대로 그런 마도구를 만들지 않는다.

그런 마음을 담아 샤오린 씨를 향해 그렇게 말했다.

"……그렇군요, 신 님께서 만들 수 있지만 절대로 만들지 않겠다고 한 말의 의미를 잘 알게 됐어요."

샤오린 씨는 알겠다는 표정으로 그렇게 말했다.

"어느 정도의 피해가 있었지?"

"글쎄…… 그 병기가 터진 주변 몇 킬로가 날아간 것과 수만 명이 사망한 것은 알고 있지만 자세한 숫자는 모르겠어."

아마도 사회 수업에서 배웠을 테지만 숫자는 전혀 기억나지 않는다.

자세한 이야기를 할 수 없어 미안해하고 있으니 오그의 눈이 경악으로 휘둥그레졌다.

"수, 수만이라고?!"

경악한 것은 오그만이 아니라 다른 아이들도 마찬가지였다.

"70년 이상 이전에 그 정도였어. 내가 있던 시대에선 수천 배 이상의 위력이 됐지."

"……."

이제는 말도 나오지 않는지 오그는 멍하니 입을 벌렸다.

"그, 그런 무기가 사용된다면…… 세계가 끝날 텐데……."

"그렇게 말했어. 그러니까 가지고 있어도 사용하지 않았지."

"하지만 이전 문명은 사용했다는 건가……."

"그렇겠지. 이전 문명이 어떤 정치 형태였는지는 모르겠지만 지위가 높은 사람의 아이에게는 전생의 기억을 떠올리게 하는 행위를 하지 않았을 거야. 그 결과, 만든 사람은 그 위력을 알고 있지만 사용한 사람은 그걸 몰랐겠지. 강력한 무기이니 사용한 거야. 그 결과가 이전 문명의 멸망이라고 생각해."

"알겠다…… 잘 알겠다. 앞으로 그런 병기가 만들어지지 않도록 지금부터 손을 써둬야 한다는 것은 잘 알겠다."

오그는 지금 이 세계가 이전 문명과 같은 결말을 맞이하게 놔둘 수 없다고 말하고 싶은 거겠지.

그런 결의를 했으니 각국과 협력해 어떻게든 해줄 것이다.

이것으로 이전 문명의 멸망에 관련된 이야기는 끝났다고 생각하니 토니가 중얼거렸다.

"이렇게 말하긴 좀 그렇지만 이전 문명은 고도로 발달된 문명이었던 것치고는 최악의 세상이었네……."

응, 나도 그렇게 생각해.

다들 동의하듯 끄덕였다.

"하아…… 피곤하군. 정말로 지쳤다……."

내게서 많은 이야기를 들은 오그는 앉았던 소파에 깊숙이 등을 기대며 그렇게 중얼거렸다.

너무 피곤해하는 것 아니야?

"설마 이런 아득한 이야기를 듣게 될 줄은 몰랐군……."

"정말 그렇습니다. 원래는 평범하게 유적 관광을 할 셈이었는데 말이죠."

오그뿐만 아니라 토르도 이렇게 이야기가 커질 줄 몰랐다며 지친 기색을 드러냈다.

"나도 이런 이야기를 하게 될 줄은 꿈에도 몰랐어."

무덤까지 가지고 갈 생각이었던 나의 비밀.

그 비밀을 이런 곳에서 이야기하게 될 줄은 전혀 몰랐다.

그리고 그 비밀을 이렇게 간단히 받아들여 줄 지도 전혀 몰랐다.

오히려 그쪽이 더 의외였다.

"어쨌든 상당히 유용한 이야기를 들은 건 확실하다. 알스하이드로 돌아가면 바로 시작해야 할 일이 산더미 같군."

"맞습니다. 한시라도 빨리 쿠완롱과 조약을 맺어야 하는데 지금 상황이 어떻게 되고 있는지 모르겠군요."

그러고 보니 여기엔 나바르 씨를 포함한 엘스 사람들이 없다.

없으니까 나도 내 비밀을 이야기 한 거지만.

만약 이 자리에 나바르 씨 일행이 있었더라면 어떤 마도구를 만들 수 있는지 캐물었을 것이 분명하다.

그리고 그 판매권을 두고 뜨거운 혈전이……

"어라? 관광은 다하고 오셨습니까?"

그때, 나바르 씨가 거실로 들어왔다.

위험해라.

꽤나 아슬아슬한 타이밍이었다.

"마침 잘됐군. 나바르 외교관, 유황전에서 진척 상황은 알려주었나?"

"샤오린 씨와 리판 씨가 없었으니 무슨 말을 하는지 전혀 몰랐습니다."

"……."

그러고 보니 통역이 가능한 두 사람 모두 유적 관광에 따라왔었지.

유황전에서 무슨 연락이 왔어도 몰랐겠네.

"그리고 여긴 상회 아닙니까? 용 가죽 거래가 다시 시작되어 수많은 업자들이 드나들고 있으니 솔직히 관계자가 왔는지는……."

바로 그때 밍 가의 고용인 한 명이 샤오린 씨에게 말을 걸었다.

그 이야기를 들은 샤오린 씨는 눈을 한 번 크게 뜨고서 고용인에게 인사한 뒤 이쪽을 보았다.

"유황전에서 연락이 왔습니다. 하오의 뒤처리가 끝났으니 조약 체결을 위한 준비를 진행하겠다고 합니다."

그 말이 나온 순간 주위에서 기쁜 목소리가 들렸다.

제법 오랫동안 쿠완롱에 있었으니 슬슬 다들 알스하이드로 돌아가고 싶을 것이다.

이걸로 드디어 집으로 돌아갈 수 있겠다며 안도하는 것 같았다.

"좋았어! 드디어 우리 차례로군! 그럼 샤오린 씨, 빨리 가 볼까요!"

하오의 반역 이후 지금까지 할 일이 없었던 나바르 씨가 엄청 의욕을 냈다.

그 기세로 빨리 조약을 맺어주세요.

"아무리 그래도 오늘 바로 진행하는 게 아니에요. 내일부 터라네요."

……하긴, 그렇겠지.

그날 밤.

나는 시실리와 함께 배정된 방에 있었다.

그 방에 테이블 세트가 놓여 있었기에 나는 시실리와 마 주 앉았다.

"저기…… 다시 물어보고 싶은데."

"네?"

"……나를 경멸하지 않았어?"

"어째서요?"

"그게…… 난 전생의 기억이 있잖아? 정체를 알 수 없다고 나 할까……."

내가 그렇게 말하자 시실리는 황당한 표정을 했다.

"그런 거였어요?"

"그런 거라니……."

"신 군이 이상한 건 어제오늘 일이 아니에요."

"······그러시군요."

내가 이상했던게 어제오늘 일이 아니었구나.

"저는 그걸 알면서 신 군을 좋아했고 연인이 되어 결혼했어요. 그게 아니면, 지금의 신 군은 다른 사람인가요?"

"아니, 한 살 때부터 계속 나였어."

"그럼 전혀 문제없잖아요?"

"그래······?"

그런가?

그렇게 계속 우물쭈물 고민하고 있으니 시실리는 속이 탔는지······.

"에잇."

"으앗!"

내 머리를 안고서 자신의 가슴으로 끌어당겼다.

"이래도 믿을 수 없어요?"

"······아니. 충분히 전해졌어."

"후후."

뭐랄까, 시실리에게는 평생 이길 수 없을 것만 같다.

······이미 그런가?

"그런데."

"응?"

시실리의 가슴에 얼굴을 묻고 있으니 머리 위에서 말을 걸어왔다.

"……아까 그 기억은 덮어졌나요?"

"……."

아까 그거 말인가.

…….

"꺅!"

나는 시실리의 가슴에 얼굴을 묻은 채 침대로 넘어뜨렸다.

"아직."

그날 밤, 새로운 기억이 잔뜩 덮어써졌다.

그리고 다음 날부터 나바르 씨 일행은 매일 유황전에 드나들게 됐다.

그때는 반드시 샤오린 씨나 리판 씨를 동반했기에 우리가 외출할 때 함께 할 수 있는 건 둘 중에 한 명이 되었고, 그 결과 외출할 수 있는 기회가 절반으로 줄었다.

조약 체결을 위해서는 어쩔 수 없으니 돌아간 뒤에 하려던 것을 미리 해두기로 했다.

"샤오린 씨, 마당을 빌려도 될까요?"

"네? 상관없는데 무슨 일이세요?"

오늘 나바르 씨와 동행한 것은 리판 씨였다.

오늘은 아무도 외출할 예정이 없기에 샤오린 씨가 집에 있었다.

"아니, 조약 문서가 완성되기 전까지는 할 일이 없으니 돌아오면 할까 했던 걸 미리 해둘까 해서요."

"네. 딱히 상관없어요."

샤오린 씨의 허락을 받았으니 서둘러 마당으로 나갔다.

마크와 유리도 함께였다.

"그럼 그걸 해체할 겁까?"

"돌아간 뒤에 해도 되지 않아~?"

여기는 공구가 있는 빈 공방이 아닌 상가의 마당.

해체하기에는 더할 나위 없이 어울리지 않는 장소다.

"여기서 해체까지는 하지 않을 거야. 다만 어차피 한가하니까 확인만이라도 해둘까 해서."

"확인 말임까?"

"그래. 내 기억에 있는 자동차와 어디가 어떻게 다른지, 그것만이라도 알아볼까 해서."

"그렇구나~."

해체하는 것은 공방으로 돌아간 뒤에 하고 어디를 어떻게 해체할지 사전에 봐둬도 괜찮을 거라고 생각했다.

왜냐하면, 한가하니까!

"저기, 저도 봐도 될까요?"

"괜찮아요. 재밌을지는 보증할 수 없지만요."

"충분합니다. 어쩌면 새로운 사업의 힌트가 될지도 모르니까요."

그런 거로군.

밍 가는 용 가죽과 용 가죽 제품을 다루는 상회다.

그러나 딱히 그 이외의 사업을 하면 안 되는 것이 아니다.

이번엔 용 가죽을 전문으로 다루고 있었기에 그 거래가 금지되어 궁지에 내몰렸다.

용 가죽 이외에도 다방면으로 사업하는 편이 좋을 것이다.

뭐, 갑자기 자동차를 만들 수는 없을 테니 보여도 딱히 상관없긴 하지.

"자, 그럼 일단 마당에 시트를 깔자."

이공간 수납에서 두꺼운 천으로 만든 시트를 꺼내 마당에 깔았다.

사실은 비닐로 된 시트가 좋겠지만 이쪽 세계에서는 아직 석유가 활용되지 않으니까.

냄새 나서 램프의 불을 붙이기에도 어울리지 않으니 땅에서 나오면 성가시다고 할 정도다.

"시작할게."

나는 그렇게 말한 뒤 시트에 맞춰 이공간 수납의 입구를 열고 그대로 위로 들었다.

그러자 수납됐던 자동차가 시트 위에 놓였다.

당장에라도 부서질 것처럼 엉망이었으니까.

너무 큰 충격을 주지 않도록 조심해서 꺼냈다.

"여전히 재주가 좋습니다."

"마법이 없는 세계에서 왔는데 이럴 수 있다니~. 대체 얼마나 연습한 걸까~?"

세 살 정도부터 매일했으니 마법 연습량은 누구에게도 뒤처지지 않는다.

"자, 그럼 어디 확인해볼까."

유적은 불빛을 켜두긴 했지만 역시 지하라서 살짝 어두웠다.

그러나 오늘은 햇빛이 든다.

유적에서는 보이지 않았던 것이 보일지도 모른다.

그렇게 자동차를 꼼꼼히 살폈다.

"아. 이거 서스펜션임까?"

"와~ 빈 공방에서 만드는 것보다 복잡하네~."

"그건 정말로 간단한 구조니까. 자동차 정도의 중량과 속도를 지탱하려면 이 정도는 필요해."

"지금 만들고 있는 제품을 개량할 때도 도움이 될 것 같습다."

"그나저나 이 자동차~? 이거 굉장하네~. 이걸 만들려면 대체 시간이 얼마나 걸릴까~?"

유리가 상당히 좋은 점을 지적했다.

"이걸 복제하려면 몇 년은 걸릴 거야."

""몇 년?!""

"이건 모든 부품을 한곳에서 만드는 게 아니야. 지금 마크가 주목한 서스펜션도 전문으로 만드는 곳에서 납품을 받은 거고 브레이크도 마찬가지일 거야. 그 외에도 다른 공장에서 만든 부품을 모아 만든 거지. 빈 공방에서만 전부 만든다면 그 정도는 걸려."

전문 기계도 없으니까.

"……그렇다면 저희가 하려는 건 대체……."

"이런 건 무리겠지만 간단한 거라면 만들 수 있잖아? 동력과 브레이크만 만들 수 있으면 어떻게든 돼!"

조금씩 단계를 밟아 가면 된다.

갑자기 쿠페라든가 세단같은 걸 어떻게 만들겠어.

애초에 철도 부족하고.

"서스펜션은 이미 만들고 있지만, 개량을 위해서 서스펜션도 해체하자. 제일 중요한 브레이크는 돌아간 뒤에 하고."

"알겠습다."

"음~. 끝났다~."

해체한다면 시간이 걸리겠지만 이번엔 확인할 뿐이었으니까.

끝나고 나니 다시 한가해졌다.

"하아…… 어쩌면 저희도 만들 수 있지 않을까 기대했습니다만…… 이건 예상 이상으로 어려울 것 같네요."

샤오린 씨는 우리와 함께 자동차를 봤지만 철 덩어리로만 여길 것이다.

애초에 원형이 엉망이 된 상태니까.

힌트도 없이 자동차를 개발하는 것은 역시 무리 아닐까?

샤오린 씨가 새로운 사업으로 삼는 것을 포기한 듯하니 다시 이공간 수납에 차를 넣었다.

"음, 다시 한가해졌어."

"뭐 어때요. 가끔은 느긋하게 지내요."

거실로 돌아와 소파에 앉으니 시실리가 차를 끓여주었다.

"오, 고마워."

"감사함다. 잘 먹겠슴다."

"고마워~."

마크와 유리에게도 차를 끓여준 시실리는 내 옆에 앉았다.

마크와 유리는 테이블을 끼고 맞은편에 앉아 있었다.

우리의 임무는 나바르 씨 일행의 호위.

오늘은 앨리스와 린이 호위하고 있다.

전장이 아니니 두 사람으로도 충분하다.

"느긋하게 있으라고 해도…… 느긋하게 있으려면 뭘 하면 될까?"

"어휴, 느긋한 건 느긋한 거죠. 아무것도 하지 않아도 돼요."

아무것도 하지 않아도 된다라.

그러나 지금까지 이래저래 바빴으니 아무것도 하지 않으면 오히려 마음이 진정이 안 되는걸.

이번 생에서는 할머니의 자산만이 아니라 내게도 상당한 자산이 생겼지만 전생에서부터 이어진 가난뱅이 성질은 고쳐지지 않네.

"어휴."

내가 어떻게 해야 느긋할 수 있을지 고민하고 있으니 시실리가 찻잔을 들고 나와의 거리를 좁혔다.

"이렇게 차를 마시며 느긋하게 있으면 돼요."

"……알겠어."

시실리의 말대로 받았던 차를 마셨다.

""하아…….""

뜨거운 차를 마시고 시실리와 같은 타이밍에 숨을 내쉬었다.

""후후.""

너무나도 같은 타이밍이었기에 서로 마주 보며 웃었다.

아, 이게 느긋한 거구나.

그렇게 생각했을 때 앞에 앉은 두 사람의 시선이 느껴졌다.

"와, 여전히 뜨겁습다."

"사귄 지 벌써 3년이 지났는데~."

마크와 유리가 히죽이며 우리를 보았다.

"뭐야. 마크는 우리보다 더 오래 사귀었잖아."

"맞아요. 유리 양도 사귄 지 얼마 안 됐으니 한참 뜨거울 시기잖아요."

놀림을 받았으니 우리도 놀려주었다.

"우리는 이미 오래돼서 꽤 담백함다."

"몇 년이 지나도 뜨겁다는 게 굉장하다는 거지~."

전혀 동요하지 않잖아……?!

"아, 맞다~ 저기 말이지~."

"응?"

"왜요?"

영문을 알 수 없는 패배감을 맛보고 있으니 유리가 뭔가를 떠올린 듯이 말을 꺼냈다.

"빌린 방에서 너무 뜨거운 시간을 보내는 건 좀 그런 것 같아~."

""……?!""

뭐?! 설마?!

"응? 저기, 혹시 들린……."

"내가 옆방이거든~."

""……""

유리의 지적에 시실리와 둘이서 얼굴을 붉히고 있으니 건너편에 앉은 마크가 안도한 얼굴로 중얼거렸다.

"방음 마도구를 써두길 잘했다……."

…….

이, 잊고 있었다.

"……."

우리가 그런 이야기를 하고 있자 같은 방에 있었던 마리아가 이쪽을 노려보았다.

"응? 왜, 왜 그래?"

"……커플들의 짜증 나는 얘기를 듣고 있어야 하나 해서……."

아…….

이 방에는 나와 시실리, 마크, 유리, 올리비아, 토니, 그리고 마리아와 샤오린 씨가 있다.

……마리아와 샤오린 씨 이외엔 다들 짝이 있는 사람!

그렇게 생각하고 샤오린 씨를 보니…….

"으…….."

"세상엔 이렇게 행복에 겨운 커플이 널리고 널렸는데 어째서 나한텐 남자 친구가 없을까? 뭐가 문제야? 응? 뭐가 문제냐고?"

혼자서 중얼거리고 있다!

"……홀몸에 쓸쓸하기 그지없는 사람을 위해 이야기할 때 배려 좀 해줄래?"

"미, 미안."

"괜찮아, 마리아! 마리아에게도 좋은 사람이 나타날 거야!"

"괜한 위로는 필요 없어!"

"앗!"

시실리의 위로가 통하지 않았는지 마리아는 거실을 뛰쳐나갔다.

샤오린 씨는 아직도 중얼거리고 있네.

어, 어쩌지…….

그렇게 생각하고 있으니 유황전에 갔던 오그 일행이 돌아왔다.

"이봐. 메시나가 울면서 달려가던데 무슨 일 있었나?"

마침 마리아와 마주쳤던 모양이다.

그보다, 울만큼 분했던 거야?

"저기, 남아있던 사람들 중에 짝이 없는 건 마리아뿐이어서 토라졌다고나 할까요……."

시실리가 오그에게 설명했다. 그런데 그걸 토라진 거라고 할 수 있나?

뭔가 증오가 담긴 것만 같았는데.

"아, 그렇군. 칼튼은 배신했고 평소라면 공감해줄 코너도 없었으니."

"잠깐만요. 전하~! 배신했다고 하지 마세요~!"

지금까지는 유리도 남자 친구가 없는 쪽이었으니까.

마리아와 함께 우리를 부러워했던 유리에게도 남자 친구가 생겼다.

뭐, 유리는 조만간 남자 친구가 생기리라 생각했었지만.

마리아처럼 눈이 높지 않고 앨리스와는 다르게 유아 체형도 아니다.

그보다 우리 중에서 제일이라고 할 수 있을 정도로 성인 체형이다.

"메시나에게도 좋은 인연을 맺어주고 싶다만."

"전하, 나는요?"

"물론 코너도 마찬가지지만 지금 우리는 영향력이 너무 커서 말이야. 아무나 소개해줄 수는 없지."

"에이! 너무해!"

오그의 말에 앨리스가 비통한 소리를 냈다.

그렇지 않아도 어떻게 해야 남자 친구가 생길지 고민하던 앨리스에게 더 엄격한 조건까지 붙였으니 그렇게 되겠지.

그런 점에서 유리는 괜찮은 부분에 착안했다.

"칼튼의 상대는 권력자가 아닌 빈 공방의 기술자. 빈 공방이라면 우리 편이나 마찬가지니 더할 나위 없는 상대로군."

"후후, 감사합니다~."

자신이 선택한 상대를 인정해주자 유리가 기뻐했다.

반면 앨리스는 언짢은 표정이었다.

"쳇, 유리는 좋겠다. 나는 이제 만남조차 없는데."

그러고 보니 얼티밋 매지션즈로 활동하게 된 이후로 앨리스가 자주 만나는 사람은 린과 메이, 그리고 메이의 친구인 아그네스 씨와 콜린 정도.

우리가 지나치게 유명해진 탓에 사람들 앞에 쉽게 나갈 수 없게 된 것도 앨리스와 마리아에게 남자 친구가 생기지 않는 이유 중 하나일 것이다.

"그러고 보니 앨리스의 중등학원 때 친해진 친구는 없어?"

문득 신경 쓰여 물어보니 앨리스는 노골적으로 언짢은 표정을 했다.

"그 녀석들만큼은 됐어! 중등학원 때 잔뜩 땅딸보니 꼬맹이라고 불렀으면서 내가 얼티밋 매지션즈가 되니까 갑자기 태도가 달라지더라고! 작은 모습이 귀엽다는 둥 사랑스럽다는 둥! 게다가 지켜주고 싶다는 둥! 그런 녀석들한테 보호받지 않아도 혼자서 잘 살 수 있어!"

어쩐 일인지 길게 분노를 토해낸 앨리스는 어깨를 들썩이며 거친 숨을 내쉬었다.

상당히 분했었구나.

그나저나 용이나 마인을 혼자서 쓰러뜨리는 앨리스를 지켜준다니…… 뭐, 보기에는 가녀린 몸이라 강해 보이지는 않지만.

"아, 난 평생 독신으로 지내게 되려나……."

숨을 가다듬고서 진정됐는지 이번엔 풀이 죽었다.

"그, 그렇지 않아요! 앨리스 양에게도 분명 좋은 사람이 나타날 거라고요!"

"그런 위로는 필요 없어!"

시실리의 위로를 받은 앨리스는 마리아와 똑같은 말을 남기고 방에서 나갔다.

"아, 앨리스 양까지 나갔어요…… 뭐가 문제였을까요?"

이번엔 마리아에 이어 위로에 실패한 시실리가 낙담했다.

"그야 시실리 양에게 위로를 받으면 역효과겠지~."

"맞아요."

낙담한 시실리를 본 유리와 올리비아가 뭔가 수긍하는 표정이었다.

"무슨 뜻이에요?"

"시실리는 말이지~ 마리아나 앨리스가 원하는 걸 전부 갖고 있으니까~."

"네?"

"강하고 자상하고 자신만 사랑해주는 남편과 귀여운 아이. 마리아와 앨리스가 부러워하는 것도 무리가 아니죠."

유리와 올리비아의 말이 마땅한지도 모른다.

마리아와 앨리스 입장에서는 가진 자가 가지지 못한 자에게 잘난 척하는 것처럼 보였을지도.

"네?! 저, 저는 그럴 생각이었던 게!"

"말하는 쪽은 그렇겠지만 듣는 사람이 그렇게 받아들이면 어쩔 수 없으니까요."

"그럴 수가……."

시실리는 정말로 좋은 마음으로 마리아와 앨리스에게 말했을 것이다.

그러나 평소라면 흘려들었겠지만 심란해진 두 사람에게는 비꼬는 것처럼 들렸을지도 모른다.

"시실리 양은~ 우리가 봐도 부러울 정도로 연애에 관해서는 승자니까~."

"맞아요. 알스하이드 대성당에서 식을 올리다니, 너무 부러워요."

연인이 있는 유리와 올리비아조차 부러워하는 시실리.

시실리의 남편인 나로서는 뭐라 말하기 어렵다.

"호오? 빈 부인은 알스하이드 대성당에서 식을 올리고 싶은가? 한번 알아봐 줄까?"

"괜찮아요! 부럽지만 당사자가 되면 정신적으로 피곤해서 죽을 거라고요!"

히죽이는 오그와 필사적으로 거부하는 올리비아.

대체 뭐 하는 건지…….

"그건 그렇고 조약 문서가 완성됐다. 이제 조약을 맺으면 끝이지."

"오, 드디어 됐구나."

쿠완롱에 온 최대의 목적이 그것이었으니까 조약을 체결했다면 우리가 쿠완롱에서 머무는 날도 얼마 남지 않았다는 뜻이다.

"얼마 안 남았네요. 정말로 많은 일이 있었지만, 막상 그때가 가까이 오니 쓸쓸해지네요."

샤오린 씨가 조금 쓸쓸한 표정으로 말하는데 어째서지?

"네? 샤오린 씨는 일이 끝나면 알스하이드에 오시는 것 아닌가요? 얼티밋 매지션즈의 직원으로서요."

"……아."

잊고 있었구나.

"저기, 그게…… 알스하이드에 가려고 했던 최대의 이유가 사라지는 바람에……."

"아, 저 말이죠?"

"네…… 그래서 그게……."

"잊고 있었다는 거군."

"……죄송합니다."

샤오린 씨는 정말로 미안해했다.

하긴, 서방 대국 알스하이드의 왕태자가 직접 얼티밋 매지션즈 주재원으로 추천했는데 잊었다고 했으니.

"뭐, 걱정거리가 사라졌다면 됐다. 미안하다고 생각한다면 직원으로서 열심히 일해주면 돼."

"네! 상가의 딸로 태어난 몸이니 반드시 도움이 되도록 하겠습니다!"

오그가 용서했다고 생각했는지 샤오린 씨는 의욕적으로 대답했다.

그 말을 들은 오그는…… 아, 입가가 히죽 올라갔네.

샤오린 씨의 미안한 감정을 이용해 노예처럼 부려먹을 생각이네…….

"악당."

"뭐라고 했지?"

"응? 아무것도 아니야."

그나저나 알스하이드로 돌아가면 드디어 얼티밋 매지션즈도 본격적으로 시동하는 건가.

지금까지는 학생이라는 입장이었지만 앞으로는 사회인.

더 정신을 차려야 한다.

"응. 지금 이상으로 마법을 쓸 수 있어. 기대됨."

지금까지는 학원 활동이 연장된 느낌이었기에 그다지 많은 의뢰가 들어오지 않았지만 앞으로는 의뢰가 잔뜩 밀려들 것이다.

그렇게 생각한 린도 의욕적이 된 듯하다.

그러고 보니 린은 방금 마리아와 앨리스의 이야기에도 끼지 않았지.

마법을 좋아해서 마법이 연인이라고 말할 정도니까.

남자 친구에게는 흥미가 없다는 건가?

"아깝네~. 린도 귀여우니까 좋은 사람 찾을 수 있을 텐데~."

"나는 마법이 연인. 그러니까 필요 없어."

"또 그 소리야~? 린은 마법 학술원에 드나들고 있잖아~? 누구 한 명 정도 신경 쓰이는 사람 없어~?"

그러고 보니 린은 시간 날 때마다 마법 학술원으로 간다.

정식으로 소속된 것은 아니지만 마법 학술원에서도 얼티밋 매지션즈의 린이라면 환영한다며 받아준다고 한다.

그러고 보니 그쪽 교우 관계에 관해서는 들어본 적이 없는데 사실은 어떨까?

"거기에 있는 건 마법에만 흥미가 있는 변태들뿐. 그런 시선을 받은 적 없음."

…….

저기…… 린 양, 그거…… 당신도 같은 인종 아닙니까?

"아, 돌아왔네요."

올리비아의 말을 듣고 거실 문을 보니 마리아와 앨리스가 나란히 들어오는 모습이 보였다.

"……어서 와."

""다녀왔어…….""

어떻게 말해야 좋을지 몰라 일단 인사를 해봤더니 굉장히 가라앉은 답변이 돌아왔다.

그래도 대답이 돌아왔으니 뭔가 마음의 정리가 된 걸까?

옆에서 시실리가 말을 걸고 싶은 모양이지만 아까 유리와 올리비아에게 들은 말이 있어서 실제로 말을 걸진 않았다.

무척이나 걱정되는 얼굴로 마리아를 바라보고 있지만.

"이제야 돌아왔군. 다들 모였으니 설명하겠다. 오늘 문서가 완성됐다. 양쪽의 번역에 문제가 없는지 리판 씨가 확인하고 있지. 내일 다시 샤오린 씨에게도 확인 요청을 한 뒤 문제가 없으면 모레 조약을 맺는다."

오그의 말은 마리아와 앨리스를 전혀 신경 쓰지 않는 말투였지만 지금은 차라리 그러는 편이 좋을 것이다.

그 증거로 마리아와 앨리스도 진지한 표정으로 오그의 이야기를 듣고 있다.

"드디어 끝이네. 오래도 걸렸네요."

"뭐, 다시 여길 오려고 하면 언제든지 올 수 있으니까."

아까까지 낙담했던 모습이 거짓이었던 것처럼 평범하게 대응하고 있다.

……혹시 일부러 그랬던 걸까?

"다시 오는 건 상관없다만 제대로 국경에서 검문을 받아라. 멋대로 게이트를 통해 밍 가에 오면 밀입국이 될 테니 조심해."

"하지만 얼티밋 매지션즈의 활동으로 몇 번인가 다른 나라에 갔을 때는 국경을 지나지 않았잖아요?"

"그건 주변 국가가 우리에게 준 특권이다. 아직 쿠완롱에서는 그 특권을 받지 않았지."

그러고 보니 앨리스의 말처럼 최근 알스하이드의 주변국으로 갈 때 게이트를 사용해서 국경의 검문을 받은 적이 없다.

우리에게 오는 의뢰는 긴급한 것이 많으니 거기까지 신경 쓰지 않았다.

그리고 슈투름과 결전을 벌이기 전에 단결했었기에 그다지 다른 나라라는 느낌도 없었다.

"그리고 애초에 쿠완롱에 온다 해도 말이 통하지 않지."

"그러고 보니 그건 어떻게 할 거야?"

국교가 열려도 말이 통하지 않으면 아무것도 할 수 없잖아.

"그건 밍 가에 부탁하게 됐다. 이 나라에 있는 망명자를 교사로서 초빙해 서방 제국의 말을 알려줄 예정이지."

"어느 틈에 그런걸······."

"리판 씨는 쿠완롱에 남아 강사가 될 예정이다. 샤오린 씨는 얼티밋 매지션즈의 주재원이 되기 위해 알스하이드로 갈 예정이고."

리판 씨는 줄곧 샤오린 씨의 곁에 있었다.

쓸쓸하지는 않을까?

"리판 씨는 그래도 괜찮아요?"

"뭐가 말이지?"

"샤오린 씨와 헤어지는 게······."

"······왜지? 알스하이드까지는 여러분과 함께 가는 것 아닌가? 그렇다면 내가 있지 않아도 문제없겠지. 지난번에는 사막을 넘어야 하니 함께였다만."

"아, 그렇시군요."

"리판, 힘내요. 이 일이 잘 풀리면 밍 가가 외국어 학교의 선구가 될 테니까요."

"알겠습니다. 목숨을 걸고 해내겠습니다."

······이 두 사람, 정말로 주종 관계이구나.

사실은 서로 연심을 품고 있다거나······ 하는 일은 전혀 없었다.

샤오린 씨는 리판 씨를 종자로만 보고 있고 리판 씨는 밍 가에서 일하는 것을 최고로 여긴다.

샤오린 씨를 따른 것은 정말로 밍 가의 아가씨였기 때문이었구나.

"뭐, 뒤탈이 없으면 괜찮겠지."

"힝, 아쉬워요."

연애 이야기를 좋아하는 시실리는 주종 관계를 넘은 연애를 기대했겠지.

정말로 아무것도 없는 듯한 두 사람을 보며 입술을 삐죽 내민다.

"돌아갈 때는 앞으로 비행정 운용도 해야 하니 조종사 훈련을 겸해 다시 비행정으로 돌아가기로 했다. 나는 책임자로서 동석할 건데, 그 외에도 동석하고 싶은 사람은 있나?"

오그가 그렇게 말하자 남자 전원이 비행정으로 돌아가겠다고 손을 들었다.

하늘을 날고 싶은 거구나.

"신, 너는 어쩔 거지?"

"나? 나는 일단 게이트로 집으로 돌아간 뒤에 실버를 데리고 와서 비행정을 타고 돌아갈게."

내가 그렇게 말하자 오그는 황당한 표정을 했다.

"팔불출이로군."

"시끄러워. 너도 아이가 생기면 알게 될거야."

"월포드 부인은 어쩔 거지?"

"전 신 군을 따를게요."

"속마음은?"

"실버하고 함께 여행하고 싶어요."

"이쪽도 마찬가지군⋯⋯."

실버는 야영지까지 데려왔었지만 하늘 여행은 하지 않았다.

꼭 체험하게 해주고 싶다고 시실리와 둘이서 이야기했었다.

"나는 귀찮으니까 패스. 게이트로 빨리 집으로 돌아갈래."

"나도."

마리아와 앨리스는 무척이나 귀찮다는 듯이 그렇게 말했다.

음, 낭만도 없는 녀석들.

"샤오린 씨는 어떻게 할 거예요? 저는 가게 일을 도와야 하니 게이트로 돌아갈 예정이에요."

올리비아가 그렇게 말했다.

아직도 가게 일을 돕는구나.

"저는 비행정으로 가겠습니다. 가는 도중 업무에 관해 전하께 여쭙고 싶은 게 있으니까요."

샤오린 씨는 정말 착실하다니까.

아직 본격적으로 시작되지 않았으니 업무고 뭐고 없을 텐데.

"나는~ 빨리 그를 만나고 싶으니 게이트로 돌아갈게요~."

"나도 빨리 돌아갈래. 이동은 시간 낭비."

"시간 낭비라니⋯⋯."

유리가 말한 이유라면 이해할 수 있다.

린의 이유는 합리적이라고 하면 합리적이지만 낭만이라고 는 찾아볼 수 없다.

여행은 이동하는 것도 포함된 건데.

"이미 올 때 타봤음."

그건 그렇지만.

"연락 사항은 이상이다. 모레 조약 체결이 끝나면 돌아갈 테니 각자 방을 정리해둬라."

오그가 그렇게 말하자 샤오린 씨가 입을 열었다.

"잠시만요. 모레 밤에는 송별회를 열고 싶으니 그다음 날에 출발하시면 안 될까요?"

송별회라.

드디어 쿠완롱과 작별할 때가 됐다.

그리고 이틀 후.

유황전의 화려한 방에서 조약 체결식이 열렸다.

쿠완롱에서는 황제가, 엘스에서는 아론 대통령이, 알스하이드에서는 디스 아저씨가 참가했다.

두 사람을 데려오기 위해 오늘 아침 게이트로 마중 나갔었다.

쿠완롱에서는 외교 담당 관료가 출석할 것으로 예상했는데 무려 황제가 직접 나오겠다고 해서 다급해진 우리는 서둘러 아론 씨와 디스 아저씨를 데리러 갔다.

예정에 없었던 일을 억지로 추가한 것이라 조인이 끝난 뒤 바로 돌아가기로 했다.

갑작스럽게 움직여서 미안합니다.

조약 문서 자체는 아론 씨와 디스 아저씨가 이미 확인했으니 정말로 서로의 문서에 사인하고 악수를 나누고 마무리됐다.

"관광할 여유도 없데이."

아론 씨가 조인식이 끝나고 바로 게이트를 연 내게 투덜거렸다.

"시간이 생기면 안내할게요. 그보다 빨리 돌아가지 않으면 집무가 밀릴 거라고요!"

"아니, 억지로 데려온 건 신 군 이면서……."

"어쩔 수 없지 않으냐, 아론. 쿠완롱 쪽에서 황제가 출석하는데 우리가 대리를 세운다면 나중에 불필요한 화근이 생길지도 모르니 말이야."

"그건 아는데…… 꽤 고식적인 짓이네요."

"그것도 외교겠지. 어쨌든 이걸로 쿠완롱에 약점을 보이지 않고 조약을 맺은 거다."

"그것도 그러네요. 그럼 행님, 먼저 실례합니데이."

"그래. 수고했다."

아론 씨는 디스 아저씨와 말을 마치고 그대로 게이트를 빠져나갔다.

"……야."

그렇게 생각했더니 바로 게이트를 통해 얼굴이 튀어나왔다.

"나바르."

"네?"

"닌 왜 안 따라오는디?"

"그야 돌아갈 땐 비행정을 타고 돌아갈 거니까요."

"왜?"

"그야 돌아갈 땐 교역품을 갖고 돌아가는 거잖아요? 짐을 관리해야 하니까요."

"아니, 그건 신 군이나 다른 사람의 이공간 수납을 사용하면 되는 것 아이가?"

"그럴 수는 없습니다. 앞으로 교역은 저희끼리 해야 하니까요. 참고로 저희 중에 이공간 수납을 쓸 수 있는 사람은 없어요. 엘스의 마법병단에는 이공간 수납을 쓸 수 있는 사람이 있기야 하겠지만 짐꾼으로만 사용할 수도 없잖아요. 그러니까 앞으로도 짐을 싣고 하늘을 날아야 합니다."

아론 씨의 질문을 받은 나바르 씨가 주절주절 설명했다.

그 말을 들은 아론 씨는 잠시 생각했다.

"뭐, 알았다. 그럼 조심해서 돌아오래이."

그렇게 말한 뒤 이번에야말로 게이트 너머로 사라지자 내가 게이트를 닫았다.

그 후 디스 아저씨까지 알스하이드로 보내자 나바르 씨를 포함한 엘스 사절단 사람들이 숨을 내쉬었다.

"와, 같이 돌아가자고 하면 어쩌나 싶었습니다."

나바르 씨는 안도한 듯이 그렇게 말했다.

"짐을 관리해야 하니 안 된다면서요?"

"그건 그냥 핑계죠. 짐을 관리하는 방법이라든가 쌓은 물건이 어떻게 되는지 실험하는 건 돌아간 뒤에도 할 수 있으니까요."

"네? 그럼 어째서……."

어째서 함께 돌아가지 않은 거지?

그렇게 생각하니 나바르 씨 일행은 일단 서로의 얼굴을 마주 본 뒤 말했다.

『그야 당연히 이제부터 연회가 있으니까요!』

…….

나는 천천히 이공간 수납에서 무선 통신기를 꺼냈다.

"……아론 씨에게 보고해야지."

"그것만은! 그건 좀 봐주십쇼!"

"고생했잖아요! 조금이라도 우리에게 유리한 조약을 맺을 수 있도록 노력했다고요!"

"그러니 조금은 눈감아줄 수도 있잖습니까!"

다 큰 어른들이…….

그것도 나라를 대표하는 사절단인데 손자까지 있을 법한 아저씨들이 울먹이며 내게 매달렸다.

그런 너무나도 슬픈 광경에 나는 무선 통신기를 이공간 수납에 넣었다.

"하아, 알겠어요. 실제로 고생하셨으니까 아론 씨에게는 말하지 않을게요."

내가 그렇게 말하자 아저씨들의 눈이 반짝였다.

"감사합니다! 신 군, 감사해요!"

"앞으로 월포드 군 쪽과는 최우선으로 거래하겠습니다!"

"우리도!"

……연회에 참여하는 것 정도로 이렇게나 고마워하다니…….

엘스의 관료는 그렇게 스트레스가 많이 쌓이는 일인가?

그렇게 우리는 유황전을 나왔다.

이제는 어지간한 일이 없는 한 여기에는 오지 않겠지.

뭐, 나바르 씨 일행이라면 앞으로도 올 일이 있을지도 모르지.

유황전을 나온 우리는 밍 가까지 걸어갔다.

샤오린 씨가 돌아올 때는 천천히 와달라고 부탁했기 때문이다.

아무래도 지금 밍 가에서는 송별회 준비로 바쁜 모양이다.

그래서 우리는 걸어서 돌아갔다.

"그러고 보니 첫날엔 여기저기에 자객이 숨어 있었지."

마리아가 쿠완롱에 온 첫날이 떠올랐는지 주변 건물을 두리번거리며 말했다.

"오늘은 그런 놈들은 없는 듯하군."

리판 씨가 그렇게 말했다.

"오, 색적 마법이 능숙해지셨네요."

리판 씨에게 색적 마법을 알려준 나는 착실하게 능숙해지는 리판 씨의 노력이 기뻤다.

그렇게 생각해 리판 씨를 칭찬하자 부끄러운 듯이 머리를 긁적였다.

"아니, 아직이다. 아직은 다른 사람들처럼 숨 쉬듯 전개할 수는 없어. 지금도 대화를 시작한 순간 집중이 끊겼지."

"아, 나도 처음엔 그랬어. 금방 집중이 끊긴다니까."

리판 씨의 가까이에 있던 앨리스가 마치 선배가 후배를 배려하듯 그렇게 말했다.

실제로 색적 마법 사용에 관해서는 선배이긴 한데…….

뭐랄까, 앨리스가 연하인 데다 겉보기는 더 어리게 보이니 위화감을 떨쳐낼 수 없다.

"앨리스는 지금도 마찬가지. 집중이 자주 끊김."

"집중력은 그렇지만 색적 마법은 끊기지 않는다고!"

그렇게 생각하고 있으니 평소처럼 린과 장난치기 시작했다.

응, 이런 모습이 더 어울려.

여느 때와 같은 광경을 다 함께 웃으며 바라보자 옆에 있던 샤오린 씨가 말을 걸었다.

"정말로 신 님께는 많은 도움을 받았네요. 그런데도 불쾌한 경험을 하게 해드려서 죄송했습니다."

"아직도 신경 쓰세요?"

"신경 쓰죠. 아마도 계속……."

샤오린 씨가 그렇게 말하자 반대쪽 옆을 걷던 시실리가 내 팔을 꼭 붙들었다.

"신 군도 이렇게 말하니까 샤오린 씨도 신경 쓰지 마세요. 앞으로 함께 일하게 될 테니 계속 신경 쓰면 피곤할 거예요."

시실리는 그렇게 말하며 자애로운 표정을 했지만……

"……견제하네~."

"……견제하네요."

유리와 올리비아가 그렇게 속삭였다.

자만하는 건 아니지만 나를 계속 신경 썼다는 것은 나를 계속 생각했다는 것이나 마찬가지다.

시실리는 그것을 민감하게 느끼고 견제했을 것이다.

그러나 샤오린 씨에겐 그런 의도가…….

"시실리 님…… 당신은 역시 천녀님이십니다. 저 같은 사람에게 그런 자상한 말을 해주시다니……!"

"네?! 무, 물론이에요! 반성하는 사람을 탓할 수는 없으니까요!"

"천녀님……."

샤오린 씨는 촉촉해진 눈으로 감격했고 시실리는 고개를 숙였다.

"부, 부끄러워요……."

세간에 성녀님이라 불리며 자애의 상징이라고까지 불린 시실리지만 실제로는 평범한 여자아이다.

실은…… 아니, 제법 질투가 많다.

그러나 그건 전부 나를 좋아하기에 한 행동이라고 생각하면 더욱 사랑스러워지는 법.

그래서 부끄러워하는 시실리의 머리를 쓰다듬어 위로해주자 그것을 본 샤오린 씨의 눈이 더욱 반짝였다.

"아름다운 광경이에요…… 천녀님과 이렇게 어울리시다니…… 신 님이 신사님이라 불리는 것도 이해가 돼요."

"신사님은 또 뭐예요?"

"네? 신 님은 그쪽에서도 그렇게 불린다고 하시지 않았나요? 쿠완롱에서도 신이 보낸 사자를 『신사님』이라고 불러요.

성녀를 천녀라고 부르는 것과 같은 건가.

그보다 그냥 줄임말 아니야?

"밍 가 사람들은 이미 그렇게 부르고 있어요. 스이란 언니의 병을 치료하고 밍 가를 괴롭히던 악법을 철폐, 용의 피해를 미연에 막아주셨으니까요. 그런 위업을 달성한 분을 신사님이 아니면 뭐라고 부르겠어요!"

그렇게 말하며 흥분했는지 마지막에는 내게 따지는 듯 한 느낌이었다.

아니, 나는 그렇게 불리는 당사자라고요!

그 당사자에게 그렇게 말해도 부끄럽다는 말밖에는 할 수 없다고요!

"그런 것치고는 제법 신을 의심하지 않았나?"

시실리와 함께 샤오린 씨의 박력에 놀라고 있으니 오그의 야유에 가까운 목소리가 들렸다.

그 말을 들은 샤오린 씨는 방금 전의 흥분이 온데간데없이 사라지고 다시 풀이 죽었다.

"……그러니까 더 괴로워요…… 아시겠어요? 밍 가를 구해주신 분을, 신사님이라 불리기에 어울리는 분에게 의심의 눈초리를 보냈던 죄악감을……."

우와…… 샤오린 씨의 주위에만 뭔가 검은 그림자가 드리운 것만 같다.

너무 침울해하잖아.

"……미안하군. 악의는 없었다."

너무 낙담해하자 제아무리 오그라 해도 양심의 가책을 느껴졌는지 얌전히 샤오린 씨에게 사과했다.

샤오린 씨는 너무 착실해서 농담이 통하지 않는 면이 있으니까.

앞으로 우리와 함께 일을 할 테니 적당히 흘려넘길 수 있게 돼야 하는데.

그것을 어떻게 샤오린 씨에게 전할까 고민하고 있으니 갑자기 샤오린 씨가 부활했다.

"하지만! 지금은 그 걱정이 전부 사라졌어요! 앞으로는 신사님과 천녀님을 위해 분골쇄신 일하겠습니다! 부디 무엇이든 말씀해주세요!"

아니, 당신은 일단 감시원이라고요.

쿠완롱에서 파견되는 사람이 이래도 정말 괜찮은 건가?

그렇게 생각한 나는 오그에게 다가가 귓속말했다.

"오그, 쿠완롱에서 파견되는 사람이 샤오린 씨여도 정말 괜찮은 거야?"

"어쩔 수 없지. 사무 처리가 가능하고 통역 없이 우리와 대화할 수 있는 사람은 샤오린 씨밖에 없으니까."

"……어쩐지 엄청 불안한데."

"안심해. 나도 마찬가지다."

"어딜 봐서 안심하라는 건지."

어쨌든 샤오린 씨를 대할 땐 충분히 주의해야지.

우리…… 아니, 나와 시실리를 맹목적으로 숭배하고 무엇이든 말해달라는 사람이 되어버렸다.

"설마 시작하기도 전에 문제가 생길 줄은……."

"우리답다고 하면 우리다운 거지만."

그렇게 둘이서 속닥이고 있으니 샤오린 씨가 말을 걸었다.

"전하, 신 님, 왜 그러시죠?"

"아니, 아무것도 아니다."

정말 표정 하나 바뀌지 않고 거짓말하는 녀석이다.

"그런가요? 뭔가 심각한 얼굴로 대화하시는 것 같았습니다만……."

아무리 그래도 당신 이야기를 하느라 심각한 표정이 됐다고는 말할 수 없다.

그래서 나도 오그에게 동조하기로 했다.

"정말로 아무것도 아니에요. 오그가 오랫동안 아내를 방치한 셈이 됐는데 어떻게 하면 좋을지 상담했을 뿐이에요."

"……!"

내 말에 오그는 경악으로 눈이 휘둥그레졌다.

어라? 야, 너 설마…….

"……잊고 있었다."

오그는 나를 향해 작은 목소리로 말했다.

아니, 정말이었어?!

"저기, 게이트로 이따금 만나러 가거나 무선 통신기로 연락은……."

"……! 그렇군…… 그 방법이 있었군……."

이 녀석…… 완전히 일만 생각했네

그 탓에 엘리를 완전히 잊고 있었다는 말이야.

"네가 꺼낸 말이니 제대로 엘리를 달래줄 방법을 생각해라!"

"어째서?!"

"여기서 아무런 대책도 마련하지 않았다는 것을 알게 되면 샤오린 씨가 의심할 거다. 그래도 괜찮은 건가?"

"큭……!

난 왜 이다지도 섣부른 말을 하고 말았는가.

나는 방금 발언을 후회하며 오그와 어떻게 해야 화났을

엘리를 달래줄 수 있을지 필사적으로 고민했다.

그런 우리의 뒤에서 샤오린 씨가 쿡쿡 웃는 소리가 들렸다.

"전하와 신 님은 사이가 좋으시네요."

"네. 두 사람은 친구니까요. 전하의 사모님이신 엘리 양은 두 분 사이를 질투할 정도예요."

"전하의 사모님이라면 왕태자비님 말인가요? 그런 분께서 질투를 하시나요?"

"엘리 양은 민중에 가까운 분이니까요. 그래서 인기가 굉장히 많아요."

"그렇군요."

민중에 가깝다기보다 우리, 주로 앨리스와 린 때문에 세속에 물들었다고나 할까…….

그것이 이유인지는 모르겠지만 어쨌든 엘리는 감정 표현이 제법 두드러진다.

귀족 아가씨는 감정을 별로 드러내지 않는다고 들었는데 말이지.

그런 엘리인 만큼 오그가 연락도 없이 내버려 뒀다고 하면 상당히 화가 났을 것이다.

……또 이상한 망상을 폭주하지 않았으면 좋겠는데…….

"이제 이렇게 된 이상 잔뜩 사랑해 줄 수밖에 없지 않아?"

"사랑해준다고?"

"응. 돌아가면 엘리가 투덜거리기 전에 안아주는 거지."

"흠."

"그리고 귓가에 만나고 싶었다고 속삭여."

"흠."

"그리고 방으로 끌고 가."

"……그거면 되는 건가?"

"……그 방법밖에 없다고 생각해."

엘리에게 공격의 여지를 줘선 안 된다!

연이은 선제공격으로 마지막까지 밀어붙여!

그렇게 굉장한 강경책을 오그에게 제시했다.

뭐, 엘리는 오그 앞에선 제법 여린 면이 있으니 그걸로 어떻게든 될 것이다.

"그나저나 어떻게 결혼한 사람의 존재를 잊을 수 있어?"

"어쩔 수 없잖아. 무척이나 중요한 안건이 계속해서 발생했으니."

"아무리 그래도 무선 통신기로 연락 정도만 했으면 괜찮았을 텐데."

"그건 생각 못했다."

하긴, 무선 통신기는 주로 업무 연락에 사용되니까.

사적으로 연락한다는 문화가 아직 없다.

"아, 그럼 그걸 광고 문구로 해볼까?"

"고정 통신기의?"

"응. 원래 군에서 사용된 건 다들 알고 있잖아? 그러니 처음에 고정 통신기를 구입하는 건 업무 연락이 많은 상회일 거야. 하지만 통신기의 이점은 멀리 떨어진 상대와 바로 연결될 수 있다는 점이지. 아직 결혼하지 않은 연인이라든가 멀리 떨어져 사는 가족과 바로 연락할 수 있게 된다면 꽤 쉽게 보급될 것 같은데, 어때?"

"흠…… 좋은 생각일지도 모르겠군."

"그렇지? 아, 그렇게 되면 포스터도 만들고 싶네."

"포스터?"

"사진을 크게 늘려서 문구를 넣어 선전하는 거지."

"그렇군…… 사진에 그런 사용 방법이…….”

이쪽 세계에도 사진은 있다.

그러나 그 사용 방법은 가족사진을 찍거나 신문에 사용되는 것 정도이다.

여기서 포스터라는 획기적인 광고 모체를 만들면 광고 효과가 굉장해질 것이다.

"그것도 전생의 지식인가?"

"그런 셈이지. 전생에서는 당연한 일이었으니까."

그런 말을 하고 있으니 다시 뒤에서 이야기가 들렸다.

"어느새 일 이야기가 됐네요…….”

"항상 그래요. 정말이지."

시실리가 황당해하며 우리에게 다가왔다.

"신 군과 전하는 엘리 양을 너무 가볍게 여겨요. 엘리 양에게 보고할 거예요?"

시실리가 그렇게 말하자 오그가 시실리에게 고개를 숙였다.

"부탁이다, 월포드 부인. 그것만큼은 봐다오."

야.

대국의 왕태자가 그런 일로 고개를 숙여도 되는 거야?

"……알겠어요. 엘리 양을 진지하게 생각해주세요."

"그래, 약속하지."

"그럼 송별회 전에 무선 통신기로 엘리 양에게 연락해주세요."

"뭐?!"

"약속한 거예요?"

시실리는 그렇게 말하며 생긋 미소 짓고는 샤오린 씨에게로 돌아갔다.

이걸로 연속 공격 계획이 무산됐군…….

"……신, 어떡하면 되지?"

"사과할 수밖에 없지 않아?"

시실리를…… 아니, 여성진을 적으로 돌리지 않기 위해서는 그럴 수밖에 없겠지.

제대로 연락해서 혼나고 와라.

내가 그렇게 말하자 오그는 체념한 듯이 한숨을 내쉬었다.

"어쩔 수 없군, 혼나고 올까."

그렇게 말한 오그는 밍 가로 돌아간 뒤 곧바로 혼자 방에 틀어박혔다.

문 앞에서 엿듣던 앨리스와 린의 보고에 따르면 무선 통신기에서 나온 엘리의 목소리가 문밖까지 들렸다고 한다.

얼마 후 방에서 나온 오그는 확연하게 퀭해진 몰골이었다.

자업자득이야.

오그를 기다리는 사이에 준비가 끝났는지 밍 가 주최의 송별회가 시작됐다.

내일은 함께 비행정에 타고 돌아갈 예정이니 실버도 데리고 왔다.

테이블 가득 놓인 이국의 음식에 흥미진진해 보였다.

"자, 실버야. 아앙~."

"아앙."

나는 튀김 음식을 젓가락으로 집어 실버의 입으로 가져갔다.

닭튀김은 어린아이가 좋아하는 대표적인 음식.

예상대로 실버도 그 맛에 눈을 반짝였다.

"그나저나 신 군은 이 젓가락이란 걸 잘 다루네요."

"아, 전생에서는 젓가락을 주로 사용했거든."

"문화적으로 닮은 부분도 있군요."

"인간인 이상 생각이 비슷한 건지도 모르지."

"아빠, 아앙."

내가 시실리와 이야기를 나누니 실버가 더는 기다릴 수 없다는 듯이 음식을 재촉했다.

"응, 미안해. 자, 어떤 게 좋아?"

"히깅."

"히깅?"

"튀김 아닐까요?"

"아!"

시실리의 통역으로 원하는 것이 무엇인지 알게 된 나는 다시 닭튀김을 실버의 입에 넣어주었다.

"우물우물."

"앗, 그렇게 단번에 먹이면 안 돼요. 저것 봐요. 입에서 흘러나오잖아요."

"미안."

닭튀김의 기름이 흘러나와 미끌미끌해진 실버의 입을 시실리가 가까이에 있던 냅킨으로 닦아주었다.

"으음."

"움직이면 안 돼."

"으으음."

"앗."

실버는 지금 시실리에게 안겨 있다.

입을 닦으려 하는 시실리의 품에서 도망치려고 필사적으로 몸부림쳤다.

이에 시실리도 실버를 놓치지 않으려고 단단히 안아주었다.

그런 부모 자식 간의 공방은 보기만 해도 흐뭇해지는 광경이었다.

"신 군! 웃지 말고 잡아줘요!"

"어이쿠, 자."

"아으!"

엄마보다 힘이 센 아빠에게 붙잡히자 포기했는지 실버가 얌전해졌다.

"정말 장난꾸러기라니까."

시실리는 그렇게 말하며 실버의 입을 닦았다.

"므으, 아으."

"자, 깨끗해졌다."

시실리는 실버의 입을 닦은 뒤 다시 안아주었다.

"하아…… 굉장해. 정말 엄마답네요."

어느새 우리 곁으로 다가온 올리비아가 시실리의 모습을 보며 감탄한 듯이 그렇게 말했다.

시실리는 그런 올리비아에게 미소 지으며 답했다.

"벌써 2년 가까이 실버를 키우고 있으니까요. 꽤나 익숙해졌어요."

"역시 시실리 양이네요. 저도 잘할 수 있을까요……."

"갓난아기를 돌보는 건 부모님이나 다른 사람에게 배우면 금방 할 수 있어요. 그것보다 전 앞으로가 더 걱정이네요."

"앞으로요?"

고개를 갸웃하는 올리비아에게 시실리는 미소를 지우고 진지한 표정을 했다.

"투정과 반항기요."

"아······."

그렇다, 실버는 이제 곧 두 살.

무엇이든 싫어, 싫어, 거절할 나이.

그것이 고도로 발전하는 반항기.

할머니가 두 살 이후에는 각오해두라며 단단히 일러주었다.

"실제로 그 나이 또래의 아이를 만나본 적이 없으니 어떤 느낌인지는 모르겠어요. 하지만 할머님께서 정말로 고생했다고 말씀하실 정도예요."

"메, 멜리다 님도요?!"

할머니는 올리비아에게도 존경의 대상인 듯하다.

그런 할머니가 애를 먹었다고 할 정도.

과연 얼마나 무서운 사태가 기다리고 있을지······.

"저, 월포드 군은 전생의 기억이 있죠? 전생에서는 결혼하지 않았나요?"

올리비아는 지금과 상관없는 전생의 이야기라며 가볍게 물었을 것이다.

그러나 그 말을 들은 시실리는 갑자기 울 것 같은 표정이 됐다.

"신 군······ 결혼했었나요?"

자, 자, 잠깐!

어째서 울먹이는 거야?!

"안 했어! 전생에서 죽었을 때 연인도 없었다고!"

내가 그렇게 말하자 시실리와 올리비아가 놀란 표정을 했다.

"아니, 정말이야. 정말로 독신에다 연인도 없이……."

"아니, 그게 아니라요……."

"미, 미안해요!"

시실리는 울 것 같은 얼굴에서 당황스러운 표정이 됐고 올리비아는 갑자기 고개를 숙였다.

"왜, 왜 그래? 어? 내가 무슨 이상한 말이라도 했어?"

올리비아가 사과하는 이유를 모르겠다.

어째서 이렇게 깊숙이 허리를 굽히는 거지?

그리고 어째서 시실리는 그걸 말리지 않는 걸까?

알 수 없어 하니 올리비아가 천천히 입을 열었다.

"그렇겠네요…… 전생의 기억이 있다는 것은 죽었을 때의 기억이 있다는 뜻이겠네요……."

응? 아…….

올리비아의 말로 내가 죽었을 때를 떠올렸다고 생각한 건가.

하긴 전생의 기억이 있는 시점에서 전생…… 그러니까 죽어서 전생했다고 말한 거니까.

그야 신경 쓰이겠지.

"저기, 사과까지 했는데 미안하지만."

"……네."

"기억이 안 나."

""네?""

올리비아뿐만 아니라 시실리까지 멍한 표정으로 나를 본다.

"회사를 나왔을 때 기억이 끊겨서…… 그 이후에 무슨 일이 있었는지 전혀 모르겠어."

"그런가요?"

"응. 그러니까 나도 모르게 이쪽 세계에 있었던 식이니 그렇게 마음 아파할 것 없어."

"하지만……."

"기억나지 않는 일로 사과하면 내가 더 곤란해진다니까?"

"그래요……."

"응, 그렇다고."

"……알겠어요."

그제야 올리비아가 알겠다며 고개를 들었다.

이런 축하 자리에서 고개를 숙이지 말아줘.

게다가 기억도 안 나는 일로 말이지.

"하지만 신 군도 처음 육아하는 거군요. 다행이에요."

내 전생까지 질투했었나.

하긴 기억이 있다고 하면 신경 쓰이겠지.

"친척에도 아이가 없었으니 정말로 처음이야."

"그럼 저하고 똑같네요."

"응, 같이 힘내자."

"네!"

"에!"

내가 시실리와 손을 맞잡자 실버가 그 위로 자신의 손을 올렸다.

"아니, 네 일로 엄마하고 둘이서 힘내자고 한 거였다고."

"후후, 아하하."

"우?"

내가 실버에게 장난스럽게 말하자 시실리가 웃음을 터뜨렸고 실버는 무슨 말인지 알 수 없어하는 표정이었다.

"하아, 정말로 신경 쓰지 않는군요."

"말했잖아. 기억이 안 난다고. 기억에도 없는 걸 어떻게 신경 쓰겠어."

"……하긴, 그렇네요."

올리비아는 그제야 미소를 떠올리며 가까이 다가와 실버의 머리를 쓰다듬었다.

"아으."

"후후, 귀여워요. 역시 저도 빨리 제 아이를 만나고 싶어요."

"그러기 위해서라도 마크가 애써야겠지…… 안 그래?"

그렇게 말하며 뒤를 돌아봤다.

거기엔 얼굴이 새빨개진 마크가 있었다.

"아니, 이런 곳에서 그런 말은 부담스럽습다."

"뭐 어때. 여기엔 부부밖에 없으니까."

내가 그렇게 말하자 마크와 올리비아는 얼굴을 붉히며 말했다.

""아직 부부가 아니에요!""

뭐 어때, 부부인 셈 치자고.

이제는 구분하기도 귀찮고 말이야.

"즐기고, 계신가요?"

그렇게 우리에게 말을 건 사람은 이번 송별회를 주최한 스이란 씨였다.

더듬거리면서도 확실하게 우리 쪽 언어로 그렇게 말했다.

"네. 덕분에요. 감사합니다."

한 마디씩 끊어서 그렇게 말하자 스이란 씨도 의미를 알았는지 생긋 미소 지었다.

『앞으로 외국어 학교를 열게 됐습니다. 저도 조금이라도 더 이야기할 수 있게 되려고요.』

이 말은 리판 씨가 통역해주었다.

그렇구나.

지금은 쿠완롱 사람들만 말을 배우고 있지만 우리도 쿠완롱의 말을 배워야 한다.

『알스하이드에도 조만간 어학 학교를 열 예정입니다. 전하께도 이야기해뒀으니 그때는 꼭 배우러 와주세요.』

벌써 거기까지 이야기가 진행됐구나.

하아. 정말로 수완 좋은 사람이야, 이 사람.

샤오린 씨가 꼭 구해달라고 말했던 것도 이해가 된다.

스이란 씨가 있고 없고에 따라 상회의 발전 정도가 전혀 다를 것이다.

그리고 샤오린 씨는 쿠완롱에 스이란 씨가 있기에 아무런 걱정 없이 알스하이드로 올 수 있었다는 것을 깨달았다.

그 후 밍 가의 고용인들에게 인사를 전하고 다녔고 송별회가 끝날 무렵에는 실버가 시실리의 품속에서 곤히 잠들었다.

"실버도 잠들었으니 슬슬 마무리할까?"

"그러죠. 언니."

샤오린 씨가 일부러 우리 쪽 말로 말했다.

"슬슬 정리하죠."

샤오린 씨가 그렇게 말하자 스이란 씨가 고개를 끄덕였다.

"여러분. 정말로, 감사했습니다."

스이란 씨는 그렇게 말하며 우리에게 깊숙이 고개를 숙였다.

그러자 오그가 한 발 앞으로 나가 스이란 씨에게 말했다.

『이쪽이야말로 큰 신세를 졌다. 고맙군.』

그렇게 쿠완롱의 말로 말했다.

"너, 어느새……."

그렇게 물었지만 오그는 히죽 웃을 뿐 대답하지 않았다.

이 녀석은 정말로 노력하는 모습은 보이지 않는다니까.

진짜 굉장하다고.

외국의 왕태자가 자신들의 말로 인사하자 밍 가 사람들 중에는 감격한 나머지 눈물을 글썽이는 사람도 있었다.

정말로 굉장하다.

"그럼 샤오린 씨. 앞으로 잘 부탁하지."

"네! 저야말로 잘 부탁드려요!"

이렇게 우리의 쿠완롱 체류는 막을 내리고…….

"그런데 또 잔뜩 취한 나바르 외교관 일행은 어쩌지?"

…….

모처럼 잘 마무리하려 했는데!

이 주정뱅이 아저씨들이!

일단 술에 취한 아저씨들을 각자의 방으로 옮기기로 했다.

"……아이고, 머리야."

송별회 다음 날, 아침부터 숙취에 시달리는 엘스 사절단에게 말했다.

"몰라요. 오늘 아침에 출발한다고 말했잖아요? 자요, 빨리 비행정에 타세요. 짐은 이미 실었으니까요."

"……조금만 더 있다가 가면 안 될까요?"

이마에 손을 얹고 괴로운 듯이 말하는 나바르 씨에게 내가 한 말은.

"빨리 타세요."

"알겠습니다."

등에 손을 얹고 비행정 안으로 밀어 넣었다.

"으헉! 머리가! 머리가 깨질 것 같은데! 뭔가 새어 나온 것 같은데!"

"깨지지 않았고 새어 나온 것도 없어요. 자, 빨리 자리에 앉으시라고요."

나는 나바르 씨에게 그렇게 말한 뒤 다른 사절단에게도 시선을 보냈다.

그러자 사절단 사람들은 갑자기 빠릿빠릿하게 일어나 비행정에 올랐다.

뭐야, 지금까지 숙취가 있는 척 연기한 거였어?

그렇게 생각했지만 의자에 앉은 순간 맥없이 무너진다.

……떠밀리기 싫다는 마음으로 빠릿빠릿했던 것뿐인가.

그보다 오늘은 이동하는 날이니 미리 음주량을 제한하면 됐을 텐데 주정뱅이들은 왜 이렇게 제어를 못 하는 걸까?

나는 궁금해하며 비행정 밖으로 한번 얼굴을 내밀었다.

거기엔 밍 가의 사람들, 장군과 그 부하, 관료들이 모여 있었다.

"여러분, 신세 많이 졌습니다!"

내가 그렇게 말하자 함께 탄 샤오린 씨가 통역해주었다.

다들 웃는 얼굴로 손을 흔들어주었다.

"후후, 다들 고맙다고 말하네요."

"……하오를 그렇게나 싫어했군요."

"그럼요."

단칼에 긍정했다.

하긴, 아무리 생각해도 쿠완롱에 아무런 도움이 안 되는 존재였으니까.

그걸 없앴으니 다들 기쁘겠지.

특히 샤오린 씨가 가장 기뻐한 것 같다.

"자, 그럼 슬슬 가볼까."

오그가 그렇게 말하자 조종사들이 고개를 끄덕이며 마력을 쏟기 시작했다.

점차 떠오르는 비행정을 올려다보는 쿠완롱 사람들.

다들 손을 흔들고 있어서 우리도 창문을 통해 손을 흔들었다.

"잠깐! 기울어지니 한쪽으로 모이지 마십시오!"

조종사의 다급한 목소리로 서둘러 원래 자리로 돌아갔다.

지상에서는 모두가 여전히 손을 흔들어주고 있었다.

그래서 조종사도 배려해주며 상공을 몇 바퀴 선회해주었다.

덕분에 다들 지상을 향해 마지막 인사를 나눌 수 있었다.

그리고 수도 이롱을 떠나 사막 지대를 향해 날기 시작했다.

제5장

귀환. 그리고, 다음 스테이지로

"후우……."

오그가 한숨을 내쉬며 비행정 좌석에 몸을 깊숙이 파묻었다.

"수고했어."

나는 그렇게 말하며 오그에게 차가운 음료를 건넸다.

"아, 고맙다."

그것을 받아 마시고는 다시 숨을 내쉬는 오그.

"이제야 긴장을 늦출 수 있겠군."

음료를 단번에 마신 뒤 크게 기지개를 켠다.

이런 행동조차 오랜만에 본 것 같네.

"이번엔 처음 방문한 나라와 국교 수립을 해야 했으니 말이다. 말도 통하지 않았으니 이렇게 지친 건 오랜만이군."

"최근엔 외교다운 외교가 없었으니까요."

"마인왕전역 이후 각국의 결속이 굳건했으니 말이오."

알스하이드와 주변국의 관계는 일찍이 없었을 정도로 양호하다.

마인 슈투름이라는 위협을 일치단결해 물리쳤다는 동료의식이 강해져 각국의 수뇌진과 국민은 다른 나라에 상당히 우호적이 됐다.

덕분에 오그가 나설 정도의 문제가 일어나지 않았다고 한다.

역시 공통된 적이 있으면 결속력이 강해진다는 말은 사실인 듯하다.

그런 이야기를 들은 샤오린 씨가 불안한 표정을 했다.

"저기, 다들 그렇게 사이가 좋은데 제가 끼어들어도 괜찮을까요?"

아, 그렇구나.

쿠완롱은 이번에 새로이 국교를 수립한 나라.

슈투름과 싸웠던 마인왕전역과는 전혀 상관이 없다.

다른 나라와는 마인왕전역 때 함께 싸웠다는 동료 의식이 있지만 자신에게는 아무것도 없다는 점이 걱정인 거겠지.

"신경 쓰지 않아도 괜찮을 거다. 이번 일의 목적은 각국이 우리를 감시하는 것이다. 친목을 다지는 게 아니지. 걱정할 것 없다."

"그럴까요?"

오그는 신경 쓰지 말라고 했지만 샤오린 씨의 안색은 좋아지지 않았다.

"표면상의 이유는 그렇지만 말입니다."

나바르 씨가 말을 꺼냈다.

"엘스에서도 얼티밋 매지션즈의 인기는 상당합니다. 그런 사람들과 함께 일할 수 있다고 하면 표면상의 이유를 잊어버릴 수도 있겠죠."

"호오? 엘스에서 파견되는 자는 그런 인물인가?"

오그가 도발적인 태도로 그렇게 말하자 나바르 씨도 씩 미소를 지었다.

"아니요, 우리가 파견하는 인재는 그렇지 않습니다. 그보다 이미 자료를 드렸을 텐데요?"

"자료에 적힌 것은 그 인물의 프로필뿐이다. 그 사람의 성격같은 것은 적혀 있지 않았지."

"그럼 그에 관해서는 제가 보증하겠습니다. 일을 가벼이 여길 사람은 아니거든요."

"그런가. 그럼 안심이군."

오그가 그렇게 말하자 나바르 씨는 황당한 표정을 했다.

"자신들을 감시하기 위해 파견된 사람인데 너무 가볍게 생각하시는 거 아닙니까?"

"무슨 말이지? 감시는 업무의 일부에 불과하다. 사무원으로서 파견되는 것이니 일은 확실히 해줘야지."

"그러시군요."

나바르 씨는 그렇게 말한 뒤 이 이야기는 끝이라는 것처럼 좌석 위에 누웠다.

"부탁이니 너무 흔들리지 않도록 운전해달라고 말해주세요."

그렇게 말하며 얼굴에 수건을 얹고서 휴식을 취했다.

……짐을 관리한다고 하지 않았어요?

아무래도 숙취 탓에 그럴 여유가 없는 듯하다.

오그와 얼굴을 마주 보고서 어깨를 으쓱였다.

나중에 아론 씨에게 보고해야 하나?

그런 생각을 하고 있으니 나바르 씨의 비명이 울렸다.

그 비명에 다급히 나바르 씨를 보니…….

"잠깐! 도련님! 머리를 흔들면 안 돼요!"

"아더씨, 아침."

이미 해가 떴는데 얼굴에 수건을 올리고 잠든 모습이 신기했는지 실버가 그 수건을 치우고 나바르 씨를 깨우려는 듯 머리를 흔들고 있었다.

"으악! 얘가 뭐 하는 거래요?"

"죄, 죄송해요! 얘, 실버! 장난치면 못써!"

"으."

그 모습을 지켜본 오그가 크게 웃었다.

"나바르 외교관, 실버도 제대로 일하라고 말하는군."

"무슨 말이에요!"

"하지만 너희가 아론 대통령과 함께 돌아가지 않았던 이유는 짐을 관리하기 위해서였지? 아무것도 하지 않는 것 같다만."

"그, 그건 그렇습니다만……."

"흠. 역시 대통령에게 보고를……."

"알겠습니다! 알겠으니까 그것만은!"

나바르 씨는 필사적으로 오그를 말리고서 꾸물꾸물 일어

났다.

"하아…… 죽겠네. 야, 나중에 교대한다."

"……일어나면 교대하겠습니다."

"두들겨서라도 깨워줄 거다."

목소리를 높이기만 해도 힘든 모양이다.

엘스 사절단 사람들은 소곤소곤 작은 목소리로 그런 대화를 나눴다.

"별수 없군. 실버, 잘했다."

"아웅!"

오그가 칭찬하자 실버가 당당하게 손을 들었다.

"어휴."

실버를 안아 든 시실리는 황당한 표정.

그런 온화환 분위기 속에서 비행정은 사막 지대와 쿠완롱의 경계에 도달했다.

"여기서부터는 똑같은 경치가 이어지니 이만 쉬어볼까."

오그는 그렇게 말하며 좌석에 앉아 눈을 감았다.

"잠깐만요! 우리한테는 일어나라고 했으면서 혼자만 자는 겁니까!"

"무슨 문제라도 있나? 나는 짐을 관리하는 일을 맡지 않았다. 어디까지나 비행정을 운용하기 위한 책임자로서 동석했을 뿐이지. 딱히 해야할 일은 없어."

"크으……."

오그에게 한방 먹은 나바르 씨는 분한 표정이었다.

뭐, 오그의 말이 맞긴 하지.

나바르 씨에게 승산은······.

"전하, 혹시 시간 괜찮으시면 지금 얼티밋 매지션즈의 업무에 관해 여쭤도 괜찮겠습니까?"

그러고 보니 샤오린 씨가 비행정에 동승한 것은 돌아가는 도중 그 이야기를 물어보기 위해서였지.

"······."

샤오린 씨가 사전에 그런 말을 했었고 승낙까지 했으니 거절할 수 없다.

"그랬지······."

오그는 그렇게 말하며 좌석에서 일어나 샤오린 씨를 바라보았다.

그 후 샤오린 씨의 질문에 오그가 대답하는 형식으로 이야기가 진행됐다.

샤오린 씨가 할 일의 내용.

접수와 경리, 그리고 의뢰된 일의 분배.

사무소에 설치한 고정 통신기를 통해 들어온 연락을 다시 무선 통신기로 각자에게 알린다. 그 것이 주요 업무가 된다.

참고로 그 고정 통신기의 연락처는 일을 계획하던 초기엔 대중에게 공개하자는 의견도 있었지만 그랬다간 끊임없이 연락이 들어올 것이 예상되기에 지금까지처럼 일단 왕궁에서 의뢰를 받아 조사한 뒤에 연락이 들어오게 됐다.

지금까지는 우리가 학생이었던 탓에 상당히 긴급한 의뢰로만 한정했었다.

이제는 의뢰 수리의 조건이 대폭 완화된다고 한다.

그리고 앞으로는 의뢰 비용도 청구한다고.

물론 그것이 그대로 우리의 급여가 되는 것은 아니다.

우리의 급여는 고정급 플러스 의뢰 달성 건수에 따른 상여금이 된다고 한다.

그런 부분도 사회인 같네.

이 의뢰 달성 건수의 관리도 일에 포함된다.

다시 말해 현장에 나가는 것 이외의 모든 일이라고 한다.

"아직 실질적으로 활동하지 않았으니 뭐라 말할 수 없지만 상당히 바쁠 거다. 그야말로 감시라는 것이 그저 명목에 불과하다고 생각될 정도로."

"그 정도인가요……."

"지금 왕궁에 전달된 의뢰의 수를 생각하면 말이지. 솔직히 전부 의뢰를 받아줄 수는 없다."

"그, 그렇게 많나요?!"

지금 왕궁에서 제일 바쁜 부서는 각지에서 밀려드는 얼티밋 매지션즈의 의뢰를 정리하는 부서라고 한다.

애초에 왕궁에 도착하기 전부터 추려내고 있으니 실제 의뢰 건수는 대체 얼마나 된다는 건지…….

하지만 그런 상황이 이어지는 한 사무원들을 계속 고용할 수는 있을 것이다.

"솔직히 제안하고서 이런 말을 하기는 그렇지만 과연 제대로 감시할 수 있을지는 아직 의문이긴 하지. 뭐, 이미 절반쯤은 명목상의 이유니 상관없을지도 모르겠다만."

앞으로 잔뜩 의뢰를 받는다는 것은 우리는 계속 현장에 나간다는 뜻이다.

감시하기란 그다지 현실적이지 않다.

"하지만 감시원들을 받아들일 거지?"

"자신 쪽의 인원을 파견하는 것만으로도 안심할 수 있을 테니 말이다."

정말로 그저 명분에 불과하다.

그렇게 하기로 했으니 이제 와서 그만둘 수도 없겠지.

그랬다간 각국의 불안을 부추기는 꼴이 될지도 모른다.

모처럼 각국이 우호적인 관계를 이루었는데 그것을 우리가 망칠 수는 없다.

그리고 각국에서 파견되는 인원은 상당히 우수한 인재들이라고 한다.

이제 와서 그 사람들을 대신할 사무직을 찾는 것도 불가능하겠지.

"샤오린 씨는 밍 가에서도 일을 했었다고 들었다. 기대하지."

"아, 네! 미력하나마 힘을 보태겠습니다!"

일단 일 이야기는 끝났으니 이제 느긋하게 하늘 여행을 즐기자.

실버는 벌써 질렸는지 시실리의 품에서 잠들었다.

돌아가는 도중, 갈 때도 들렀던 야영지에서 숙박하기로 했다.

위치로 볼 때 적당해서 앞으로 이곳을 중계지로 삼아 거점을 만들 예정이라고.

매번 야영하는 건 피곤하니까.

그리고 하루를 쉰 우리는 드디어 엘스로 돌아왔다.

"이제야 돌아왔네."

비행정에서 내려 기지개를 크게 켜며 익숙한 양식의 건물을 둘러보았다.

나라는 다르지만 알스하이드와 엘스는 건축 양식이 비슷하다.

땅이 이어진 나라니까 비슷한 게 당연한 건지도 모르지.

"그럼 나바르 외교관과는 여기서 작별이군."

오그는 그렇게 말하며 나바르 씨에게 손을 내밀었다.

"고생하셨습니다, 아우구스트 전하. 이번엔 엘스와 알스하이드 모두 뜻깊은 시간을 보낼 수 있어 기쁘군요."

그렇게 말한 나바르 씨는 손을 잡고 악수했다.

"그럼 또 보지."

"네, 또 뵙겠습니다."

그렇게 말한 나바르 씨 일행은 대통령 저택으로 떠났다.

"그럼 우리도 알스하이드로 돌아갈까."

"그래, 하지만……."

"왜 그러지?"

"나는 돌아가면 중요한 일이 남아있어."

"……아, 멜리다 님께 설명하는 것 말인가?"

"응."

돌아가면 꼭 이야기해야 하는 상대가 있다.

할아버지와 할머니, 그리고 디스 아저씨에게는 나에 관해서 이야기하기로 마음먹었다.

시간이 흐르면 다시 이야기하기 어려워지니 돌아가면 바로 이야기하기로 했다.

"그럼 내가 아바마마를 모시고 올 테니 같이 설명할까?"

"부탁해도 돼?"

"그러지."

그렇게 약속을 나눈 나는 집으로 게이트를 열었는데…….

"오, 신 군, 어서 와라."

"……."

집으로 돌아가니 디스 아저씨가 있었다.

……아직 저녁인데.

어째서 벌써 있는 거지?

"아바마마……."

내 뒤를 따라 게이트를 나온 오그도 설마 있을 줄은 몰랐을 것이다.

당황한 듯이 디스 아저씨를 보고 있었다.

"아니, 슬슬 돌아올 것 같아서 말이지. 여기서 기다리면 바로 보고를 들을 수 있잖아?"

"보고라니, 실제로 조약을 체결하신 사람은 아바마마 아니십니까. 설마 문서를 잘 읽지 않으셨다는 건 아니겠죠?"

"무, 물론 잘 확인했고말고. 일국의 왕이 그렇게 적당히 일처리를 할 리가 없지 않으냐."

"그럼 대체 무슨 보고를 기다리셨습니까?"

"그야 조약 이외의 일들이지."

다시 말해 우리가 쿠완롱에서 어떤 일을 했는지 알려달라는 뜻이겠지.

확실히 내 전생 이외에도 알려두는 편이 좋은 보고도 있다.

이 자리에 있다는 뜻은 이미 일정을 조정한 뒤일 테니 잘됐네.

"할아버지 할머니도 괜찮아?"

"허허. 처음부터 그럴 생각이었다."

"그보다 이번엔 어떤 소동을 일으켰는지 똑바로 설명해보렴."

왜 할머니는 내가 소동을 일으켰다고 생각하는 걸까.

아무리 나라도 다른 나라에서 괜한 소동을 일으킬 생각은 없다고!

멋대로 소동이 일어났을 뿐이야!

그런 마음을 꾹 억누르고 쿠완롱에서 벌어진 일을 이야기했다.

밍 가를 둘러싼 소동과 대량 발생한 용의 토벌.

그중에서도 특히 중요한 것이 쿠완롱에 전해지는 그 이야기와 하오 사건의 전말이다.

"뭐?! 마석을 섭취하면 마법을 쓸 수 없는 사람이 쓸 수 있게 돼?!"

그 이야기는 역시 충격이었는지 할머니가 흥분하며 말했다.

"그게 정말인가?"

"쉽게 믿기 어렵구먼……."

디스 아저씨와 할아버지도 믿기지 않는다는 표정이다.

"확실합니다. 하오는 마법을 쓸 수 없었습니다. 그런데 감금된 저택에서 도망칠 때 분명 마법을 사용했다고 보고되었고 저택에서 분말 형태로 부숴진 마석도 발견됐습니다."

오그가 그렇게 말하자 할아버지와 할머니, 디스 아저씨도 믿기 시작했다.

"하지만 정말로 중요한 것은 여기서부터입니다."

오그는 그렇게 말한 뒤 마석을 섭취한 자는 마인이 된다는 사실을 알렸다.

"그 사실을 숨기기 위해 쿠완롱에서는 마석이 독이라고 배웁니다. 그리고 앞으로 밍 가와 개별적인 거래를 통해 알스하이드에도 마석이 유입될 겁니다. 그러니 알스하이드에서도 같은 조치를 해야 할 것 같습니다."

오그가 그렇게 진언하자 디스 아저씨는 팔짱을 끼고 침음했다.

"확실히 마석을 섭취하면 마인이 된다고 알리는 것보다 독이라고 말하는 편이 좋겠군."

"그러게다. 그러지 않으면 마인이 되어서라도 마법의 힘을 손에 넣으려는 사람이 나올 거야."

"과거의 쿠완롱 상층부도 그렇게 생각했다고 합니다. 그래서이 사실을 아는 것은 지금도 상층부의 극히 일부뿐입니다."

오그는 그렇게 말한 뒤 함께 온 샤오린 씨를 보았다.

"네. 저는 이번 일이 있을 때까지 마석은 치명적인 독이니절대로 먹어선 안 된다고 배웠습니다."

"그렇게 알리는 것으로 최근 수십 년 동안 마석 섭취로 마인이 된 사람이 나오지 않았다고 합니다."

샤오린 씨와 오그의 추가 정보로 디스 아저씨가 마음을굳힌 듯하다.

"알았다. 이 일은 일부 사람에게만 전해두지. 군의 상층부에만 전하면 되겠나?"

"그러면 될 겁니다."

"음."

일단 이 일에 관해서는 디스 아저씨에게 맡기기로 했다.

그리고 다음에 한 이야기는 이전 문명의 유적에 관해서다.

"응? 이전 문명이라고?"

디스 아저씨는 무슨 바보 같은 소리를 하느냐는 태도였다.

뭐, 알스하이드에선 이런 반응이 보통이겠지.

"농담이나 도시전설이 아닌 실제로 유적이 있었습니다. 저희도 확인했습니다."

오그의 그 말에 제일 먼저 반응한 것은 할머니였다.

"정말로 있단 말이니?! 잘못 본 게 아니고?!"

"네. 실제로 이전 문명의 거리를 봤습니다. 그런 도시는 본 적이 없었습니다. 분명 이전 문명입니다."

그 말을 들은 순간 할머니의 분위기가 달라졌다.

"설마, 정말로? 아무리 조사해도 단서조차 보이지 않았던 이전 문명의 유적이 그런 곳에서…… 지금 당장…… 아니, 하지만 신의 앞에서……."

할머니는 맛시타의 마도구를 찾아 전쟁 중인 나라까지 찾아갔다고 하니까.

솔직히 말해 당장에라도 유적을 보러 가고 싶겠지.

그러나 지금까지 내게 잔뜩 자중하라고 말했던 만큼 바로 가겠다고는 할 수 없는 모양이다.

그때, 샤오린 씨가 구조의 손길을 내밀었다.

"그렇게 서두르지 않으셔도 쿠완롱에서는 이전 문명의 유적이 관광지가 됐습니다. 시간이 있으면 언제든지 갈 수 있습니다. 신 님에게는 게이트가 있으니까요."

"정말이니?! 그럼 이후에 데려가 다오!"

어? 이후에?

그렇다면 이야기가 끝나면 바로 가자는 거야?

할머니는 이제 연세도 있으시면서 왜 이렇게 행동력이 강한 걸까.

"정말로 피가 이어지지 않았나요? 신 군과 똑같으세요."

흥분한 할머니를 보며 시실리가 내게 귓속말했다.

그건 나도 동감이다.

"이야기는 이제 끝이니?! 그럼 서둘러……."

"죄송합니다, 멜리다 님. 이야기가 조금 더 남았습니다."

그리고 오그는 이전 문명이 붕괴한 경위에 관해 이야기하기 시작했다.

나라를 흔적도 없이 파괴할 정도의 병기가 만들어졌고 실제로 사용된 것으로 보이는 것.

앞으로 마도구 개발이 진행되면 언젠가 그러한 병기가 만들어질지도 모른다는 것.

그렇게 되기 전에 억지력이라지만 그러한 병기를 만들어선 안 된다고 각국이 협의할 필요가 있다는 것을 알렸다.

그 설명을 들은 디스 아저씨는 다시 복잡한 표정으로 생각에 잠겼고 할머니는 뭔가 알겠다는 표정을 했다.

"그렇구나. 그러니 아무리 찾아도 이전 문명의 흔적이 보이지 않았던 거야. 설마 흔적도 없이 사라졌을 줄이야……."

"무서운 이야기구먼."

당장에라도 조사하러 가고 싶어 하는 할머니와는 다르게 할아버지는 심각한 표정이었다.

그야 당연하겠지.

전에 슈투름이 일으킨 것 이상의 참상을 인간이 일으켰다는 것이니까.

마인의 피해를 아는 만큼 사태의 심각함을 알 것이다.

"그나저나 쿠완롱이라는 곳에서는 거기까지 연구가 진행된 거니?"

너무나도 자세하게 이전 문명이 붕괴한 경위를 설명했으니 쿠완롱에서는 이전 문명에 관한 연구가 상당히 진행됐으리라 생각했겠지.

할머니가 샤오린 씨에게 그렇게 물었다.

그러나 질문을 받은 샤오린 씨는 곤란한 표정이 됐다.

"아니요, 쿠완롱에서도 거기까지는 해명하지 못했습니다."

그렇게 말한 샤오린 씨에게 할머니가 의아한 표정을 했다.

"무슨 말이니? 방금 이야기는 전부 너희의 상상이라는 거야?"

"그런 것치고는 상당히 구체적이었는데……."

디스 아저씨도 알 수 없다는 표정이었다.

나는 오그와 얼굴을 마주 보고는 이야기를 이어나갔다.

"내가 유적 상황을 보고서 추측했어. 거의 확실할 거야."

"신이?"

"어떻게 된 거니?"

할아버지와 할머니, 디스 아저씨도 나를 보았다.

나는 잠시 심호흡해서 숨을 고른 뒤 세 사람에게 밝혔다.

"나는 말이지, 이세계에서 살았던 전생의 기억이 있어."

내가 그렇게 말하자 세 사람 모두 순간 눈이 커지긴 했지만 그 이상 놀라지 않았다.

"어, 어라?"

아니, 지금 꽤 중요한 말을 했는데?

어째서 살짝 놀란 정도의 반응이야?

"그래서? 네가 전생의 기억을 지닌 것과 이전 문명이 멸망한 경위를 설명할 수 있는 것이 어떻게 이어진다는 말이니?"

"어? 그게……."

오히려 내가 혼란스러워하며 이전 문명이 멸망한 경위를 추측한 이유를 설명했다.

이전 문명의 거리가 전생의 기억에 있는 거리와 똑같았던 점.

그래서 이전 문명 시대에도 나와 마찬가지로 전생의 기억을 떠올린 사람이 있을 것이라는 점.

아마도 그 전생의 기억을 지닌 사람이 억지력을 만들기 막대한 피해를 가져오는 병기를 만들었다는 점.

전생의 기억이 있는 이세계에서는 그런 병기를 만들었긴

하지만 사용하지 않았기에 설마 진짜로 사용할 줄은 몰랐을 거라는 점.

그러나 그 위력을 모르는 시대의 지도자가 그것을 사용했을 거라는 것.

그 결과 이전 문명이 멸망했다는 것을 이야기했다.

거기까지 이야기하자 세 사람 모두 깊은 한숨을 내쉬었다.

"그렇구면. 그렇다면 신의 추측이 맞는 것 같구나."

"그보다, 분명하지 않겠어? 디세움, 지금 여기서 이 이야기를 듣게 된 것은 중요한 일이다. 앞으로 반드시 그런 병기가 만들어지지 않도록 엄중히 단속하렴."

"알고 있습니다. 왕궁으로 돌아가면 각국의 왕에게 연락하겠습니다."

"자, 잠깐만!"

너무나도 평범하게 이야기하는 세 사람에게 나도 모르게 끼어들었다.

"뭐니? 지금 중요한 이야기 중이잖니."

"그건 알고 있는데! 내가 지금 꽤 중요한 사실을 고백했잖아?! 왜 그렇게 넘어가는 거야?!"

"혹시 걱정해줬으면 하는 거니? 너는 이제 아버지가 됐으면서 아직도 어린아이인 줄 아는 거니?"

"그게 아니잖아?!"

어째서?!

뭔가 내가 응석 부리는 것 같잖아!

내가 이상한 거야?!

세 사람의 태도에 내가 황당해 하자 할머니가 한숨을 쉬며 말했다.

"뭐, 새삼스럽지도 않지."

"······무슨 말이야?"

"네가 처음 마물을 쓰러뜨렸을 때였을 거야. 멀린과 미셸하고 그런 이야기했지. 네가 다른 세계에서 왔다 해도 놀랍지 않을 거라고. 설마 진짜일 줄은 몰랐지만, 덕분에 의문이 풀렸다."

"그렇구먼. 신의 마법을 바라보는 시각이 어디서 왔는지 항상 의문이었는데 그런 거라면 이해가 되는구나."

"솔직히 난 신 군이 인간이 아닐지도 모른다고 생각했었다. 그 정도라면 허용 범위지."

"디스 아저씨게 제일 너무해!"

왜 다들 나를 그렇게 생각한 거야?

"그렇게 됐으니 이제 와서 네게 전생의 기억이 있다 한들 역시 그랬구나 싶은 정도인 거지."

"아, 그래······."

뭐야.

내 결사의 각오를 돌려달라고.

"그건 그렇고 너, 지금까지 했던 짓이 전생의 기억을 바탕으로 했던 거니?"

"뭐, 맞아."

"그럼 앞으로 뭔가를 만들기 전에 나한테 전부 설명하렴."

"전부?!"

"당연하지! 네 기억에 있는 이세계는 이전 문명 수준으로 발전했다면서?! 그런 기억을 바탕으로 만든 마도구는 이전 문명의 절차를 밟게 할지도 모르잖니!"

"아니, 잠깐! 내가 지금까지 무기나 병기를 만든 것 중에서 바이브레이션 소드 이외에 공표한 적 없잖아?!"

내가 그렇게 말하자 할머니가 생각에 잠겼다.

"그건 그렇네. 일단 그런 면은 자중했었다는 거구나."

"자중이랄까…… 전생에서 내가 살던 나라는 무기와 병기를 소지할 수 없는 나라여서 그런 발상이 없었어. 대신 마도구를 대신하는 물건이 무척 발전했었고."

"그렇구나. 듣고 보니 네가 만든 마도구는 생활에 밀착한 것이 많네."

"그렇다니까."

말해두지만, 나는 호전적인 성격이 아니라고.

마도구도 내가 생활하기 편리하도록 개발한 것들이고.

"그래도 역시 만들기 전에 설명하렴."

"어째서?"

"네가 만드는 마도구는 너무 선진적이야. 넌 전생에서 사용했으니 별생각 없이 만들겠지만 이쪽 세계에서는 자극이 너무 심해. 아무래도 넌 그런 감각이 무딘 모양이니까 제대로 감독하지 않으면 세상이 혼란스러워질 거다."

"편리한데……."

"그러니까 단계를 밟으라는 거야. 넌 너무 갑작스럽잖니."

"으……."

할머니의 말이 맞는 것 같다.

내가 만드는 마도구는 사람들의 편리한 생활이 목적이다.

편리한 게 좋다는 생각.

하지만 곰곰이 생각해보면 전생에서도 처음 발표된 발명품은 전부 원시적인 것이었다.

거기서 서서히 발전해서 더욱 편리해지고 기능이 많아졌다.

그러나 나는 그 단계를 전부 뛰어넘었다.

듣고 보니 확실히 그 말이 맞았다.

"그러니까 일단 기억이 나는 것만이라도 좋으니까 어떤 도구가 있었는지 설명하렴."

"하지만 설명하라고 해도 셀 수 없을 만큼 다양해서……."

무엇부터 설명해야 좋을지.

그렇게 말하자 할머니는 깊은 한숨을 쉬었다.

"그렇다면 앞으로 계속 네가 만드는 마도구를 봐줘야 한다는 거니?"

"뭐…… 필요하다고 생각한 것만 만들게."

"그러렴."

결국 여기서도 내 전생의 이야기는 쉽게 받아들여졌다.

나를 치사하다고 말하거나 기분 나빠하지 않는 것은 정말 기쁘지만…….

다들 똑같이 나를 사람 취급하지 않는 것은 어째서냐고?

◆

신이 집에서 멜리다 일행에게 자신의 일을 밝히고 있을 무렵, 알스하이드 왕도의 어떤 집으로 어느 남성이 찾아왔다.

현관의 벨이 울리자 안에서 여성의 목소리가 들렸다.

"네, 누구세요?"

"아, 로이스입니다."

그 집을 찾은 사람은 클로드 가의 장남, 로이스 폰 클로드.

시실리의 오빠다.

"로이스 오빠? 무슨 일이야?"

그리고 집에서 나온 사람은 앨리스였다.

"안녕, 앨리스. 아버지 계셔?"

"아빠라면 아까 엄마하고 쇼핑하러 나갔어."

"아, 그랬구나."

"아빠한테 볼일 있어?"

"응. 서둘러 사장님이 봐주셔야 하는 서류가 생겼거든."

"그렇구나, 오늘 아빠 쉬는 날이던데 로이스 씨는 쉬지 않았어?"

"월포드 상회는 연중무휴니까 되도록 쉬는 날이 겹치지 않도록 하고 있어."

"아, 이제 곧 돌아올 것 같은데 안에서 기다릴래?"

"그래도 돼?"

"당연하지."

시실리의 오빠인 로이스는 신이 회장을 맡은 월포드 상회의 전무 겸 이사다.

앨리스의 아버지인 글렌 코너는 대표 이사.

다시 말해 상사와 부하의 관계다.

그리고 오늘 출근했던 로이스는 서둘러 사장인 글렌이 확인해야 하는 서류가 생겼기에 이렇게 집으로 찾아온 것이다.

"차 가져왔어."

"고마워. 어라? 독특한 차네?"

"그치? 그거 쿠완룽의 차야."

"오, 그러고 보니 얼티밋 매지션즈는 엘스 너머에 있는 나라에 갔었다지?"

"응! 그쪽에서도 엄청난 소동이 벌어져서 말이지!"

앨리스는 신에게 말했던 것처럼 가까운 남성에게는 불신감이 있지만 아버지의 부하이자 시실리의 오빠인 로이스에겐 경계심이 전혀 없었다.

쿠완롱에서 벌어진 소동을 기밀에 접촉하지 않는 정도로 재미있게 이야기하는 앨리스.

로이스도 그런 앨리스를 즐겁게 바라보았다.

상관의 딸이지만 여동생의 친구이기도 한 앨리스.

시실리의 언니이자 자신의 여동생인 세실리아와 실비아에게 괴롭힘을 당해 여성 앞에서 당당하지 못하는 로이스도 이 천진난만한 소녀는 자연스럽게 대할 수 있었다.

그런 두 사람은 글렌이 돌아오길 기다리는 동안 즐거운 시간을 보냈다.

"다녀왔다. 음? 손님인가?"

"아, 사장님. 쉬시는 중인데 죄송합니다."

"로이스 군이군. 무슨 일이지?"

"실은 사장님께서 바로 확인해주셨으면 하는 서류가 있어서……."

로이스는 글렌이 돌아오자 앨리스와의 대화를 멈추고 글렌에게 다가갔다.

"으……."

그러자 앨리스는 샐쭉해졌다.

"왜 그러니? 앨리스."

글렌과 함께 돌아온 앨리스의 어머니가 그렇게 묻자 앨리스는 입술을 삐죽 내밀며 불만을 늘어놓았다.

"아직 이야기하던 도중이었는데."

"어쩔 수 없잖니. 로이스 씨는 업무 때문에 온 모양이니까."

"음……."

어머니가 달래주어도 앨리스의 기분이 풀리지 않았다.

그 모습을 본 어머니의 눈이 동그래졌다.

"어머나."

어머니는 그렇게 말하며 즐거운 듯이 앨리스와 로이스를 번갈아 바라보았다.

이윽고 로이스는 글렌과 이야기를 마쳤는지 앨리스에게 말을 걸었다.

"그럼 앨리스, 나는 이만 가볼게. 차 잘 마셨어."

"어?! 아직 이야기 안 끝났는데?!"

"하하, 아직 일하는 중이거든. 뒷이야기는 다음에 들려줘."

"꼭이야!"

그렇게 말하는 앨리스에게 로이스가 생긋 미소 지었다.

"응. 또 올게."

"약속!"

"알았어."

로이스는 그렇게 말하고 글렌에게도 인사를 한 뒤 집을 나갔다.

"아빠! 다음에 로이스 오빠를 집으로 데리고 와!"

현관이 닫히자 앨리스는 아버지에게 그렇게 말했다.

그 모습에 아버지의 눈도 동그래졌지만 이내 그 표정을 미소로 바꾸었다.

"그래, 일이 끝날 때 얘길 해보마."

"꼭이야!"

앨리스는 그렇게 말하고는 자신의 방으로 돌아갔다.

남겨진 아버지와 어머니는 앨리스의 모습을 보고 얼굴을
마주 보았다.

"이거, 그런 건가?"

"글쎄? 다름 아닌 앨리스니까."

"너무 참견하지 않는 편이 좋겠지?"

"그렇겠지. 자리만 마련해주는 정도가 좋지 않을까?"

아버지와 어머니는 다시 얼굴을 마주 보고는 웃었다.

언젠가 찾아올지도 모르는 미래를 상상하며.

◆

"아, 한가해라."

신 일행보다 먼저 집으로 돌아온 마리아는 자신의 방 침
대에 누운 채 한가해했다.

"야…… 나는 한가하지 않은데."

그 방에는 올해 기사 학원을 졸업해 기사단에 입단한 미
란다도 있었다.

"뭐 어때. 오늘은 비번이라며?"

"비번이니까 좀 쉬게 해줘!"

학원 졸업과 동시에 기사단에 입단한 미란다는 이미 기사단 업무를 맡고 있다.

지금은 적국인 제국이 사라진 탓에 기사단의 주요 업무는 마물 토벌이다.

어제도 그 임무를 마친 미란다는 상당히 피곤한 상태였다.

미란다는 마인왕전역에서 얼티밋 매지션즈와 동행해 슈투름과 실제로 싸웠던 유일한 기사로서 입단하기 전부터 주목받은 대상이었다.

그런 주목 속에서 마물 토벌을 했다.

체력적인 피로보다 정신적인 피로가 커서 비번인 오늘은 푹 쉬려고 했던 참에 마리아가 부른 것이다.

마법사가 아닌 미란다는 게이트를 쓸 수 없으니 걸어서 메시나 저택까지 왔다.

메시나 가문의 고용인들도 이미 얼굴을 알기에 찾아오자마자 안으로 들여보내주는 사이다.

그렇게 방으로 들어오니 눈에 들어온 것이 침대 위에 뒹굴뒹굴 늘어진 마리아의 모습이었다.

"시간 때우려고 부른 거면 돌아간다?"

"기다려~ 같이 뒹굴뒹굴 하자~."

"앗! 잠깐! 놔줘!"

돌아가려는 미란다를 필사적으로 붙든 마리아가 침대로

끌어들였다.

"정말, 뭘 하고 싶은데?!"

"나도 피곤해. 어제까지 쿠완롱에서 큰일이었다니까."

"그럼 오늘은 마리아도 쉬는 날이야? 그럼 얌전히 쉬어."

"혼자는 심심하다고."

"아니, 쉴 거면 혼자서 쉬어야지."

"뭐 어때. 좀 같이 있어줘."

"……아이고."

이러니저러니 해도 이 두 사람은 사이가 좋다.

전에는 시실리까지 셋이서 자주 한데 모여 자고 가고는 했다.

최근에는 시실리가 결혼해 육아로 바빠 참가할 수 없게 됐지만 그래도 둘이서는 자주 모였다.

그 정도로 사이가 좋았다.

"그래서 말이지, 신하고 시실리는 여전히 찰싹 붙어 다니지……."

"흠."

"게다가 마크와 올리비아까지 찰싹 붙어서는……."

"그렇구나."

"그리고 유리한테 남자 친구가 생겼다지 뭐야……."

"그래…… 뭐?!"

마리아의 충격적인 말에 건성으로 대답하던 미란다가 침대에서 벌떡 일어났다.

"잠깐! 그게 어떻게 된 거야?!"

지금까지 자신과 마찬가지로 남자 친구 없는 동맹의 동지였던 유리에게 남자 친구가 생겼다.

그 내용을 마리아에게 캐내려 했지만.

"……쿠울."

"농담이지?!"

말할 때부터 어쩐지 수상하더니만 마리아는 신경 쓰이는 발언만 남기고 잠이 들었다.

"야! 궁금하니까 계속 말해봐!"

"으음…… 미란다, 시끄러워……."

"웃기지 말라고!"

어떻게든 마리아를 깨워 진상을 알아내려 했지만 마리아도 상당히 피곤했는지 전혀 일어날 기색이 없었다.

"대체 뭐야, 어휴!"

미란다는 화를 내며 마리아의 옆에 누웠다.

"갑자기 불러내나 싶더니 신경 쓰이는 말만 하고 자고, 정말……."

그렇게 누워 투덜거리던 미란다. 그러나 그녀도 익숙하지 않은 일로 피로가 쌓여 있었다.

그런 상황에서 귀족 저택에 있는 푹신푹신한 침대에 누우면 어떻게 될까.

"아흐……."

점점 피로로 눈꺼풀이 무거워진 미란다.

"아, 됐어. 나도 잘래."

이렇게 휴일에 여자 둘이 침대 위에서 사이좋게 잠이 들었다.

그 후 차를 가져온 고용인이 사이좋게 침대 위에서 잠든 마리아와 미란다를 보고는 훈훈하지만 저래도 되는 걸까 고민하며 방에서 살짝 나갔다.

정말 이래도 되는 걸까?

◆

알스하이드로 돌아와 할머니 할아버지에게 사정을 설명한 며칠 뒤, 우리는 월포드 상회의 위에 있는 사무실에 왔다.

이 건물은 통째로 월포드 상회의 소유물로 1층과 2층이 점포.

3층이 사무소이다.

그리고 4층과 5층은 비어 있는데, 이곳이 얼티밋 매지션즈의 사무소가 될 예정이다.

그곳에 얼티밋 매지션즈와 샤오린 씨가 찾아왔다.

샤오린 씨는 알스하이드에서 살 곳을 찾을 때까지 월포드가에서 머물기로 했다.

제법 조건이 좋은 물건을 발견했지만 수속 등의 문제로 아직 월포드 가에 있는 상황.

그래서 함께 다녔다.

우리가 어째서 여기에 있는가 하면 여기서 첫 대면이 있기 때문이다.

눈앞에는 여섯 남녀가 있었다.

다들 긴장한 기색이 역력했다.

그들은 각국에서 파견된 사무원들이었다.

스이드, 담, 카난, 크루트, 엘스, 이스. 총 여섯 나라에서 여섯 명이다.

여기에 쿠완룽의 샤오린 씨를 포함한 일곱 명이 각국에서 파견된 사무원 겸 감시원이다.

물론 일곱 명에게 업무를 전부 맡기란 어려울 테니 그 이외의 인원도 고용할 예정이긴 하지만 그건 나라 쪽에서 알아봐 준다고 한다.

내력까지 전부 조사한다고 하니 무척이나 엄격한 채용이다.

이상한 사람을 고용할 수는 없으니 어쩔 수 없는 일이기도 하다.

그건 그렇고 일단 눈앞에 있는 여섯 명과 샤오린 씨는 채용하기로 정해진 인원이다.

아직 실무는 시작되지 않았지만 일단 만나서 인사만이라도 하기로 했다.

"다들 잘 모여 주었다. 내가 얼티밋 매지션즈의 부장, 아우구스트 폰 알스하이드다."

부장?

언제 그런 직책이 생긴 거지?

"그리고 이 녀석이 얼티밋 매지션즈의 대표인 신 월포드."

"신입니다. 처음 뵙겠습니다."

내가 그렇게 인사하자 다들 고개를 숙였다.

"처, 처음 뵙겠습니다! 저는 스이드에서 파견된 카탈리나 아레나스입니다! 얼티밋 매지션즈 여러분과 만나게 되어 영광입니다!"

그렇게 인사한 사람은 깔끔하게 정장을 입고 갈색 머리카락을 묶어 올린 모습이 무척이나 유능할 것 같은 여성이었다.

비서와 딱 어울리는 느낌이었다.

"잘 부탁해요, 카탈리나 씨."

"네! 지난번엔 스이드를 구해주셔서 감사했습니다!"

그렇게 말하며 우리를 보는 눈이 반짝반짝 빛났다.

스이드가 마인에게 습격당했을 때 우리가 직접 구했기 때문일까.

아직도 스이드 사람들이 고마워하는 모양이다.

그 사실을 기쁘게 생각하고 있으니 옆에 있던 여성이 인사했다.

"저, 그게, 담에서 왔습니다. 알마 비에티입니다……."

알마라는 여성은 어깨까지 내려오는 단발에 상당히 젊어 보이고 몸집이 작은 여성이었다.

처음에 받은 인상은 귀염상.

이 사람이 요주의라고 했던 담의 파견원인가…….

어쩐지 안절부절못하는 것이 무해할 것 같은 인상인데.

"잘 부탁해요, 알마 씨."

"네…… 잘 부탁드려요……."

정말로 무해할 것 같은데 말이지.

어쨌든 정세가 불안정한 담에서 온 그녀는 일단 경계해둬야겠지.

계속 의심하는 건 좋지 않겠지만.

그나저나 감시원인 그녀를 감시해야 하다니, 영문을 알 수 없는 상황이네.

"처음 뵙겠습니다! 저는 카난에서 온 이안 콜리입니다! 가란 씨에게서 신 님을 잘 도와드리라는 말을 들었습니다!"

카난에서 온 이안이라는 사람은 검고 짧은 머리카락에 제법 풍채가 좋은 남성이었다.

나보다 연상인 것 같은데 님이라니…….

그리고 뭘까, 카난의 남자들은 다들 마초인가?

"그, 그래요. 가란 씨가 그런 말을. 음, 이안 씨도 양치기신가요?"

"아니요, 양치기는 선택받은 남자만 할 수 있으니…… 저는 양치기들을 돕거나 마물이 된 양의 양모를 관리했습니다."

저 몸으로도 안 된다는 건가.

게다가 사무원까지 마초.

이제 내 머릿속에서 카난은 마초의 나라가 됐다.

"저는 크루트에서 온 앙리 몬트레이라고 합니다. 잘 부탁합니다."

오, 크루트 사람은 침착하네.

가늘고 긴 안경을 낀 모습이 무척이나 유능할 것 같은 남성이다.

"잘 부탁해요, 앙리 씨."

"후후, 신 님. 당신은 세계의 영웅입니다. 저는 앙리라고 편하게 불러주십시오."

"네? 아, 아니, 저보다 연상인 것 같고 다들 파견된 것이니 원래 소속은 각국이잖아요? 함부로 부르기는 좀……."

"아니요! 당신은 저를 편하게 불러주셔야 합니다! 원하신다면 개라고 불러주셔도 좋습니다!"

"……."

오…….

유능할 것 같았는데 정말 위험한 녀석이 섞여 있었네.

"……잘 부탁해요, 앙리 씨."

"……칫."

혀를 찼다!

편히 불러주지 않았다고 혀를 찼어, 이 사람!

제일 정상일 줄 알았는데 제일 이상한 사람이었다고.

"흠, 이제 인사드려도 될까요?"

"네? 아, 죄송합니다. 하세요."

"저는 이스 신성국에서 온 나타샤 폰 페르마라고 합니다. 사자님, 성녀님, 만나 뵙게 되어 진심으로 기쁩니다."

나타샤 씨는 신자복을 입은 신자였다.

역시 이스에는 신자밖에 없는 걸까?

그것보다…….

"저기, 나타샤 씨는 귀족인가요?"

종교 국가인데 귀족이 있는 걸까?

"일단 본가는 영지를 지니고 있지만 이스에는 귀족이라는 지위가 없습니다. 저는 추기경 가문입니다."

"아, 그렇구나."

그렇다면…….

"그럼 예카테리나 씨의 본가도 추기경이에요?"

그 사람의 이름이 예카테리나 폰 프로이센이었으니까.

내가 그렇게 말하자 나타샤 씨의 얼굴이 창백해졌다.

"교, 교, 교황 예하를 그렇게 부르시다니……."

아, 이런!

신자 앞에서 예카테리나 씨라고 불러버렸네!

"아니! 그게, 할머니의 제자였다고 하고 집으로 자주 놀러 와서 나도 모르게……."

내가 변명을 늘어놓자 나타샤 씨는 고개를 숙이며 부들부들 떨었다.

이런, 엄청 화났……

"교황 예하와 그런 관계이시라니! 역시 사자님은 굉장하신 분입니다! 전보다 더 존경하게 됐습니다!"

어라?!

이 사람도 좀 이상한데?!

지금까지 정상적인 사람은 처음에 인사했던 스이드의 카탈리나 씨 정도밖에 없는데?!

"하, 하하. 잘 부탁해요."

"네! 사자님과 성녀님을 위해서라면 언제든지 이 한목숨 바치겠습니다!"

"업무에 목숨 걸 일이 어디에 있다고요!"

"푸흡!"

황당한 말을 하는 나타샤 씨에게 반박하지 않을 수 없었다.

그러자 마지막에 남은 사람이 참지 못하고 웃음을 터뜨리고 말았다.

"아, 죄송합니다! 저……"

마지막은 엘스의 사람.

검은 머리에 조금 와일드한 느낌의 남성.

카난의 이안 씨만큼 마초는 아니지만 충분히 단련된 체격.

이 정도로 마른 근육이 멋지긴 하지.

근데 이 사람 어쩐지 본 적 있는 것 같은데.

누구였지? 어쩐지 최근에 본 것 같은데.

"크흡, 흐읍! 하아…… 죄송합니다. 방금 대화가 너무 웃겨서……."

엘스 남성은 간신히 웃음을 멈추고 자기 소개했다.

"저는 카르타스 제니스입니다. 잘 부탁해요."

"그래요, 잘 부탁……."

응? 제니스?

나는 말하는 도중에 멈추고 카르타스 씨를 가만히 들여다보고 말았다.

"아!"

그래, 이 사람, 어디서 봤는가 하면…….

"아버지가 신세 많이 졌습니다. 아론 제니스의 아들입니다."

아론 대통령하고 닮았어!

"어?! 아론 대통령의 아들?! 그렇다면 왕자님?!"

카르타스 씨의 자기소개에 놀랐는지 마리아가 물었다.

"그렇지는 않습니다. 엘스의 대통령은 세습제가 아니니 저는 차기 대통령이 아닙니다."

"아, 지사 중에서 선거로 뽑힌다고 했던가?"

"네. 그러니 저는 아론 대통령의 아들이지만 일반인입니다."

"그렇군요."

그러고 보니 엘스는 반쯤 민주주의 같은 나라였지.

국가 원수를 선거로 뽑는 것이니 그 자식은 어디까지나 일반인이다.

"그러고 보니 그랬지. 뭐랄까 좀 헷갈리네."

아니, 마리아가 나보다 이쪽 세계의 정세를 잘 알 텐데 무슨 말이야.

"그냥 그렇게 생각해주세요. 저는 여기에 오기 전까지는 상회에서 경리를 맡고 있었으니 돈 계산은 맡겨주세요. 전처 녀님."

"뭐?! 잠깐! 그렇게 부르지 마!"

"어라? 혹시 그 별명을 싫어하시나요?"

"좋아할 리가 없잖아! 부끄러울 뿐이라고!"

"이거 실례했습니다. 꽤 널리 알려져서 본인도 인정하신 줄 알았습니다."

"……이럴 수가. 그렇게 널리 알려졌다니……."

뭐, 마왕이니 신의 사자라고 불리는 것보다는 낫다고 생각해.

"뭐, 그렇게 됐으니 앞으로 잘 부탁합니다."

"이쪽이야말로 잘 부탁해요."

자, 이걸로 다 끝났나?

"신 님, 저도 여러분께 자기소개하고 싶습니다만……."

"아, 죄송해요. 샤오린 씨는 알고 있으니 필요 없을 거라고 생각했네요."

"신 님 일행께는 필요 없겠지만 이분들께는 필요할 것 같습니다."

샤오린 씨는 그렇게 말한 뒤 여섯 사람에게 고개를 숙였다.

"엘스의 동쪽, 대사막 지대 너머의 나라 쿠완롱에서 온 밍 샤오린이라고 합니다. 본가는 상회로 거기서 영업과 매입까지 다양한 일을 했습니다. 여러분, 잘 부탁드립니다."

샤오린 씨가 그렇게 자기 소개하자 카탈리나 씨, 알마 씨, 이안 씨, 카르타스 씨가 짝짝짝 박수를 쳤다.

그러나 앙리 씨와 나타샤 씨는 엄중한 표정을 했다.

왜 그러지?

"샤오린 씨라고 하셨나요?"

앙리 씨가 조용한 말투로 샤오린 씨에게 물었다.

"네."

샤오린 씨가 대답하자 이어서 나타샤 씨도 물었다.

"신 님 일행과 사이가 좋아 보입니다만…… 어떤 관계이신 가요?"

어? 왜 그런 걸 묻는 거지?

"신 님은 저희 밍 가의 은인이십니다. 쿠완롱을 찾아주셨을 때 밍 가에 머물러주셔서 환대해드렸습니다."

샤오린 씨의 말에 앙리 씨와 나타샤 씨가 큰 충격을 받은 얼굴이 됐다.

"집으로 초대해 환대……."

"이게 대체……."

두 사람 모두 털썩 주저앉았다.

어째서인지 절망에 빠진 포즈.

유독 충격을 받은 두 사람은 벌떡 일어나 샤오린 씨를 손가락으로 가리켰다.

사람에게 손가락질하면 안 돼요.

""이걸로 이겼다고 생각하지 마!""

"뭐가요?!"

어째서인지 샤오린 씨가 선전포고 당했다.

어쩐지 이상한 의미로 찍힌 모양이네.

"야, 정말로 우수한 사람들 맞지?"

"그, 그래. 프로필을 보면 그렇다만……"

지금까지 서류로만 알았던 오그도 당황한 모습이었다.

하아, 정말로 제대로 운영할 수 있을까?

◆

각국에서 얼티밋 매지션즈로 파견한 내근 전용 사무원을 만나고 드디어 학원의 연구회 활동이 아닌 업무로서의 활동이 시작됐다.

시작되고서 일단 놀란 것은…… 의뢰의 양.

얼티밋 매지션즈에게 오는 의뢰는 일단 왕궁에 모인 의뢰를 정리해 그것을 우리에게 분배하는 방식이기에 사무소에 설치된 고정 통신기가 끊임없이 울리는 사태는 벌어지지 않는다.

그러나 이미 확인이 끝난 의뢰가 산더미처럼 사무소에 도착했다.

"아…… 이게 전부 의뢰인가요?"

"네. 긴급한 것을 우선으로 선발했으니 여러분께서 바로 의뢰를 맡아주셨으면 합니다."

그렇게 우리에게 설명한 사람은 카탈리나 씨.

유능한 비서 같다.

"음, 그래서 어떤 의외를 받으면 돼? 우리가 멋대로 고르면 돼?"

앨리스가 대량의 의뢰에 압도되면서도 카탈리나 씨에게 그렇게 물었다.

"아니요, 어떤 분께 어떤 의뢰를 맡길지 사전에 분배해뒀습니다."

카탈리나 씨는 그렇게 말한 뒤 각자에게 의뢰서 다발을 건넸다.

"여러분께서 알려주신 특기, 그리고 성격 등으로 판단해 분류했습니다."

"그것도 카탈리나 씨가 한 거야?"

자신의 몫을 받은 의뢰서를 확인하며 마리아가 그렇게 물었다.

"아니요, 분배는 카르타스 씨가 했습니다."

"흠."

마리아는 그렇게 말하며 새로이 도착한 의뢰서와 눈싸움하는 카르타스 씨를 보았다.

모두의 시선이 카르타스 씨에게 모이자 카르타스 씨가 이쪽을 보며 깜짝 놀랐다.

"굉장하네. 이렇게 짧은 기간에 성격까지 고려하다니."

"적재적소입니다. 게을리하면 효율이 좋지 않으니까요. 그런 건 시간 낭비입니다."

"허, 우수하구나."

오. 마리아가 남자를 칭찬하다니 어쩐 일이래.

하긴 카르타스 씨는 마리아가 싫어하는 유약한 남자가 아니니까 평범하게 대하면 마리아도 평범하게 대응하겠지.

"하하, 딱히 대단한 건 아닙니다."

게다가 겸손하기까지.

처음엔 어떻게 될까 싶었는데 각국은 꽤 진짜로 유능한 인재를 보내준 듯하다.

"행동은 2인 1조로 부탁합니다. 만약 무슨 문제가 발생한 경우에는 바로 사무소로 연락해주세요. 왕궁과 함께 대처하겠습니다. 그나저나 이 무선 통신기와 고정 통신기는 정말로 편리하군요. 이게 있으면 예전 업무도 더 원활했을 텐데……"

카탈리나 씨가 자신에게 지급된 무선 통신기를 들며 그렇게 중얼거렸다.

하긴 일단 그 편리함을 알게 되면 포기할 수 없겠지.

그 증거로 다른 사람들도 동의하듯 끄덕였다.

"이 전송기도 굉장합니다. 대체 뭡니까? 서류가 그대로 보내진다니. 이건 반칙이라고요."

카르타스 씨가 그렇게 말한 것은 아까부터 계속 의뢰서를 뱉어내는 전송기.

이것은 게이트 마법을 부여한 마도구다.

짝지어진 마도구끼리 서류를 전송할 수 있는 물건이다.

팩스처럼 복수의 기기에 전송할 수는 없다.

그러나 왕궁에서 이쪽 사무소까지 왕복하지 않아도 된다는 것을 생각하면 굉장히 효율적이다.

"죄송합니다, 주제에서 벗어났네요. 그럼 앞으로 매일 아침 여기서 확인이 끝난 의뢰를 받아 해결해주시면 됩니다. 원칙적으로는 하나의 의뢰가 끝나면 일단 사무소로 돌아와 다음 의뢰를 받아주시면 됩니다만 현장이 가까운 경우에는 이어서 진행하시는 경우도 있을 겁니다. 잘 부탁드립니다."

처음에 만났을 때 흥분하던 모습은 어디 갔는지, 카탈리나 씨는 담백하고 능숙하게 업무 연락을 마쳤다.

진짜로 유능한 비서다.

"시실리 님은 기본적으로 왕도의 치료원으로 가시게 될 겁니다. 다른 도시와 나라에서 의뢰가 오면 그쪽으로 가시는 경우도 있을 테니 잘 부탁드립니다."

"네, 알겠어요."

"그리고 기본적으로 나타샤 씨가 시실리 님을 서포트하며 함께 행동할 겁니다."

"서포트요?"

시실리는 다른 사람들과 다르게 의뢰를 받아 움직이는 것이 아니라 치료원에 머물며 치유 마법사로서 일하게 됐다.

치료원의 치유 마법사의 레벨이 올랐다지만 아직 시실리 정도는 아니다.

따라서 치료원의 치유 마법사가 감당할 수 없는 환자를 담당하기로 했다.

어떤 의미로는 어떤 누구보다도 어려운 일이다.

그런 시실리를 나타샤 씨가 서포트한다고 한다.

"네. 치료원은 교회의 부속 시설입니다. 알스하이드 왕도 내의 치료원은 문제없으리라 생각되지만 시실리 님은 창신교의 신자가 아닙니다. 관계자중에는 신자가 아닌 자가 치료원에서 치료하는 것을 좋지 않게 보는 자가 있을 수 있습니다."

카탈리나 씨의 말에 나는 담의 랄프 장관을 떠올렸다.

그 사람은 경건한 창신교 교도였다.

그러나 지나치게 신앙심이 강한 나머지 나와 시실리를 인정할 수 없어 폭주하고 말았다.

그런 사례가 있으니 주위에서 배려했을 것이다.

"나타샤 씨는 창신교에서 사교의 자리에 있습니다. 그녀가 함께 있으면 불필요한 문제는 피할 수 있을 겁니다."

"어, 그런가요? 나타샤 씨, 굉장하네요!"

사교라면 사제의 위였지.

나타샤 씨는 우리하고 나이가 별반 차이 없는 것처럼 보이는데 벌써 그런 지위에 오른 거야?

굉장한 거 아냐?

시실리가 칭찬하자 나타샤 씨는 뺨을 붉게 물들인 뒤 고개를 숙였다.

"아, 아니요⋯⋯ 성녀님에 비하면 저는 아무것도 아닙니다⋯⋯."

존경심이 버거울 정도네⋯⋯.

그렇게 생각하고 있으니 갑자기 고개를 들었다.

그 표정에는 굳은 결의가 담겨 있었다.

방금은 시실리가 칭찬해 부끄러웠던 것뿐인 모양이다.

"제가 있으면 머리가 굳은 어리석은 자들을 바로 없앨 수 있습니다! 성녀님께 다가오는 불손한 자들로부터 목숨을 걸고서라도 지켜드리겠습니다!"

"그, 그렇게까지 하지 않으셔도 돼요!"

너무나도 무거운 나타샤의 사랑에 시실리가 다급히 사양했다.

애초에 시실리는 성녀라고 불려 치유에 특화됐다고 생각하기 쉽지만 혼자서 마인을 토벌할 수 있을 정도의 힘을 지

넜다.

어중간한 남자 정도는 물론 국가에 소속된 군인조차 시실리를 어떻게 할 수 없을 것이다.

"시실리 님의 힘은 알고 있지만 어리석은 인간은 어디든 존재하는 법입니다. 그러니 행동할 때는 반드시 나타샤와 함께 해주시길 부탁드립니다."

"네, 알겠어요."

"나타샤 씨, 시실리를 잘 부탁해요."

내가 나타샤 씨에게 그렇게 말하자 나타샤 씨의 눈이 촉촉해졌다.

"네! 사자님의 기대에 부응할 수 있도록 제 한 몸 바쳐 성녀님을 지켜드리겠습니다!"

"목숨 걸지 않아도 된다니까요!"

이거라면 전력을 다해 시실리를 지켜줄 테지만 자신의 몸이 위험해지면 함께 도망쳐도 된다고요!

내가 나타샤 씨와 그런 대화를 주고받는 뒤에서 시실리와 마리아가 뭔가 대화를 나눴다.

"어? 시실리, 펜던트 바꿨어?"

"응? 아, 응. 헤헤, 어울려?"

"응, 괜찮은데? 그것도 귀여워."

시실리와 마리아가 그런 대화를 나누는 옆에서 나타샤 씨를 진정시킨 나는 자신에게 할당된 의뢰를 보았다.

음, 어디 보자.

……응?

어라? 이거…….

어? 이것도?

"저기 카탈리나 씨."

"네? 무슨 일이시죠?"

"아니, 그게 제 의뢰 말인데요……."

"네."

"……뭐랄까, 엄청 먼 곳의 의뢰가 많지 않아요?"

그렇다, 내게 할당된 의뢰는 전부 왕도에서 멀리 떨어진 곳이었다.

그중에는 다른 나라의 것도 있었다.

"아, 그건 이유가 있어요."

내 의문에 대답한 것은 이 의뢰를 분배한 카르타스 씨였다.

"신 씨는 부유 마법을 쓸 수 있잖아요? 하지만 다른 사람은 쓸 수 없고요."

"그렇죠."

"그러니 부유 마법을 쓸 수 있는 신 씨는 먼 곳의 의뢰를 맡아주시게 됐습니다. 그게 제일 효율적이니까요."

"그런 거였구나……."

확실히 평소 함께 행동할 때는 다른 사람들에게 부유 마법을 걸어주고 있으니 함께 날 수 있지만 단독으로는 하늘을 날 수 없다.

　이런 의뢰가 내게 오는 것도 당연한가.

　"그럼 제 파트너는 누구예요?"

　"없습니다."

　…….

　응?

　"어라? 잘못 들었나? 파트너가 없다고 들렸는데……."

　"잘못 들은 게 아닙니다. 신 씨는 단독으로 의뢰를 맡아주세요."

　"어, 그래요?"

　"네. 시실리 씨가 치료원 전속이니까요. 한 명은 짝이 안 맞아요. 그러니 제일 실력자에다 무슨 일이 일어나도 대처할 수 있을 신 씨가 단독 행동하게 됐어요."

　"그랬구나."

　그렇다면 어쩔 수 없지.

　혼자라면 파트너를 신경 쓰지 않아도 되니 어떤 의미로는 편할지도.

　"신을 혼자 두는 건가……."

　"전하, 불안하신 건 알겠지만 지금은 신 님을 신용하죠."

　힐끔.

　"그렇소이다. 신 님도 어른이니 그리 쉽게 경솔한 행동은 하지 않을 것이외다."

힐끔.

……

힐끔힐끔 이쪽을 보지 말라고!

"자, 그럼 전하와 토니 씨, 앨리스 씨와 린 씨, 토르 씨와 율리우스 씨, 마리아 씨와 유리 씨, 마크 씨와 올리비아 씨가 짝을 맺어주세요."

카탈리나 씨가 파트너도 지정해주었다.

거기까지 정해진 거구나.

"내가 유리하고 짝이구나."

"네. 전에 저희를 구해주실 때 전하와 함께였다고 들었습니다만 전하께선 이미 인연을 맺으신 몸. 여성과 둘이서 임무에 나섰다간 괜한 소문이 생길 수도 있다고 판단했습니다."

"그것도 그러네. 유리, 잘 부탁해."

"나야 말로~."

"자, 그럼 얼티밋 매지션즈, 시작한다!"

『네!』

마지막은 부장인 오그의 말로 드디어 얼티밋 매지션즈가 활동을 시작했다.

……

대표는 나 아니었어?

◆

이렇게 활동을 시작한 우리 얼티밋 매지션즈는 각지에서 발생한 문제를 해결하기 위해 분주했다.

가장 많은 것은 역시 마물 토벌 의뢰였다.

그러나 마물 토벌은 전문 헌터가 있다.

우리가 마물을 모조리 사냥하면 그들의 사업을 방해하는 셈이 된다.

그러니 헌터의 영역에는 발을 들이지 않도록 의뢰받은 마물만 노려 토벌해달라는 요청이었다.

그게 제법 큰일이라 목표 마물 이외의 마물과 접촉해도 최대한 사냥하지 않도록 도망쳐야 했다.

마법으로 날려버리면 편한데! 하고 앨리스가 짜증 냈었지.

나는 먼 곳의 의뢰를 주로 맡았기에 실은 간단한 의뢰가 많았다.

딱히 우리가 아니어도 괜찮을 의뢰도 있지만 먼 곳이라 기사를 파견하기 어렵다고 해서 결국 내가 대처하기 위해 말그대로 날아다녔다.

그러나 그런 먼 곳의 의뢰라면 몰라도 가까운 곳에서 간단한 의뢰가 들어올 경우 우리가 받지 않는다.

그런 의뢰는 신청 거부 처리되어 방치될 뻔했지만 내가 어떤 제안을 해서 해결됐다.

그 제안이란 우리가 아니어도 좋은 의뢰는 헌터에게 부탁하면 되지 않을까 하는 것이었다.

의뢰비도 나오니 헌터는 일이 늘어난다.

의뢰한 사람은 문제가 해결됐으니 서로에게 이익이 되는 셈.

그 결과 헌터 협회에는 의뢰를 게시하는 보드가 설치되었다고.

……그거네, 이세계 소설에 등장하는 모험가 길드가 됐어.

조만간 랭크 제도가 생기는 것 아닐까?

그런 식으로 얼티밋 매지션즈가 활동을 시작한 뒤로 여러모로 변한 것들도 많지만 우리는 순조롭게 일을 처리했다.

그중에서 제일 환경이 변한 인물이 있다.

바로 시실리다.

일의 내용은 지금까지와 마찬가지로 치료원 근무지만 변경된 사항이 있다.

다른 도시와 다른 나라의 치료원으로 출장 가게 됐다.

지금까지는 알스하이드 왕도에 있는 치료원에 머물렀지만 얼티밋 매지션즈가 활동을 시작했으니 각지에서 중환자의 치료 의뢰가 들어오게 됐다.

이것은 최우선인 긴급 의뢰로서 각지에서 왕궁으로 고정 통신기로 연락이 들어오고 그 소식을 서포트로 함께 있는 나타샤 씨의 무선 통신기로 연락이 들어온다.

연락을 받으면 그때마다 시실리는 게이트로 의뢰가 온 치료원으로 갔다.

역시 시실리의 치료가 필요할 정도의 환자가 그리 많지 않았지만 그럴 경우엔 대부분 생명이 위독한 상태라서 제법 마음의 피로가 쌓인다고 한다.

그래서인지 최근 피곤해 보였다.

"시실리, 괜찮아?"

내가 걱정해 말을 걸자 시실리는 지친 기색을 보이지 않고 생긋 웃었다.

"괜찮아요. 그렇게 자주 불려 가는 것도 아니고 무엇보다 회복됐을 때 가족들이 기뻐하는 얼굴을 볼 수 있는 게 제일이니까요."

시실리는 그렇게 말했지만 시실리의 일은 생명의 위기에 처한 환자의 치료.

각지에서 왕궁을 경유해 의뢰가 올 때마다 다소의 시간이 걸린다.

각국으로 파견되는 것이 정해지면 시실리는 각지에 있는 치료원을 찾아 게이트로 바로 오갈 수 있도록 했다.

이것은 전에 있었던 스이드의 교훈을 살린 것.

그러나 아무리 빨리 이동한다지만 빈사 상태의 환자의 경우…… 늦어버리는 경우도 있다.

지금까지 시실리는 그렇게 제때를 맞추지 못한 환자를 몇 명이나 간호했다.

심적인 피로가 쌓이지 않을 리가 없다.

다행히도 연락을 받고 곧바로 멀리서 찾아오는 시실리에게 고마워할지언정 탓하는 사람은 없어서 그런 심적인 피로는 없는 듯했다.

"엄마, 피곤해?"

실버는 시실리가 지친 것을 민감하게 알아차린 듯하다.

걱정하듯 시실리의 머리를 쓰다듬어주었다.

"괜찮아, 실버. 고마워."

"으흡."

실버의 행동에 감동했는지, 시실리는 머리를 쓰다듬어주던 실버를 힘껏 안았다.

어머니를 걱정하는 아이와 그에 응하는 어머니.

아름다운 광경이네.

하지만……

"시실리! 실버가 숨 막히겠어!"

"네? 아! 미, 미안, 실버!"

"푸하!"

시실리의 가슴에 파묻힌 실버가 얼굴을 내밀고 숨을 쉬었다.

위험해라, 시실리의 가슴으로 실버가 질식할 뻔했다.

"미, 미안해."

"으."

시실리는 실버에게 사과했지만 실버는 시실리의 가슴을

찰싹찰싹 때렸다.

"미안하다니까…… 아얏!"

"시실리?!"

실버에게 가슴을 맞던 시실리가 갑자기 날카로운 비명을 질렀다.

지금까지 갓난아기라고 생각했지만 실버도 이제 곧 두 살.

제법 힘이 붙은 걸까?

"시실리, 괜찮아?"

"아, 네, 괜찮아요."

이제 괜찮아졌는지 시실리는 평소의 웃는 얼굴을 내게 보여주었다.

실버는 자신의 행동으로 엄마가 아파했다는 사실에 깜짝 놀라 굳어버렸다.

"엄마, 미안."

자신이 나쁜 행동을 했다고 자각했는지 곧바로 시실리의 가슴으로 뛰어들며 미안하다고 사과했다.

"괜찮아, 실버. 놀라게 해서 미안."

"으으."

시실리가 그렇게 달랬지만 실버는 아직 어리면서도 죄악감을 느낀 모양이다.

쉽게 고개를 들지 않았다.

"한동안 그렇게 놔두자. 근데 시실리, 정말로 피로가 쌓였으면 바로 말해야 해?"

"괜찮아요."

"……걱정이네. 일단 나타샤 씨한테 지켜봐달라고 해둘까."

"정말, 걱정이 지나치다고요."

시실리는 그렇게 말했지만 그녀의 몸에 무슨 일이 생기면 나는 평정심을 유지할 수 없다.

나는 나타샤 씨에게 시실리의 상태를 지켜봐달라는 것과 무슨 일이 생기면 바로 연락해달라고 부탁했다.

그 후 한동안 일일이 나타샤 씨가 연락하게 됐다.

지금 성녀님께서 식사하고 계십니다.

지금 성녀님께서 책을 읽고 계십니다.

지금 성녀님께서…….

…….

시실리의 행동을 모두 보고하라는 게 아니라고!

그렇게 주의를 주고 정말로 급할 때 이외에는 연락하지 않도록 신신당부했다.

그러자 나타샤 씨에게서 연락이 오지 않게 됐다.

시실리를 경애하는 나타샤 씨의 모습으로 보아 연락이 없다는 것은 딱히 문제가 없다는 뜻이라고 생각했다.

그렇게 한동안 평온한 나날이 흘렀다.

우리는 물론 사무원들도 일에 익숙해져 여유가 생겼을 무렵, 내 무선 통신기로 연락이 들어왔다.

그것을 받으니 상대는 몹시 당황한 나타샤 씨였다.

『사자님, 큰일입니다!』

"나타샤 씨?! 무슨 일이에요?!"

이렇게 당황하다니…… 설마?!

『성녀님께서…… 성녀님께서!』

나타샤 씨는 당황한 나머지 전혀 말이 통하지 않았다.

지금 어느 치료원에 있는지 물어도 시실리가 큰일이라는 말밖에 하지 않았다.

이대로는 끝이 없으니 나는 일단 나타샤 씨의 통신을 끊고 사무소로 연락했다.

그리고 지금 시실리가 있는 치료원을 알아낸 뒤 게이트를 열었다.

도착한 곳에는 환자 앞에서 멍하니 손을 바라보는 시실리와 필사적으로 치료하는 치유 마법사들의 모습이 있었다.

"왜 그래?! 무슨 일이야?!"

"사, 사자님?! 저기, 이 분의 치료가……."

치유 마법사의 말로 환자를 보았다.

성인 남성으로 머리와 복부에 중상을 입어 이미 빈사 상태였다.

치유 마법사가 마법을 걸지 않았더라면 이미 사망했어도 이상하지 않을 정도.

"제가 할게요! 계속해서 치유 마법을 걸어주세요!"

"아, 알겠습니다!"

이렇게 나는 중환자를 치료했다.

다행히 아직 사망하지 않았기에 간신히 마법으로 생명을 구했다.

이런 점은 전생 그 이상이네.

전생의 의료기술로도 그만한 상태라면 구할 수 없었을 것이다.

"감사합니다! 정말 감사합니다!"

그 남성의 아내로 보이는 사람이 울며 고마움을 전했다.

아, 확실히 이 말은 그 어떤 돈과도 맞바꿀 수 없네.

그렇게 생각하며 시실리를 보니 아직 두 손을 빤히 바라보고 있었다.

"시실리?"

"신 군?! 여긴 어떻게?!"

설마 내가 여기에 온 것도 몰랐던 거야?

"어떻게 된 거야? 시실리가 치료도 하지 않고 멍하니 있다니."

내가 그렇게 말하자 시실리는 필사적으로 고개를 저었다.

"그게 아니에요! 마법이…… 마법을……."

"마법을?"

내가 그렇게 말하자 시실리는 눈물을 글썽이며 외쳤다.

"마법을 쓸 수 없게 됐어요!"

그 말이 치료실 안에 울렸다.

"뭐? 마법을……."

"네……."

시실리의 말에 따르면 치료원으로 게이트를 열 때까지는 마법을 쓸 수 있었다고 한다.

그러나 실제로 환자 앞에서 치료를 시작하려 하니 치유 마법이 발동하지 않았다고.

"마법을 쓸 수 없게 되다니, 저는…… 저는……."

시실리는 눈물을 흘리며 내 가슴에 뛰어들었다.

그녀를 안아준 나는 치료실에 있는 치유 마법사를 바라보았다.

치유 마법사도 나를 보고 있었다.

"저기, 여성 치유 마법사 분을 불러주시겠어요?"

"아, 네. 그렇군요. 전문인 사람을 불러오겠습니다."

치유 마법사는 그렇게 말하며 치료실을 나갔다.

"신 군……."

내 행동의 의미를 알 수 없었던 모양이다.

시실리는 불안한 표정으로 나를 보았다.

"신 군, 제가 병에 걸린 건가요?"

그 질문을 받은 나는 어떻게 대답해야 좋을지 망설이며 나타샤 씨를 보았다.

아, 시선을 회피하잖아.

"아니, 병이랄까 뭐랄까…… 아, 저 사람에게 봐달라고 하자."

마침 그때 치료실에 여성 치유 마법사가 도착해 그 사람에게 시실리를 맡겼다.

"어? 신 군은 같이 와주지 않는 건가요?"

"그건 좀 봐줘."

"어……."

"자, 성녀님. 이쪽으로 와주세요."

함께 와달라는 시실리의 부탁을 내가 거절하자 시실리는 절망에 빠진 얼굴을 했다.

그러나 여성 치유 마법사는 그런 환자에게도 익숙한지 그대로 진찰실로 시실리를 데리고 갔다.

"저…… 동행하시지 않아도 괜찮으십니까?"

"……나타샤 씨는 그런 진찰을 받을 때 연인이라든가 남편에게 보이고 싶어요?"

"절대로 싫습니다."

"그렇겠죠."

시실리의 몸에 무슨 일이 일어났는지, 이곳에 있는 대부분의 사람이 알고 있었다.

환자의 아내까지도.

유일하게 잠이 든 환자만이 아무것도 모르는 상황.

이윽고 진찰실에서 시실리가 나왔다.

옷매무새를 고치며 부끄러워하는 얼굴을 숙인 채로.

"시실리."

"신 군!"

내가 부르자 시실리는 눈물이 고인 눈으로 환한 미소를 떠올리며 내게 안겼다.

"신 군, 제가! 제가!"

"안 됩니다, 성녀님! 지금이 중요한 시기이니 그렇게 격렬하게 움직이시면 안 돼요!"

"아, 죄, 죄송해요."

시실리를 봐준 여성 치유 마법사가 시실리를 만류하자 시실리도 얌전히 따랐다.

역시 이건……

"저기……."

나는 여성 치유 마법사에게 말을 걸었다.

그러자 돌아온 것은 환한 미소, 그리고…….

"축하드려요."

그런 말이었다.

얼마 전에 바꾼 펜던트.

최근 좋지 않았던 몸 상태.

갑자기 사용할 수 없게 된 마법.

그리고 여성 치유 마법사의 축하한다는 말.

그것이 가리키는 것은 한 가지밖에 없다.

"성녀님께서 임신하셨습니다. 아마 2개월 정도일 겁니다."

그 말을 들은 나는 시실리를 보았다.

부끄러우면서도 기쁜지 무척이나 행복한 미소를 보여주었다.

"시실리!"

"꺅!"

나는 무심코 시실리를 껴안았다.

"고마워! 고마워, 시실리!"

"신 군……."

내 아이를 가져준 시실리에게 고맙다는 말밖에 나오지 않았다.

그런 나를 시실리도 자상하게 안아주었다.

"사자님! 임산부를 그렇게 강하게 안으시면 안 됩니다!"

"넵!"

여성 치유 마법사의 말에 다급히 시실리에게서 몸을 떨어뜨렸다.

무서워라…… 왜 여성 의료 종사자는 이렇게 무서운 걸까?

무심코 뒤로 펄쩍 뛰어버렸다.

"아시겠어요? 임신 초기는 상당히 불안정합니다. 안정기에 들어설 때까지는 안정을 취해주세요."

"네, 알겠습니다."

"그런데 성녀님의 주변에 어머님이나 출산 경험이 있는 분은 계신가요?"

"아, 멜리다 할머님이 계세요."

"……여기서 나오는 이름이 도사님이라니 굉장하네요. 그러고 보니 도사님도 출산 경험이 있으셨죠. 경험자가 있으면 다행이네요. 도사님의 말을 잘 듣고 무리하시면 안 됩니다."

"네, 감사합니다."

시실리는 그렇게 말하며 여성 치유 마법사에게 고개를 숙였다.

"아니요, 설마 성녀님의 임신 보고를 하게 되다니, 창신교도로서 더할 나위 없는 명예입니다."

여성 치유 마법사는 그렇게 말하며 치료실을 나갔다.

그리고 시실리는 환자의 아내에게 고개를 숙였다.

"아무런 도움도 되지 못해 죄송했습니다."

그런 말을 들은 아내 분은 한동안 멍하니 있다가 퍼뜩 정신을 차리고 두 손을 크게 저었다.

"아니요, 아니요! 임신 초기는 마법을 쓸 수 없게 된다고 들었으니 신경 쓰지 마세요!"

"하지만…… 그것도 모르고 현장에 온 것은 제 실수예요. 죄송합니다."

"이제 정말로 괜찮아요! 남편도 살았고, 무엇보다 성녀님의 임신 소식을 들을 수 있는 자리에 있게 되어 평생의 추억이 됐으니까요!"

"그, 그런가요……."

모르는 사람이 자신의 임신 사실을 듣게 되어 부끄러워졌는지 새빨개진 얼굴을 숙인 시실리.

"사자님, 정말로 감사합니다. 덕분에 남편도 살았어요. 더이상 바랄 것이 없습니다."

"아니요, 구할 수 있어서 다행이에요. 그리고 인사는 여기 치유 마법사 여러분께도 해주세요. 남편 분이 생명을 유지할 수 있었던 것은 여기 치유 마법사 분들이 계속해서 마법을 사용해준 덕분이니까요."

"물론이죠. 감사합니다!"

"아니에요, 이제 잘 돌봐주세요."

"네. 실례하겠습니다."

아내 분은 그렇게 말한 뒤 운반되는 남편을 따라 치료실을 나갔다.

"후우…… 나타샤 씨한테서 연락을 받았을 땐 무슨 일인가 싶었어."

나는 이곳 분위기를 바꾸기 위해 가볍게 나타샤 씨에게 말을 걸었다.

그러나 그녀는 비통한 얼굴로 낙담했다.

"왜 그러세요?"

나타샤 씨는 시실리에게 이변이 생겨 곧바로 내게 연락해주었다.

덕분에 환자를 구할 수 있었다.

왜 낙담하는 거지?

"제…… 제 탓입니다!"

"뭐가요?!"

갑자기 소리치는 나타샤 씨에게 놀라 그렇게 되묻고 말았다.

"성녀님의 몸 상태가 좋지 않다는 것도 모르고 여기저기 모시고 다니다니…… 성녀님과 자녀분의 몸에 무슨 일이 생기면…… 제 목숨으로도 사죄할 수 없습니다!"

나타샤 씨는 그렇게 말한 뒤 왈칵 눈물을 쏟았다.

그보다…….

"그렇게 바로 목숨을 내던지지 말라고요"

왜 이렇게 경건한 창신교도들은 극단적인 거냐고!

"그리고 시실리의 몸이 좋지 않다는 걸 깨닫지 못했던 걸로 따지면 남편인 제가 제일 혼나야 해요. 계속 함께 있었으니까요."

"사자님……."

"나도 시실리의 몸 상태가 좋지 않다는 건 알고 있었지만 큰일은 아닐 거라고 생각해버렸어요. 그러니 그 점은 서로 마찬가지죠."

"하지만……."

상당히 죄책감을 느끼나 보네.

어쩔 수 없지.

"그렇게까지 신경 쓴다면 나타샤 씨한테 부탁해도 될까요?"

"부탁…… 말씀인가요?"

"네. 시실리는 앞으로 한동안 마법을 쓸 수 없게 돼요. 그렇게 되면 평범한 여성에 불과하죠. 그동안 시실리를 지켜줄 래요?"

내가 그렇게 말하자 나타샤 씨는 무언가 깨달은 표정을 하더니 눈동자가 결의에 불타오르기 시작했다.

아, 부활했네.

"맡겨주세요! 이 목숨을 바쳐서라도 성녀님과 자녀분을 지켜내겠습니다!"

……이제 판죽 걸 힘도 없다.

목숨 운운은 그녀의 말버릇이겠지.

응, 분명 그럴 거야.

"신 군, 나타샤 씨에게 그런 부탁하면 안 되죠."

"그런 부탁이라니. 시실리가 마법을 쓸 수 없는 건 사실이잖아? 만약 시실리와 아이에게 무슨 일이 생긴다고 생각하면……."

생각하기만 해도 시커먼 감정이 솟아오른다.

"아, 알았어요! 알았으니 침착해요!"

시실리의 목소리가 들려서야 간신히 진정됐다.

"그럼 일단 돌아가서 보고해야겠네. 그리고 치료원 로테이션도 생각해봐야겠다."

"그러네요. 그런데."

"응?"

"신 군 쪽 의뢰는 괜찮아요?"

……

아, 잊고 있었다.

◆

『성녀 시실리 회임』.

그 소식은 순식간에 알스하이드를 휩쓸고 다른 나라에까지 퍼졌다.

전 세계에서 축하의 말과 선물이 월포드 가에 도착했다.

주로 국가 원수로부터.

……이렇게 말로 해보니 굉장하네.

축하 선물만이 아니라 직접 찾아와 축복해준 사람도 있었다.

"축하해, 시실리 양. 후후, 이미 실버 군을 키운 경험이 있다지만 실제로 아이를 낳는 건 처음이지? 힘내."

"아, 네. 감사합니다, 교황 예하."

시실리에게 축하의 말을 건넨 것은 창신교 교황, 이스 신성국 국가 원수 예카테리나 씨다.

무릎 위에 실버를 올리고서 시실리에게 축하의 말을 건넸다.

아니, 예카트리나 씨는 집에 자주 오잖아요.

일부러 나보고 마중 나와 달라고 연락까지 하고서.

집에 올 때마다 실버와 놀아주니 이제는 잘 따르게 됐다.

교황 예하를.

"실버 군. 실버 군은 이제 곧 동생이 생긴대요."

"동생?"

"응, 동생. 남동생일까, 여동생일까?"

"남동생? 여동생?"

"후후, 지금은 아직 몰라도 돼. 하지만 할머니하고 약속하자. 실버 군은 동생이 생기면 잘 지켜줘야 해?"

"응!"

실버는 아직 모를 테면서 분위기로 대답했네.

그것보다⋯⋯.

"저기, 예카테리나 씨. 부탁이니 자신을 『할머니』라고 부르라고 하지 않으시면 안 될까요?"

"응? 어째서?"

"어째서라니요! 실버의 할머니가 아니잖아요!"

"으, 신 군의 아이니까 내 손자나 마찬가지잖아."

"왜 그건 완강히 포기하지 않는 거냐고요!"

예카테리나 씨는 우리가 실버를 거뒀을 때부터 이 아이는 자신의 손자라고 말했다.

그것은 예카테리나 씨가 할아버지, 할머니의 아들과 혼약 관계였으니 안타깝게도 결혼하기 전에 그 약혼자가 목숨을 잃은 것과 관계가 있다.

원래는 자신이 낳았어야 할 할아버지와 할머니의 손자.

그 아이를 내게 투영하는 것이다.

그래서 나는 예카테리나 씨의 마음속에서는 아들인 것이고, 실버는 손자인 것이다.

그 심정은 이해한다.

이해하지만 여기서 그런 말을 하는 건 곤란하잖아!

"서, 설마 사자님은 교황 예하의 숨겨둔 자식이었습니까……?"

"이것 보라고요! 벌써부터 오해하잖아요!"

나타샤 씨에게 시실리를 부탁했으니 오늘도 당연히 함께 있다.

경건한 창신교도인 나타샤 씨라면 내가 예카테리나 씨의 숨겨둔 자식이라고 믿을 것 같았다고!

"어머, 장난이 좀 지나쳤나?"

"너무 지나쳤어요."

"네? 네?"

"후후, 나타샤, 신 군은 제 아들이 아니에요. 뭐, 아들처럼 생각하고 있지만요."

"네? 그렇다면…… 수양아들?!"

"아니라고요!"

나타샤 씨는 젊어서부터 사교의 자리까지 올랐을 정도인데 어째서 이렇게 착각이 심한 걸까?

솔직히 말해 정상적인 성직자는 마키나 씨 정도밖에 모르겠다.

"농담은 이쯤에서 그만두고. 나타샤, 시실리 양을 지키는 임무를 맡았다더군요."

"네. 사자님께서 그렇게 말씀하셨습니다."

"좋습니다. 아시겠나요? 목숨을 바쳐서라도 시실리 양과 뱃속의 아이를 지키세요!"

"네!"

"당신 탓이었구나!"

"어?"

매번 나타샤 씨가 목숨을 걸겠다고 나서는 건 예카테리나 씨의 훈시 때문이었어!

"에이, 진짜로 그러라는 건 아니지. 말이 그렇다는 거야, 말이."

"그 말을 곧이곧대로 믿는 사람이 여기 있다고요……."

"어머?"

어머라니.

내 항의를 이해하지 못하는지 예카테리나 씨는 시실리를 호위하는 또 한 명에게 시선을 보냈다.

"미란다 양도 시실리를 잘 부탁해요."

"네, 네엣! 교황 예하의 명령이라면 저도 목숨을 걸고 시실리를 지키겠습니다!"

"너까지?!"

왜 이렇게 예카테리나 씨와 말을 나누는 사람은 바로 목숨을 던지려는 거냐고!

"그럼 안 돼, 미란다. 미란다는 친구니까 그런 상황이 벌어지면 슬플 거야."

"어, 아, 미안. 그러게. 여차할 땐 시실리를 안고 도망칠게."

"후후, 부탁해."

시실리와 미란다가 만난 지도 이제 곧 3년.

마리아와 제일 사이가 좋은 모양이지만 시실리와도 순조롭게 우정을 쌓았던 모양이다.

"어머나, 미란다 양을 호위로 선택한 건 시실리 양의 친구라서?"

"네. 그것도 있지만 제가 아는 여성 기사 중 가장 강한 사람은 미란다였으니까요."

"그러게. 지금까지 제일 강했던 크리스티나 씨는……."

"응, 크리스 누나는……."

"'지금 임신 중이니까.'"

그렇다. 실은 크리스 누나는 결혼해서 지금 임신 중이다.

게다가 그 상대는…….

"설마 지크 형이랑 결혼할 줄은 몰랐어."

"그래? 나는 그 두 사람만큼 잘 어울리는 부부는 없을 것 같았는데."

"어? 어딜 봐서 그렇게 생각했어?"

얼굴을 마주칠 때마다 싸우기만 했던 두 사람인데?

오늘도 두 사람의 신혼집에 가니 싸우기만 했다.

그런 두 사람이 결혼한다고 말하러 왔을 때는 천지가 개벽하는 줄 알았을 정도로 놀랐다.

"나는 전장에서 그 두 사람이 같이 싸우는 모습을 봤으니까. 굳이 말을 주고받지 않을 정도로 호흡이 척척 맞았어."

"그랬어?"

"후후, 그렇다면 그 두 사람의 태도는 부끄러움을 감추기 위해서였군요."

"아니, 그건 아니라고 생각해."

한때는 진짜로 미워하는 것 아닐까 싶었을 정도였으니까.

기사와 마법사라서 라이벌 관계였다는 상황을 안 뒤로는 생각이 바뀌었지만.

"나타샤의 마법만으로는 불안한 것도 사실이라 미란다 양이 호위해주는 건 고맙네."

"아니, 그러니까 그게 어떤 입장에서 나오는 말인가요?"

"어? 시실리 양의 시어머니⋯⋯."

"정말 포기를 모르네요!"

왜 그렇게 고집하는 걸까.

자꾸 그러니까⋯⋯.

"할머이, 책."

"어머, 그림책을 읽어줬으면 하는구나. 할머니가 읽어줄게."

"이미 늦었어!"

실버는 예카테리나 씨를 할머니라고 인식하고 있다고!

이거 어쩔 거야?!

"이거 또…… 굉장한 직함이 늘었군."

"어라? 무슨 일이야, 오그."

실버가 예카테리나 씨를 할머니로 인식하는 상황에 골머리를 앓고 있자 오그가 게이트를 열어 찾아왔다.

"오랜만이어요, 신 씨."

"어? 오랜만이네, 엘리."

오그의 뒤에서 엘리도 나타났다.

그러고 보니 엘리가 이 집에 오는 것도 오랜만이다.

"갑자기 무슨 일이야? 엘리까지 데리고 오다니."

"아니, 그게, 보고할 게 있어서."

"보고?"

"그래."

오고는 그렇게 말하며 엘리에게 시선을 보냈다.

시선을 받은 엘리는 부끄러운 듯이 시선을 돌리며 손을 배로 가져갔다.

…….

어?!

"야! 설마?!"

"그래. 엘리도 그…… 아이를 가졌다."

오오, 정말?!

시실리에 이어 엘리까지!

"엘리 양! 축하해요!"

"고마워요, 시실리 양. 같이 건강한 아이를 낳아요."

"네!"

"어머나, 정말 축하할 일이네!"

실버에게 그림책을 읽어주던 예카테리나 씨도 엘리를 축복했다.

"내가 주례를 본 부부에게 모두 아이가 생기다니!"

그러고 보니 그러네.

우리와 오그의 결혼식은 예카테리나 씨가 이끌어주었다.

그 신부 두 사람이 모두 임신하다니.

"굉장해! 오늘은 축하 파티를 해야겠네."

"무슨 말이니, 넌 빨리 돌아가기나 하렴."

"네? 오늘은 괜찮아요. 업무를 전부 끝내고 왔으니까요."

"하아, 그런 점 하나는 철저하구나, 넌."

"헤헤."

"칭찬 아니야."

할머니는 그렇게 말한 뒤 예카테리나 씨의 머리를 콩 때렸다.

전혀 아플 것 같지 않은 그 충격에 예카테리나 씨의 얼굴이 부드러워졌다.

어쩐지 이 자리를 제일 즐기는 사람은 예카테리나 씨인 것이 분명하다.

"어머니, 전하. 이후에 시간 있니?"

"네, 저희도 시간을 만들어왔으니 괜찮습니다."

"그래. 그럼 왕태자비 전하의 회임 축하 자리를 준비해볼까."

할머니가 그렇게 말하자 다들 기뻐했다.

"아, 하지만 저는 되도록 가벼운 음식이……."

"응? 왕태자비 전하도 입덧이 심하니?"

"네, 먹으면 바로 게워서…… 가벼운 거라면 괜찮지만요……
그런데, 저도요?"

"시실리도 입덧이 심하단다. 담백한 거나 과일 정도밖에
먹지 못해."

"그랬군요."

"그러니 시실리와 같은 음식을 2인분 만들면 괜찮……."

거기까지 말한 할머니는 말을 멈추고 내 뒤를 보았다.

어? 뭐지?

그렇게 생각해 뒤를 돌아보니 새로운 게이트가 열려 있었다.

"아, 월포드 군, 실례한다."

"안녕하세요."

게이트에서 나온 사람은 마크와 올리비아였다.

"뭐야, 빈과 빈 부인이로군. 무슨 일이지?"

오그에게 빈 부인이라고 불린 올리비아는 이제 허둥대지
않았다.

그도 그럴 것이 얼티밋 매지션즈가 활동을 시작해 바쁜 와중이었지만 마크와 올리비아도 결혼식을 올려 정식 부부가 됐기 때문에.

"아니요, 보고할 게 좀 있어서요."

그런 마크의 말에 나와 오그는 얼굴을 마주 보았다.

"보고라면, 설마……."

"빈 부인까지 회임했다는 건 아니겠지?"

"어, 어떻게 아셨습니까? 맞아요, 올리비아가 임신해서 보고하러 왔습니다. 설마 전하가 계실 줄은 몰랐지만요."

그 보고를 들은 순간 나와 오그는 배를 잡고 웃었다.

"자, 잠깐만요?! 어째서 웃는 겁까?!"

"아니, 미안하군. 이런 우연이 있나 싶어서 말이지."

"우연?"

"실은 엘리도 회임했다. 그걸 보고하러 왔지."

"네?! 그랬어요?!"

"와! 엘리 양, 축하드려요."

"고맙습니다. 올리비아 양도 축하드려요."

"감사합니다!"

설마 올리비아까지 같은 타이밍에 임신할 줄은 생각도 못 했다.

"하하하! 이거 축하할 일이구나. 그래, 마크, 올리비아, 너희도 같이 식사하고 가렴! 아, 걱정할 것 없어. 임산부용으로 가벼운 식사도 준비할 테니까."

"모처럼 이렇게 됐으니 다들 부를까? 시실리가 임신했을 때도 성대하게 축하해줬잖아."

"허허, 그거 좋구먼. 새로운 생명을 축하하자꾸나."

"그럼 서둘러야지, 코렐! 파티다! 준비하자!"

할머니는 의욕적으로 주방에 갔다.

남겨진 우리는 즐거워하는 할머니를 멍하니 바라보았다.

"굉장하네요. 도사님께서 제일 기운 넘치세요."

"그, 그러게요."

그중에서도 엘리와 올리비아는 할머니의 에너지에 압도된 모습.

"후후. 그야 그렇죠. 아들에 이어 손자인 신 군까지 키우셨잖아요. 여기 있는 누구보다 힘이 넘치세요."

최근 가까이서 지켜본 시실리는 할머니를 잘 이해하고 있다.

아들과 딸이라면 키우는 방식도 전혀 다르다고 하니까.

남자만 키웠으니 저렇게 되겠지.

"신 씨를 키운……."

"확실히 힘이 필요할 것 같아요."

"어라?"

뭔가 이상한 쪽으로 이해한 것 아니야?

뭐, 아무렴 어때.

그 후 우리는 무선 통신기로 모두에게 연락해 월포드 가

로 모았다.

얼티밋 매지션즈의 사무원들도 불러 파티를 열었다.

임산부 선배인 크리스 누나도 왔는데, 제법 배가 부른 모습이었다.

크리스 누나는 앞으로 서서히 배가 불러질 세 사람에게 임산부로서의 마음가짐이나 준비해두는 게 좋은 물건 등을 알려주었다.

현역 임산부의 귀중한 이야기에 세 사람은 진지한 얼굴로 경청했다.

……근데 엘리는 왕궁이 전부 준비해주지 않나?

그 외에도 토니와 결혼한 리리아 씨, 토르와 결혼한 카렌 씨, 율리우스와 결혼한 사라 씨도 참가해 사모님의 대화에 꽃을 피웠다.

이번 파티는 그때부터 매년 열리는 시실리와 마리아의 합동 생일 파티보다 성대해서 급하게 열렸다고는 생각할 수 없을 정도로 떠들썩해졌다.

다만 이건 엘리와 올리비아의 회임을 축하하는 파티.

친구들의 경사라 마리아와 앨리스도 진심으로 축하하면서도 남자 친구가 없는 사실을 한탄하며 또 소동이 벌어지지 않을까 조금은 걱정했다.

그러나 어째서인지 두 사람은 시종일관 즐거워하며 엘리와 올리비아를 축복해주었다.

하긴 이런 좋은 자리에서 그런 불만을 터뜨리지는 않겠지.

두 사라 모두 이제 성인이니까.

그때는 그렇게 생각했다.

그리고 다음 날, 『왕태자비 회임』 소식이 알스하이드에 퍼져 시실리 때 이상의 축하 분위기에 휩싸였다.

(계속)

반상의 싸움

"아, 오늘도 비 오네."

쿠완롱과 알스하이드, 이스의 조인식을 내일로 앞둔 오늘 날씨는 안타깝게도 비가 내렸다.

이제 쿠완롱에서 할 일이 없는 우리는 남는 시간 대부분을 수도 이롱을 관광했지만 오늘은 비가 내린다.

"오늘은 집에 있을까. 너희는 어쩔 거야?"

나는 거실에 있던 마리아와 앨리스에게 물었다.

"나는 패스. 일부러 비가 올 때 외출하고 싶지 않아."

"나도."

"그럼 오늘은 집에서 대기인가…… 할 일이 없네."

전생이었다면 게임이라든가 스마트폰 등 시간을 때울 거리가 많았지만 이쪽 세계에는 그런 것이 없다.

"누구 보드 게임 같은 거 없어? 난 집에 두고 왔는데."

"아. 나도 린하고 놀던 채로 두고 왔어."

우리 중에서 이공간 수납에 보드 게임을 넣어둔 것은 나와 앨리스뿐.

어째서인지 우리가 가지고 있을 거라 생각해서 아무도 넣어두지 않는다니까.

"어? 그럼 어떻게 시간 보낼 거야?"

"저기, 만약 괜찮으시면 준비해드릴까요?"

자기도 갖고 오지 않았으면서 앨리스가 불만을 늘어놓자 샤오린 씨가 무언가를 마련해준다고 했다.

"네? 그래도 돼요"

"네. 모처럼이니 쿠완롱의 문화를 즐겨주세요."

샤오린 씨는 그렇게 말하며 방을 나간 뒤 돌아왔을 때는 눈금이 그려진 판과 말과 같은 것을 가져왔다.

"이건 「전술반」이라는 것으로 이게 대장, 그 외에 장군과 보병 등 다양한 역할의 말을 사용해 상대의 대장을 잡는 게 임이에요."

어? 이거 장기 같은 건가?

"그렇군. 체스와 비슷한 물건인가."

이쪽 세계라기보다 서방 세계에는 체스가 있다.

아마 과거에 전생했던 사람이 퍼뜨렸을 텐데 장기가 아니라 체스인 걸 보면 유럽 쪽 사람이었을까?

"체스는 엘스에 있을 때 봤습니다. 대략적인 규칙은 같네요. 다만 다른 규칙이 있습니다."

"다른 규칙?"

"체스는 잡은 말을 다시 이용할 수 없지만 이 전술반에서는 자신의 아군으로 재이용할 수 있습니다."

정말 장기잖아.

"그렇군, 적을 쓰러뜨리는 것만이 아니라 아군으로 회유하는 건가……."

"그런 말투는 좀……."

그런 노골적인 말을 하는 오그.

"하하, 적이라도 유능한 인재는 등용한다고 여겨주시고 깊이감이 있는 게임이라고 생각해주시면 좋겠네요. 그럼 말의 설명도 겸해 저와 리판이 먼저 시범을 보이겠습니다."

사전에 이야기해뒀는지 리판 씨가 샤오린 씨의 맞은편에 앉아 전술반 대결을 시작했다.

"이 말을 이렇게 움직일 수 있고, 이건 이렇게……."

샤오린 씨가 설명하며 게임을 진행했다.

내 눈에는 말의 형태와 이름이 바뀐 장기로만 보였다.

"그렇군, 체스와는 움직임이 다른 말이 제법 있군. 그리고 이 말의 재이용…… 제법 깊이가 있어."

"네. 상당히요. 그래서 이걸 전문으로 하는 프로도 있고 타이틀전도 있어요."

"호오."

그런 대화를 나누면서 국면이 진행되어 샤오린 씨가 리판 씨의 대장 앞에 자신의 말을 두었다.

"장입니다."

"졌습니다."

리판 씨의 대장 말은 확실히 피할 곳이 없어 보였다.

보면 볼수록 장기와 똑같네.

"이런 식입니다. 해보시겠어요?"

"그러게. 그럼 어디 해볼까."

나는 그렇게 말하고 리판 씨를 대신해 자리에 앉았다.

"조금 특이한 체스 같은 거지? 그럼 내가 할래."

그렇게 말하며 샤오린 씨를 대신해 자리에 앉은 사람은 마리아였다.

"마리아는 체스 잘 둬?"

"자주 아버님을 상대하거든."

"그랬구나."

"자, 각오해! 마법으로는 무리겠지만 이거라면 이길 수 있어!"

그렇게 말하며 대국이 시작했는데……

"……져, 졌습니다."

마리아가 풀이 죽어서는 그렇게 말했다.

"잠깐! 신네 집에서 체스 판을 본 적이 없는 걸 보면 해본 적 없었을 텐데?! 왜 이렇게 강한 거야!"

"하하, 뭐 이거하고 비슷한 걸 전생에서 자주 했었거든."

스마트폰 앱으로.

"크으…… 전생의 경험을 잊고 있었어…….'

"뭐 체스는 전생에서도 해본 적 없었지만 이거라면 자신 있지."

"호오, 그럼 다음은 내가 상대해볼까."

풀이 죽은 마리아를 대신해 오그가 자리에 앉았다.

"그러고 보니 오그도 체스 둬?"

"조금은."

오그라면 소양이 있어도 이상하지 않겠네. 그렇게 생각하고 대국을 시작했는데…….

어라?

어, 그런 방법이?!

아! 아까 여기에 둔 말이 그런 역할이었다니!

아, 아, 아아아?!

"져, 졌습니다……."

오그에게 간단히 패배하고 말았다.

"오그, 왜 이렇게 강해?"

"당연합니다."

내 의문에 토르가 답해주었다.

"전하는 알스하이드의 체스 챔피언이니까요."

"……."

진짜로?

"완벽 왕자……."

오그가 그렇게 불리는 이유를 뼈저리게 깨닫게 됐다.

■작가 후기

『현자의 손자』 14권을 읽어주셔서 감사합니다.

요시오카 츠요시입니다.

이번 14권에서는 전부터 생각했던 이야기를 다양하게 꺼낼 수 있었습니다.

첫 번째로는 신에게 전생의 기억이 있다는 사실을 밝히는 것이겠네요.

언제 밝힐지, 아니면 마지막까지 숨길지 고민한 시기도 있었습니다만 여기까지 왔으니 신에게 다른 세계의 기억이 있다는 사실이 드러나도 주위에서 이상하게 바라보는 일이 없지 않을까 싶어 밝히기로 했습니다.

뭐, 주변 반응은 그렇게 됐어야 했죠.

솔직히 이것으로 이야기를 진행하기 편해졌다고 생각합니다.

그리고 또 한 가지 적고 싶었던 이야기로는 지금 문명의 이전에 고도로 발달된 문명이 존재했다는 이야기입니다.

지구에서는 무 대륙이라든가 아틀란티스 등, 그야말로 전설처럼 내려오는 이야기입니다만 그것이 실제로 존재했다면 어떨까 하고요.

자신이 만든 세계라면 실제로 그런 문명이 존재했다고 진행할 수 있으리라고 전부터 생각했었는데 이번에 그걸 적을 수 있어 다행이었습니다.

　하지만 이전 문명은 쓰레기 집단 같은 느낌이 되어버렸습니다만 말이죠…….

　그리고 쿠완롱 편은 이번 권으로 끝이 났습니다.

　세 권이나 이어질 예정은 없었습니다만 어째서인지 어느덧 이렇게나 진행되었습니다.

　오래 읽어주셔서 감사합니다.

　이번 권의 마무리 부분에는 알스하이드로 돌아옵니다만 다음 회부터는 한동안 일상편이 이어지지 않을까요?

　제 경우 캐릭터가 움직이는 대로 적고 있으니 다음에 어떤 전개가 될지 저도 잘 모르겠습니다.

　매번 담당자님께 줄거리를 보내드립니다만 그것대로 썼던 적이 없습니다.

　쓰는 도중에 이러는 편이 재밌겠다거나 이렇게 하는 편이 좋겠다는 생각이 떠올라서요…….

　그리고 조금 신경 쓰이는 복선을 깔아 둔 캐릭터가 있으니 어떻게 하고 싶다고 생각하기도 하고요.

　처음엔 그럴 예정이 없었지만 다시 캐릭터의 상관관계를 생각해보면 어라? 이 조합 괜찮지 않나? 하고 떠올라버려서요.

　『현자의 손자』에 나오는 캐릭터들은 제가 낳은 아이나 마찬가지라서 되도록 모두 행복해졌으면 좋겠습니다.

그 외에도 이래저래 복선을 회수해야 하는데…….

어쨌든 이걸 적고 있는 지금은 새해가 시작되고 얼마 안 되는 긴급 사태 선언 상황에서입니다.

이번 14권이 발매될 무렵에는 조금이라도 사태가 호전되었으려나요?

아니면 지금 상태 그대로일까요?

앞날을 전혀 알 수 없는 상황입니다만 앞으로 조금이라도 사태가 나아지기를 믿고 서로 힘냅시다.

이 비상사태에 자신이 할 수 있는 일이라고는 아무것도 없지만 조금이라도 여러분의 마음에 즐거움을 드릴 수 있었으면 좋겠습니다.

그럼 감사 인사를.

계속 함께 해주신 담당자 S님.

본인도 쉽게 출근할 수 없는 상황인데도 여러모로 애를 써주셔서 감사합니다.

다음에야말로 꼭 마감을 지키겠습니다…….

매번 훌륭한 일러스트를 그려주신 키쿠치 선생님.

제 원고가 늦어진 탓에 키쿠치 선생님께 부담을 드린 것 같습니다.

정말 죄송합니다.

그런 상황인데도 일정에 타협하지 않고 훌륭한 일러스트

를 그려주셔서 정말로 행복합니다. 감사합니다.

만화를 담당하시는 오가타 선생님, 시미즈 선생님, 니시자와 선생님, 이시이 선생님.

콘티나 원화가 도착하기를 매번 기대하고 있습니다.

오가타 선생님은 본편의 긴박한 상황을 아름다우면서도 박력 있게 그려주셨습니다.

시미즈 선생님은 멀린 일행의 괴로운 과거를 비장감 넘치게 그려주셨습니다.

니시자와 선생님이 그리는 메이 일행은 너무 귀엽습니다.

이시이 선생님은 최근 오리지널 작품을 자주 그려주셔서 죄송한 것과 동시에 즐겁게 기대하고 있습니다.

이만큼 많고 훌륭한 분들이 도와주시는 저는 정말로 행복한 사람입니다.

무엇보다 이 『현자의 손자』를 읽어주시는 독자 여러분께 최고의 감사를 전하고 싶습니다.

정말로 감사합니다.

앞으로도 『현자의 손자』를 잘 부탁드립니다.

2021년 3월 요시오카 츠요시

■ 새로운 제복에 관해
아직 모색 중입니다.
여러모로 어렵네요.
twitter.com/S_kikuchi

키쿠치
세이지

■역자 후기

 안녕하세요. 역자 김덕진입니다.
 현자의 손자 14권을 읽어주셔서 감사합니다.

 이번 14권은 중요했던 이벤트가 있었습니다. 그것은 바로 작가님께서 후기에 적으셨던 것처럼 주인공의 전생 사실 고백입니다.
 사실 제가 모든 이세계 전생물을 아는 것이 아니기에 다른 작품들과 비교할 수는 없지만 이 작품의 흐름상 고백할 일은 없지 않을까 싶었거든요. 그래서 작업하며 적잖게 놀랐습니다.
 앞으로는 전생한 사람이 주인공만이 아니라는 것이 밝혀졌으니 새로운 전개가 펼쳐지겠죠?

 그런고로 여러 가지 의미로 새로운 전환점이 된 14권이었습니다.
 다시 무대가 알스하이드로 돌아왔고 등장인물들도 학생이라는 신분에서 완전히 벗어나 사회인으로서 첫발을 내딛게 되었습니다. 거기에 새로운 인물들도 등장했으니 기존 멤버들과 어떻게 엮어나갈지, 어떤 활약을 보여줄지 여러모로 눈여겨볼 점이 늘었군요.

환경이 바뀌었으니 또 어떤 무대가 펼쳐질지 무척이나 기대가 됩니다.

그럼 이렇게 이만 짧은 역자 후기를 마칠까 합니다.

부디 다음 15권에서도 다시 인사드릴 수 있기를 간절히 바라며 이만 줄이겠습니다.

그때까지 항상 건강하시고 좋은 일이 가득하시길 바라겠습니다.

감사합니다.

현자의 손자 14
영요영화의 신세계

초판 1쇄 발행 2023년 6월 10일

지은이_ Tsuyoshi Yoshioka
일러스트_ Seiji Kikuchi
옮긴이_ 김덕진

발행인_ 최원영
편집장_ 김승신
편집진행_ 권세라 · 최혁수 · 김경민 · 최정민
편집디자인_ 양우연
관리 · 영업_ 김민원

펴낸곳_ (주)디앤씨미디어
등록_ 2002년 4월 25일 제20-260호
주소_ 서울시 구로구 디지털로 26길 111 JnKC디지털타워 503호
전화_ 02-333-2513(대표)
팩시밀리_ 02-333-2514
이메일_ lnovellove@naver.com
ㄴ노벨 공식 카페_ http://cafe.naver.com/lnovel11

KENJA NO MAGO Vol.14 EIYO EIGA NO SHIN SEKAI
©Tsuyoshi Yoshioka 2021
First published in Japan in 2021 by KADOKAWA CORPORATION, Tokyo.
Korean translation rights arranged with KADOKAWA CORPORATION, Tokyo.

ISBN 979-11-278-6870-3 04830
ISBN 979-11-278-3969-7 (세트)

값 8,500원

왕의 프러포즈 1권

타치바나 코우시 지음 | 츠나코 일러스트 | 이승원 옮김

쿠오자키 사이카.
300시간에 한 번 멸망의 위기를 맞이하는 세계를
항상 구해온 최강의 마녀이자,
마술사가 다니는 학원의 수장.
"—너에게, 내 세계를 맡기겠어—."
그리고—
쿠가 무시키에게 신체와 힘을 물려주고, 죽음을 맞이한 첫사랑 소녀.
무시키는 사이카의 종자인 카라스마 쿠로에로부터
사이카로서 누구에게도 들키지 말고 학원에 다니란 지시를 받지만…….
클래스메이트와 교사에게도 두려움을 사고,
재회한 여동생에게서는 오빠를 좋아한다는 상의를 받는
파란만장한 생활이 기다리고 있었다!
게다가 긴장을 풀면 남성으로 돌아가기 때문에,
여성과의 키스가 필수 불가결한데?!

신세대 최강의 첫사랑!

데이트 어 라이브 1~22권, 어나더 루트

타치바나 코우시 지음 | 츠나코 일러스트 | 이승원 옮김

4월 10일, 새 학기 첫 등교일.
이츠카 시도는 평소와 다름없는 일상을 보내고 있었다.
갑작스러운 충격파로 파괴된 마을 한가운데에서 소녀와 만나기 전까지는—

세계를 부수는 재앙, 정령을 막을 방법은 단 두가지.
섬멸, 혹은 대화

정령과 만나게 된 시도는,
세계의 멸망을 막기 위해 데이트로 정령을 꼬셔야하는 운명에 처하게 되는데!?

세계의 멸망을 막기 위한 데이트가 시작된다—!!

ANIPLUS TV 애니메이션 방영 화제작!!